1

CLARA

Les cartons étaient au nombre de quatre. Quatre gros cartons. Il devait y avoir beaucoup d'affaires dedans parce qu'ils étaient lourds, cela se voyait à la manière dont l'homme marchait, le dos voûté, les genoux fléchis. Ce premier soir, il les porta dans le salon de Mme Orchard, la voisine de Clara, et les laissa par terre. Cela voulait dire qu'ils ne contenaient pas des choses très utiles, des choses dont il avait besoin tout de suite, comme un pyjama, sinon il les aurait déballés.

Voir ces cartons au centre de la pièce rendait Clara nerveuse. Chaque fois que l'homme passait à cet endroit, il était obligé de les contourner. Les ranger contre un mur lui aurait évité d'avoir à le faire, et le salon aurait eu l'air plus ordonné. Et pourquoi les avoir déchargés de sa voiture si c'était pour ne plus y toucher ensuite ? Au début, elle avait cru à une livraison. Mme Orchard allait bientôt rentrer et les ouvrirait elle-même. Mais elle tardait à revenir, et les cartons étaient toujours là, de même que cet homme qui n'avait rien à faire chez elle.

Il avait débarqué dans une grosse voiture bleue juste quand la nuit commençait à tomber. Cela faisait très exactement douze jours que Rose s'était enfuie. Douze jours, soit une semaine et cinq jours. Postée comme d'habitude derrière la fenêtre du salon, Clara essayait de ne pas écouter sa mère, qui discutait au téléphone avec le sergent Barnes. L'appareil se trouvait dans le vestibule et on ne pouvait pas l'utiliser sans que tout le monde dans la maison suive la conversation.

— Seize ans ! Rose a seize ans, au cas où vous l'auriez oublié. C'est une enfant !

Sa voix se brisa. Clara plaqua ses mains sur ses oreilles et chantonna en collant son visage contre la vitre jusqu'à ce que son nez soit tout aplati. Elle ne fredonnait que par à-coups : elle avait du mal à respirer quand sa mère était dans cet état, et elle devait sans cesse s'interrompre pour prendre de petites inspirations. Mais cela la soulageait. En fredonnant, on ne faisait pas qu'entendre le son, on le sentait en soi. Un peu comme si une abeille bourdonnait dans votre corps. Et à condition de se concentrer sur cette sensation, on pouvait réussir à ne penser à rien d'autre.

Puis un bruit retentit, dominant celui qu'elle faisait. Du gravier crissa sous des roues, et la grosse voiture bleue s'engagea dans l'allée de Mme Orchard. Clara ne l'avait encore jamais vue. C'était une belle voiture bleu pâle, avec ce qui ressemblait à des ailes à l'arrière. Dans des circonstances plus rassurantes, elle l'aurait peut-être trouvée jolie, mais les circonstances n'étaient pas rassurantes, justement, et elle voulait que tout autour d'elle demeure comme avant. Sans véhicule inconnu dans les parages.

Sur l'auteure

Canadienne, Mary Lawson est née et a grandi à Blackwell, une petite ville rurale de l'Ontario. Après des études de psychologie à l'université McGill de Montréal, elle s'est installée en 1968 en Angleterre, où elle s'est mariée et a eu deux fils. Elle vit actuellement dans le Surrey. Après *Le Choix des Morrison*, traduit en vingt-trois langues, *L'Autre Côté du pont*, sélectionné pour le prestigieux Man Booker Prize, et *Un hiver long et rude*, *Des âmes consolées* est son dernier roman.

MARY LAWSON

DES ÂMES CONSOLÉES

Traduit de l'anglais (Canada)
par Valérie Bourgeois

**10
18**

BELFOND

Titre original :
A Town Called Solace
publié par Chatto & Windus,
une marque de Vintage, Grande-Bretagne.

ISBN : 978-2-264-08138-4
Dépôt légal : février 2023

À Alex et Fraser

Le moteur s'arrêta et un étranger émergea de derrière le volant. Après avoir refermé sa portière, il resta là, à contempler la maison de Mme Orchard. Elle était telle qu'elle avait toujours été – des murs vert sombre, des fenêtres et des encadrements de porte blancs, un large porche avec un plancher peint en gris et une rambarde blanche. Clara, qui n'avait jamais vraiment prêté attention à son aspect extérieur, se rendit compte qu'elle était pile à l'image de Mme Orchard. Vieille, mais jolie.

L'homme gravit les marches du perron en sortant des clés de la poche de son pantalon. Puis il entra.

Clara fut choquée. D'où tenait-il ces clés ? Il n'aurait pas dû les avoir. Il existait trois jeux, permettant chacun d'ouvrir la porte principale et celle de service : Mme Orchard en avait un, Mme Joyce (qui venait faire le ménage chaque semaine) détenait le deuxième, et elle-même le troisième. Elle aurait bien voulu en parler à sa mère, qui entre-temps avait raccroché, mais celle-ci pleurait parfois après s'être entretenue avec l'officier de police, et son visage tout rouge lui faisait peur. De toute façon, elle ne pouvait pas s'éloigner de la fenêtre. Rose risquait de ne pas revenir si elle relâchait sa vigilance.

Une lumière s'alluma dans le vestibule de Mme Orchard, éclairant un instant le porche avant que l'homme referme la porte. Les salons des deux maisons étaient positionnés en miroir, avec chacun une fenêtre sur le côté qui faisait face à l'autre, ainsi qu'une deuxième orientée vers la rue. Clara fonça vers la première (Rose se moquerait de savoir où elle faisait le guet du moment qu'elle ouvrait l'œil). À peine avait-elle changé de poste d'observation que le salon de Mme Orchard s'allumait à son tour.

De là où elle était, rien ne lui échappait. Elle vit Moïse émerger de sous le canapé (sa cachette de prédilection en présence d'inconnus) et filer par la porte entrebâillée à l'autre bout de la pièce – si vite que l'homme n'eut pas le temps de le remarquer. Sans doute allait-il traverser ensuite le local à chaussures pour rejoindre le jardin. Il y avait trois portes dans le local en question. L'une ouvrait sur le salon, l'autre sur la cuisine et la dernière, dotée d'une chatière, sur l'extérieur. « Il s'est esbigné », aurait dit Mme Orchard. Elle était la seule personne que Clara ait jamais entendue utiliser ce mot, « s'esbigner ».

Elle-même était passée donner à manger à Moïse une heure plus tôt environ. Matin et soir, elle s'autorisait à quitter quelques instants sa place près de la fenêtre afin de tenir la promesse faite à Mme Orchard de veiller sur son chat pendant son séjour à l'hôpital. Rose comprendrait.

— Il sera heureux ici avec toi, avait dit sa voisine. Il te fait confiance. N'est-ce pas, Moïse ?

Elle s'employait alors à expliquer à Clara le fonctionnement de son nouvel ouvre-boîte électrique. Certes, il fallait bien positionner la conserve, mais l'appareil s'occupait du reste tout seul en faisant tourner la boîte sur elle-même, lentement et en douceur, pendant qu'il en découpait le couvercle.

— C'est un gadget. Je ne raffole pas de ces machins, mais le vieux que j'ai est dangereux et je n'ai pas envie que tu te blesses avec.

À ce moment-là, Moïse s'était frotté contre ses jambes pour réclamer son repas.

— On croirait qu'on l'affame ! s'était amusée Mme Orchard. Bon, un dernier point : cet appareil enlève complètement le couvercle et le garde collé contre cet aimant – tu vois ? Fais attention en le détachant. Il faut tirer assez fort et les bords sont très tranchants. Range la boîte au frigo jusqu'à ce qu'elle soit vide, puis rince-la et jette-la dans la poubelle qui est dehors, pas celle de la cuisine, sinon ça va sentir. Mme Joyce s'occupera des ordures quand elle viendra faire le ménage. J'ai parlé à ta mère et elle est d'accord pour que tu passes nourrir Moïse deux fois par jour en attendant mon retour. Je ne serai pas partie très longtemps.

Mais cela faisait longtemps que la vieille dame était partie. Des semaines et des semaines. À plusieurs reprises, Clara s'était retrouvée à court de pâtée pour chat et avait dû demander de l'argent à sa mère afin de pouvoir en racheter. (C'était avant que sa sœur disparaisse, quand tout était normal et qu'elle pouvait aller et venir à sa guise.) Elle qui pensait Mme Orchard plus digne de confiance que les autres gens était déçue. De son point de vue, les adultes ne se révélaient souvent pas très fiables, mais elle avait toujours considéré que leur voisine était une exception.

Elle entendit sa mère s'affairer dans la cuisine. Peut-être se sentait-elle mieux.

— Maman ?

Il y eut un silence.

— Oui ? répondit enfin une voix étranglée.

— Non, rien, dit vivement Clara. Tout va bien.

L'homme déambulait dans la maison en allumant les lampes sur son passage – elle distinguait leur halo pâle sur le gazon. Mais il ne se donnait pas la peine de les éteindre quand il quittait une pièce. Si Rose ou elle avaient fait ça, leur père les aurait rappelées à l'ordre. « Éteignez la lumière ! » Seulement, Rose avait disparu et personne ne savait où elle était. Leur mère ne cessait d'affirmer à Clara que sa sœur était à Sudbury, ou peut-être à North Bay, qu'elle allait bien, qu'ils souhaitaient juste qu'elle rentre à la maison, ou qu'elle leur passe un coup de fil ou leur envoie une carte postale, parce que ce serait sympa quand même d'être rassurés sur son sort. En clair, elle n'était pas certaine que Rose aille bien. Cela expliquait pourquoi elle avait crié après le policier en lui reprochant de ne pas avoir encore retrouvé sa fille.

Il y avait tant de lampes allumées chez Mme Orchard qu'il devenait difficile de discerner quoi que ce soit à l'extérieur. Clara elle-même ne voyait pas grand-chose dans son salon, mais elle resta dans l'obscurité de peur que l'homme ne s'aperçoive de sa présence. Quand on est dans la lumière, on ne remarque pas les gens dans le noir, alors qu'eux, ils vous distinguent très bien. C'était Rose qui lui avait dit ça.

— Tu peux être à trente centimètres de la fenêtre, ils ne s'en douteront pas. J'ai regardé Mme Adams se déshabiller l'autre jour. Elle s'est mise *complètement* à poil ! Sans culotte, sans soutif, ni rien ! Elle a de gros bourrelets pleins de graisse et des seins qui ressemblent à d'énormes ballons tout dégonflés ! C'est dégoûtant !

De retour dans le salon, l'homme examinait les photos que Mme Orchard avait disposées sur son buffet. Il y en avait beaucoup, et toutes étaient présentées dans un cadre argenté ou en bois. Deux d'entre elles la montraient avec son mari du temps où il était encore en vie – assis ensemble sur un canapé pour la première, et debout sur des marches pour la seconde. Chaque fois, M. Orchard avait enroulé un bras autour des épaules de sa femme. S'y ajoutait autrefois une photo de lui, appuyé contre une porte d'entrée (mais pas la sienne), les mains dans les poches et tout sourire face à l'objectif. Ce devait être une belle maison parce que le mur à côté de lui était recouvert de plantes grimpantes en fleurs. Mme Orchard parlait à cette photo comme si c'était M. Orchard lui-même, comme s'il se tenait là, dans la pièce, en chair et en os. Clara l'avait souvent entendue. Dans ces moments-là, sa voisine n'avait pas l'air triste. Seulement normale.

Avant aussi, il y avait une photo de son mari et d'un très jeune garçon à l'heure du petit déjeuner – on le devinait à l'étiquette tout juste reconnaissable d'un pot de confiture Shirriff sur la table. Une serviette était soigneusement pliée sur le bras de M. Orchard, avec dessus un plateau chargé de nourriture (en l'étudiant bien, Clara avait cru identifier des saucisses et du bacon, ce qui collait avec l'hypothèse d'un petit déjeuner). Le dos bien droit, très raide, M. Orchard baissait les yeux sur le garçon, lequel le regardait en rayonnant de joie. Quand Clara l'avait interrogée, Mme Orchard lui avait expliqué que non, ce n'était pas leur fils, et qu'ils n'avaient pas eu d'enfant. Ce garçon était juste celui de leurs voisins, mais son mari et elle l'avaient beaucoup aimé. À la question de savoir si cette photo était sa préférée, elle avait ensuite souri et affirmé qu'elles étaient toutes ses préférées. Ça, Clara en doutait. En partant à l'hôpital, Mme Orchard avait pris ce cliché ainsi que le portrait de son mari devant la porte fleurie. Leur disparition lui avait tout de suite sauté aux yeux. Si vous deviez n'emporter que deux photos avec vous, vous prendriez vos préférées.

L'inconnu se pencha pour examiner celles qui restaient.

— Ne les touchez pas, murmura farouchement Clara.

L'avait-il entendue et voulait-il marquer sa désobéissance ? Toujours est-il qu'il en souleva une. Clara serra les poings.

— Elles ne sont pas à vous ! siffla-t-elle.

La photo avait un cadre en bois. À en juger par son emplacement sur le buffet, il pouvait s'agir de celle montrant M. et Mme Orchard ensemble, mais Clara n'en était pas sûre – il y avait aussi à cet endroit un portrait de la sœur de sa voisine, Mlle Godwin, qui avait vécu seule dans cette maison jusqu'à ce que Mme Orchard vienne habiter chez elle et qui était morte quelques années plus tôt.

L'homme remit la photo à sa place et contempla les autres encore une minute. Puis il retourna dehors.

Clara courut vers la fenêtre donnant sur la rue – de là, on distinguait mieux l'allée de Mme Orchard. L'espace d'un instant, elle crut que l'intrus allait partir, mais il contourna sa voiture et ouvrit le coffre pour en extraire le premier de ses cartons. Il les déchargea l'un après l'autre – il y en avait deux dans le coffre et deux sur la banquette arrière – et revint les poser par terre dans le salon. Avec un peu de chance, songea-t-elle, ils étaient destinés à Mme Orchard (encore que... de quoi pouvait-elle avoir besoin qui soit si lourd et volumineux ?). Une fois sa livraison terminée, l'inconnu remonterait dans sa voiture et s'en irait.

À la place, il fit quelque chose qui n'avait rien d'encourageant : il sortit une valise.

Elle dîna debout près de la fenêtre en espérant que son père rentrerait de bonne heure afin de pouvoir

lui parler de l'homme d'à côté avant d'être obligée
d'aller au lit. Mais cela lui revint ensuite : il partici-
pait à une réunion d'enseignants à l'école et ne serait
pas là de sitôt. Elle finit donc son repas, adressa
un « bonne nuit » silencieux à Rose, où qu'elle fût,
et un autre à voix haute à sa mère, puis monta à
l'étage. Elle aurait préféré rester à son poste, mais se
coucher faisait partie du marché que son père et elle
avaient conclu quand, une semaine après la disparition
de Rose, elle s'était mise à « jouer les vigies » à la
fenêtre, comme il disait.

C'était à partir de cette deuxième semaine qu'elle
avait senti l'ombre noire et froide de la peur planer sur
elle. La peur que quelque chose soit arrivé à sa sœur.

— Je peux me débrouiller toute seule, lui avait
dit Rose dans leur chambre avant son départ. Tu le
sais, n'est-ce pas ?

Clara avait acquiescé tristement en la regardant
fourrer des vêtements dans son sac à dos. En effet,
sa sœur était futée et endurcie. Elle le savait très bien,
oui, tout comme elle savait que Rose était belle, et
drôle, et sans cesse en conflit avec leurs parents ou ses
professeurs (à la grande honte de leur père, qui ensei-
gnait l'histoire dans son lycée). Elle détestait qu'on
lui donne des ordres. Mais alors, vraiment. Et quand
elle était en colère, elle disait des choses qu'elle ne
pensait pas. Qu'elle allait partir et ne jamais revenir,
par exemple. Elle s'était déjà enfuie de la maison à
deux reprises, mais était toujours rentrée au bout de
quelques jours, après avoir décidé qu'elle avait fait
assez peur à leur mère. Tel était son but – cela aussi,
Clara le savait. Ses fugues se voulaient une punition.

Mais celle-là lui semblait différente des précédentes. Rose n'avait encore jamais dit à leur mère :

« Tu ne me reverras plus jamais. Je te le promets. »
Elle prenait les promesses très au sérieux. Et elle
proférait d'habitude ses menaces en criant, alors que
là, elle s'était exprimée posément, presque doucement,
ce qui avait d'autant plus effrayé Clara. Sa colère
avait été comme une fumée qui envahissait la cuisine.

Cela n'avait même pas commencé par une si grosse
dispute que ça. Rose était une nouvelle fois rentrée
après l'heure qui lui avait été fixée, rien de plus,
mais les choses avaient dégénéré quand il avait été
question de savoir si leur mère pouvait ou non lui
dicter sa conduite – la réponse pour Rose étant non.
Leurs voix avaient résonné tour à tour, de plus en
plus furieuses, jusqu'à cette dernière réplique de leur
mère :

— Tant que tu vivras dans cette maison, jeune
fille, tu feras ce qu'on te dit.

La suite avait montré qu'elle avait été mal inspirée.

— Tu ne dois pas t'en faire pour moi, ajouta Rose
en marquant une pause, son T-shirt préféré roulé en
boule dans sa main. Promis ?

Elle avait forcé sur l'eye-liner. Elle mettait toujours
des tonnes et des tonnes de maquillage – le fond de
teint le plus clair qu'elle pouvait trouver, presque blanc,
un trait épais d'eye-liner, du mascara, de l'ombre à
paupières verte ou bleue (verte, en l'occurrence) et
un rouge à lèvres si pâle qu'il faisait disparaître sa
bouche. Un jour, elle s'était amusée à dessiner une
larme noire sur sa joue et à se teindre les cheveux
en noir corbeau – à l'exception des pointes, qu'elle
avait peroxydées au point de les rendre jaune paille.
Puis elle avait ramené le tout en arrière pour se faire
une énorme choucroute.

— J'ai une tête de déterrée, avait-elle déclaré en s'examinant dans le miroir de la salle de bains, l'air très contente d'elle. Tu ne trouves pas ?

— Tu es belle, avait dit Clara.

Elle était sincère. Rose était la plus belle personne du monde.

Inquiète, elle la regarda continuer à faire son sac.

— Où vas-tu aller ? Où vas-tu dormir ?

Elle avait mal à la gorge à force de se retenir de pleurer, mais Rose détestait qu'elle chouine.

— Quand est-ce que je te reverrai ? Comment je pourrai être sûre que tu vas bien ?

Rose hésita.

— Je n'ai pas encore les réponses à ces questions. Mais je te ferai parvenir un message. Je ne sais pas quand ni comment, mais j'y arriverai. Ouvre l'œil. Évite juste d'en parler à maman et papa quand tu le recevras, d'accord ?

Elle dévisagea Clara un instant en se mordillant un ongle – une sale manie chez elle, et la seule chose dont elle n'était pas fière.

— Ne fais jamais ça, avait-elle lancé une fois à sa benjamine. Si je te surprends à te ronger les ongles, je te tuerai. Promets-moi de ne pas commencer.

Puis elle écarta sa main de sa bouche et prit un ton plus doux, très inhabituel chez elle – la douceur n'était pas son genre.

— Quand j'aurai trouvé un endroit où loger, tu pourras venir vivre avec moi. On s'amusera comme des folles ! On sortira tous les soirs jusqu'à pas d'heure et je te montrerai plein de trucs !

Clara tenta de lui retourner son sourire, mais ses lèvres tremblaient trop. Cela parut soudain émouvoir Rose. Elle fourra son T-shirt dans son sac, puis enroula ses bras autour d'elle en la berçant tendrement.

— Je t'aime fort, fort, fort, dit-elle. Promets-moi que tu n'oublieras jamais combien je t'aime.

— Je te le promets, répondit Clara d'une voix étranglée par les larmes.

Mais au lieu de s'énerver comme elle le faisait toujours dans ces cas-là, Rose la serra plus fort contre elle pendant une longue minute.

C'était après ça qu'elle était partie.

Rose n'avait pas menti, elle pouvait se débrouiller seule. Un jour que Ron Taylor s'était approché d'elle par-derrière pour poser ses grosses pattes sur ses petits seins, elle s'était libérée et l'avait frappé si fort en pleine figure avec son sac d'école qu'il avait saigné du nez. Clara l'avait vu de ses propres yeux. Si Rose affirmait qu'elle s'en sortirait, elle s'en sortirait. Au début, donc, elle ne s'était pas inquiétée pour sa sécurité – elle se demandait juste quand sa sœur reviendrait. Mais au bout d'une semaine, l'angoisse l'avait gagnée, et pas seulement parce que la plus longue des précédentes fugues de Rose n'avait pas duré la moitié de celle-là. La panique grandissante de sa mère et les efforts horribles de son père pour faire comme si de rien n'était ne la rassuraient pas. Et si Rose n'avait pas pensé à tous les dangers qui existaient dehors ? À en juger par leur état, ses parents y pensaient, eux.

Elle avait l'impression de voir Rose partout. Huit jours après sa disparition, elle était rentrée de l'école en comptant ses pas (il fallait qu'elle en compte cent d'affilée autant de fois que possible durant tout le trajet, matin et soir, sinon Rose risquait de ne pas revenir), et alors qu'elle s'apprêtait à remonter l'allée de sa maison, il lui avait semblé l'apercevoir dans les bois juste en face. Ces terres n'avaient jamais été défrichées et s'étendaient sur des centaines et des centaines de kilomètres. Des cerfs en émergeaient parfois pour aller brouter jusqu'au bord de la route, et de temps à autre un ours curieux venait se promener tranquillement dans les jardins des gens, qui du coup avaient peur de mettre le nez dehors. Mais ce jour-là, l'espace d'un instant, Clara crut distinguer une tache rouge – le même rouge que le blouson de Rose – dans l'ombre noire des arbres.

Le sergent Barnes et les habitants de la ville avaient déjà fouillé les bois, bien sûr. Ils avaient ratissé les environs à des kilomètres à la ronde. Mais Rose pouvait avoir été plus maligne qu'eux. Et aller plus loin encore, attendant que tout le monde abandonne les recherches pour revenir.

Clara retint son souffle en scrutant les arbres. Rien ne bougeait. Tout doucement, comme si sa sœur avait été un cerf qu'elle craignait d'effaroucher, elle traversa la route et s'arrêta à la lisière du bois.

— Rose ?

Pas un bruit. Pas un mouvement.

— Rosie ?

Elle s'avança d'un pas lent et prudent. Puis un nouvel éclair rouge jaillit devant elle et un carouge à épaulettes s'envola d'un arbre avant de disparaître.

Ainsi, ce n'était pas Rose. Elle se persuada malgré tout qu'il y avait un lien entre cet oiseau et sa sœur. Peut-être lui adressait-il quelque mystérieux message.

Ce fut ce soir-là qu'elle commença à faire le guet à la fenêtre. Quand sa mère entra dans le salon pour lui annoncer que le dîner était prêt, Clara l'informa qu'elle ne prendrait désormais plus ses repas à table. De même, elle n'irait plus à l'école. Pas tant que Rose ne serait pas rentrée.

Sa mère ne comprit pas.

— Tu peux quitter cette fenêtre pour aller t'occuper de Moïse, mais pas pour manger ou te rendre à l'école ? demanda-t-elle en plaquant ses mains sur ses joues avec l'air de vouloir empêcher sa tête d'exploser.

Elle semblait au bord du désespoir, et Clara n'en était pas loin elle non plus. Comment lui expliquer ? Elle devait nourrir Moïse et passer du temps avec lui parce qu'elle l'avait promis à Mme Orchard, et elle ne devait pas bouger de la fenêtre le reste de la journée de peur de rater Rose, ou à défaut un message d'elle. Qui sait quelle forme prendrait ce dernier ? Au début, elle s'était préparée à un mot écrit, voire à une carte postale prétendument envoyée par quelqu'un d'autre, dont elle seule devinerait la véritable origine. Mais elle se trompait peut-être. En supposant qu'elle soit bien rentrée et cachée dans les environs, sa sœur pouvait souhaiter s'assurer que le moment était bien choisi pour remettre les pieds à la maison. Arrêter de la guetter, c'était risquer de ne pas voir son signal. Mais… comment dire ça à sa mère sans trahir sa sœur ? Sa mère appellerait le sergent Barnes, tout le monde se remettrait à inspecter les bois et Rose s'enfuirait pour de bon, cette fois.

— J'attends que Rose rentre à la maison, répondit-elle au bout du compte.

— Ma chérie, je sais qu'elle te manque, tout comme elle nous manque, à ton père et à moi, mais rester plantée près de la fenêtre ne la fera pas réapparaître. S'il te plaît, viens à table. Je ne peux pas gérer ça en plus de…

Une fêlure dans sa voix indiqua à Clara qu'elle était tout près d'éclater en sanglots. Elle-même avait du mal à respirer, et la tête lui tournait – elle se serait peut-être évanouie si son père n'était pas arrivé pile à cet instant.

— Quel est le problème ? demanda-t-il de cette voix normale si anormale qui était la sienne depuis le départ de Rose.

Clara n'eut pas le courage de le regarder en face – son visage l'effrayait autant que celui de sa mère. Pas parce qu'il était tout rouge et bouffi à force de pleurer, mais parce que cette gaieté feinte qu'il plaquait dessus lui évoquait trop un masque mal ajusté.

Son père ne supportait pas les conflits. Quand des gens se disputaient, il cherchait toujours à les réconcilier. C'était plus fort que lui, il fallait qu'il mette les pieds dans le plat, comme disait Rose.

— Houlà ! s'écriait-il en faisant des gestes apaisants avec ses mains. Calmons-nous un peu et voyons si on ne peut pas trouver un compromis.

Ou bien :

— Essayons de parvenir à un accord. Pour commencer, qui veut quoi ?

Cela exaspérait la sœur et la mère de Clara – ce qui, d'après la première, était bien leur seul point commun. Toujours selon elle, leur père mettait aussi les pieds dans le plat à l'école, si bien que les gens avaient envie de l'étrangler. Mais en fait, il était assez doué à ce petit jeu, du moins de l'avis de Clara. Tous les problèmes avaient une solution, affirmait-il. Le truc consistait juste à la faire émerger, et il semblait bien avoir un don pour ça.

Les disputes familiales opposaient en général – non, tout le temps – Rose et sa mère. Clara, elle, les détestait autant que son père, mais elle n'avait eu jusqu'à présent personne avec qui entrer en conflit. Rose ne la traitait jamais méchamment et elle-même craignait tant de contrarier sa mère qu'elle ne faisait pas de bêtises. C'était donc la première fois qu'elle était visée par l'une des interventions de son père. Elle lui en fut reconnaissante.

Sa mère, pas du tout, en revanche.

— Tu veux bien nous laisser ? lança-t-elle avec colère. Reste en dehors de ça, OK ?

Mais il ne fut pas d'accord. Ou ne put pas l'être. Et il arriva bel et bien à régler le problème, même s'il lui fallut un moment. Le marché qu'il conclut stipulait que si Clara acceptait d'aller à l'école et de se coucher à son heure habituelle, elle pourrait prendre ses repas près de la fenêtre du salon – ou n'importe où d'autre.

— Comment va-t-elle faire ? demanda sa mère d'une voix suraiguë. Il n'y a pas la place pour mettre une table ici.

— On posera son assiette sur le rebord de la fenêtre.

— Elle va tomber ! Regarde le rebord, il est trop étroit ! Les assiettes sont trop larges ! Il y aura de la nourriture par terre. Tu as envie qu'elle mange à même le sol, toi ? Pourquoi faut-il que tu suggères des trucs aussi ridicules ?

— On la servira dans un petit bol, répliqua-t-il doucement. Faisons au moins un essai, Di. Voyons si ça marche.

— Tu veux bien arrêter d'être condescendant avec moi, s'il te plaît ? Je suis ta femme, pas ta fille ! Et tant que tu y es, tu veux bien arrêter aussi de faire comme si...

Sans achever sa phrase, elle quitta la pièce.

Servir Clara dans un bol s'avéra toutefois une bonne solution. À partir de là, exception faite des nuits et du temps qu'elle passait en classe ou avec Moïse, elle resta collée en permanence à une fenêtre ou à une autre, à l'affût de Rose.

Clara avait sa propre chambre, mais ne l'utilisait que pour y ranger ses vêtements. Depuis toute petite, elle préférait partager celle de Rose (qui comportait deux lits). Sa sœur ne s'y était pas opposée et la laissait parfois même dormir avec elle – et pourtant Clara avait presque huit ans maintenant, si bien qu'elles commençaient à être un peu serrées. C'était son plus grand bonheur. Elle essayait de rester éveillée afin de savourer la présence de Rose à côté d'elle, de sentir son souffle chaud sur sa nuque, mais elle sombrait toujours bien trop vite dans le sommeil.

Le soir où l'inconnu arriva chez Mme Orchard, elle se brossa les dents, mit son pyjama et plia ses vêtements, qu'elle disposa bien comme il faut sur la chaise de sa chambre, tout prêts à être enfilés le lendemain. De retour dans la chambre de Rose, elle rassembla les affaires qui traînaient par terre pour les suspendre à leur place dans l'armoire, puis en sortit d'autres qu'elle laissa tomber près du lit de sa sœur et qu'elle chiffonna autant que possible avec ses pieds.

Le contraste entre leurs côtés respectifs de la pièce était une sorte de plaisanterie entre elles : Rose, de son propre aveu, était « une indécrottable souillon », tandis que Clara était une indécrottable maniaque, née avec un

goût prononcé pour l'ordre. « *Extrêmement* prononcé »,
disait Rose pour la taquiner. « *Flippant*, même. » Son
espace à elle ressemblait toujours à un dépotoir, mais
leur mère avait cessé d'en faire toute une histoire. Sa
fille voulait vivre dans une porcherie ? Soit ! Ce n'était
pas elle qui allait tout nettoyer à sa place. Pour Rose,
cela avait constitué une victoire majeure.

Après son départ, Clara avait rangé ses affaires en se
disant que sa sœur apprécierait à son retour de trouver
un lieu tout propre qu'elle pourrait remettre sens dessus
dessous. Mais c'était une erreur. La pièce lui avait paru
si dénaturée qu'elle avait été incapable de s'endormir.
Au bout d'un moment, elle s'était levée et avait ressorti
de l'armoire des vêtements qu'elle avait éparpillés par
terre. Depuis, elle veillait tous les jours à renouveler
ce désordre afin que la chambre soit telle que Rose
l'aimait si jamais elle décidait de revenir en douce
sous le couvert de l'obscurité.

Ce soir-là, elle se roula en boule dans son lit en
pensant à sa sœur, souhaitant qu'elle rentre vite, puis en
pensant à l'homme d'à côté, souhaitant qu'il s'en aille
tout aussi vite, jusqu'à ce que ces deux vœux finissent
par n'en faire plus qu'un et que le sommeil la gagne.

Dans son rêve, elle vit Rose errer seule dans le noir.
Elle se déplaçait très lentement, pieds nus. Au début,
elle tournait le dos à Clara, mais elle pivota ensuite
et la regarda en souriant. Sauf que ce n'était pas son
sourire normal. C'était le sourire d'une personne qui
faisait tout pour ne pas montrer qu'elle avait peur.

2

ELIZABETH

Martha déblatère encore à n'en plus finir. Je n'arrive pas à comprendre de quoi elle parle, mais il est clair qu'elle trouve ça honteux. Elle pestait déjà ce matin, quand Mlle Roberts est passée dans le service prendre le pouls et la température des malades.

— Je suis bien d'accord, a dit l'infirmière (tout en m'adressant un clin d'œil). C'est scandaleux. Ça ne devrait pas être autorisé. Mettez ça juste un instant sous votre langue, voulez-vous ?

Elle est très patiente avec nous. La plupart des infirmières le sont, mais elle encore plus que les autres. C'est vraiment une fille adorable.

— Un peu de bon sens, voyons ! a tonné Martha à l'intention de la personne logée dans sa tête.

Dans le même temps, elle a envoyé voler son thermomètre sur le couvre-lit.

Mlle Roberts l'a ramassé et essuyé.

— D'accord, a-t-elle déclaré. Voici ce que je vous propose : gardez ça deux minutes sous votre langue et j'essaierai de faire preuve d'un peu plus de bon sens. Ça vous va ?

Tu serais tombé amoureux d'elle sur-le-champ, mon chéri. (De Mlle Roberts, je veux dire, pas de

Martha. Certainement pas de Martha !) Tu tombais toujours amoureux des jolies jeunes femmes, surtout quand elles avaient quelque chose dans le crâne. Ça ne me dérangeait pas du tout, moi.

En fait, Martha ne m'ennuie plus autant qu'au début. Les premiers jours, sa manie de parler toute seule et de crier me rendait folle, mais on s'habitue à tout. Maintenant je trouve ça presque intéressant de tenter de deviner quand elle perd la tête et quand elle a toute sa raison. Parce qu'il lui arrive d'être tout à fait lucide.

Elle n'a jamais de visite. Moi non plus, cela dit. Mes rares amis encore en vie ne conduisent plus. Quand elle a appris que je devais être hospitalisée, Diane m'a proposé de venir me voir avec la petite Clara, mais j'ai refusé. Le trajet est horriblement long et les routes sont dans un état déplorable. Je ne voulais pas que quiconque se sente obligé de le faire. Pour être honnête, je le regrette un peu. Je ne pensais pas que mon séjour ici s'éterniserait autant et je ne mesurais pas combien les journées peuvent être interminables.

Mais je t'ai, toi, mon amour, alors je ne me plains pas. Toi, et aussi Moïse.

Une visite de Moïse me changerait les idées. Toutes les patientes du service se lèveraient à coup sûr pour le caresser.

Je m'inquiète à son sujet. La nourriture que j'ai laissée pour lui doit être finie depuis plusieurs semaines déjà. Diane en aura sûrement racheté si Clara l'a alertée (ce dont je ne doute pas), mais supposons que je ne ressorte pas vivante de cet hôpital. Que deviendra Moïse ? Quand bien même Clara voudrait l'adopter, Diane est allergique aux chats et ne pourra pas l'envisager. Cela m'a tracassée toute la nuit. C'est ridicule.

J'ai tellement envie de rentrer chez moi et de retrouver mes habitudes. Ce sont elles qui me manquent le plus. Brancher la bouilloire. Échanger à l'occasion quelques mots avec Clara à son retour de l'école. J'apprécie beaucoup nos conversations, parce qu'on ne sait jamais où elles vont mener. Cette petite ne me transporte pas autant de joie que Liam autrefois, mais enfin, aucun enfant à part lui ne l'a jamais fait.

Clara a une grande sœur qui traverse une phase rebelle et qui en fait voir de toutes les couleurs à ses parents, mais elle-même est une gamine adorable. Non, adorable n'est pas le bon mot. Intéressante, parfois attendrissante, mais pas adorable. Tout d'abord, elle est d'un naturel sceptique. Je la connais depuis sa naissance, et dès qu'elle a été en âge de poser des questions, elle a commencé à douter des réponses. « Qu'est-ce que c'est, ça ? » demandait-elle par exemple en montrant le grille-pain, et quand on lui indiquait le nom de l'objet et qu'on lui expliquait qu'il servait à griller des tranches de pain, elle vous jetait un regard en coin, l'air de dire « mon œil ! ». De la part d'une enfant de trois ans, c'était très drôle, mais elle en a presque huit aujourd'hui et ce trait de caractère s'est accentué au point de devenir alarmant. Je me rappelle quand je lui ai annoncé que je devais aller à l'hôpital.

— Pour quoi faire ? a-t-elle voulu savoir, comme si elle me soupçonnait de feindre une maladie.

J'ai dit que mon cœur ne fonctionnait pas tout à fait bien, mais que ce n'était pas grave et que je ne serais pas absente très longtemps.

— Combien de jours ?

Je n'en étais pas sûre, ai-je avoué. Une semaine ou deux, peut-être. Elle a réfléchi un instant.

— Et votre cœur sera réparé, après ?

J'ai répondu que je l'espérais, mais cela ne l'a pas satisfaite. Elle voulait un oui ou un non, pas de ces faux-fuyants. J'ai vite dévié la conversation pour prévenir toute question sur la mort et lui ai demandé si elle accepterait de nourrir Moïse pour moi et de passer un peu de temps avec lui tous les jours afin qu'il ne se sente pas seul. Elle a hoché la tête.

— Oui, a-t-elle dit.

Puis :

— Et vous, vous n'allez pas vous sentir seule ?

Cela m'a surprise. Je ne la pensais pas capable d'empathie ni d'imagination. J'ai prétendu que non, probablement pas, parce qu'il y avait plein de monde dans les hôpitaux. Elle a médité cette information et l'a considérée comme recevable au bout du compte, même si, pour être honnête, mon amour, j'ai soudain eu peur comme jamais auparavant. Avoir beaucoup de monde autour de soi ne veut pas dire qu'on ne peut pas se sentir seul. J'ai décidé d'emporter la photo où tu poses avec Liam, ainsi que celle prise de toi à Charleston – ces deux-là me remontent toujours le moral. Elles trônent côte à côte, légèrement de biais, sur la petite table de nuit de mon lit d'hôpital. Juste à portée de main.

Mlle Roberts te trouve très séduisant. Elle a bon goût.

Revenons-en à Clara : ce n'est pas pour mes beaux yeux qu'elle passe tant de temps chez moi, bien sûr. Je ne me fais pas d'illusions. C'est Moïse qu'elle vient voir. Il l'aime bien (ce qui m'étonne, tant il est méfiant) et la laisse parfois le caresser. De son côté, elle n'essaie pas de le prendre dans ses bras – cela vaut mieux, car il n'apprécierait pas. Le plus souvent, elle s'accroupit et le regarde, pendant que lui s'assoit sur son arrière-train et fixe le trou dans la plinthe où vit la souris. Entre elle et lui, c'est une histoire qui dure. Il peut rester des heures à observer ce trou en affectant une indifférence nonchalante, sans que rien ne trahisse son impatience hormis un infime tressaillement occasionnel de sa queue. De temps à autre, on perçoit un mouvement dans le trou, l'ombre d'une vibrisse. Je me suis déjà demandé s'il pouvait s'agir d'une provocation délibérée de la part de ce petit rongeur. Peut-être que, inversant l'ordre des choses, c'est lui qui joue au chat et à la souris ? Dans ces moments-là, Moïse se raidit, puis se tapit sur le sol, prêt à bondir. Clara en fait autant, le cou en avant, bien déterminée à ne rien rater du spectacle. J'ignore quelle issue elle espère et n'ose pas la questionner.

Elle me manque. Si je devais ne choisir qu'un visiteur, ce serait elle.

Du foie au déjeuner. Je déteste le foie. Et je ne pense pas qu'il soit très diplomatique de servir des abats à des patients dont les propres entrailles sont peut-être source de sévères désagréments. Au moins a-t-on eu de la tarte aux pommes avec de la glace en dessert, ce qui m'a un peu consolée. Il n'y avait pas assez de pommes, bien sûr, mais le cuisinier fait de bonnes pâtes et sa tarte était agréablement sucrée. Vous savez ce qu'on dit sur les vieux ? Qu'ils sont de plus en plus friands de douceurs à mesure qu'ils avancent en âge. Eh bien, c'est vrai.

Nous n'avons rien d'autre à attendre que les repas, ici. Ils doivent s'en douter, alors pourquoi ne font-ils pas plus d'efforts ?

J'ai fait un somme après le déjeuner. À mon réveil, j'ai pris conscience que si je devais n'avoir qu'un visiteur, ce ne serait pas Clara que je choisirais, quel que soit le plaisir que me procure sa compagnie. Non, ce serait Liam, évidemment. Et toi, tu serais déjà là, si bien qu'on se retrouverait tous les trois, comme avant.

Un autre jour. Mardi, je crois, encore que cela ne fasse aucune différence. Je suis tombée ce matin. Je t'entends presque dire que c'est bien fait pour moi. On m'a recommandé de ne pas me lever seule et d'appeler quelqu'un pour m'aider, mais j'avais besoin d'aller aux toilettes, il n'y avait personne dans les parages et cela devenait urgent. Pour toutes ces raisons, j'ai décidé d'essayer. Mes jambes m'ont aussitôt lâchée et je me suis affalée par terre.

— Mon Dieu ! s'est exclamée Martha – signe qu'elle devait être dans un de ses moments de lucidité.

Elle a rejeté ses couvertures et voulu se lever à son tour. Elle devait s'imaginer pouvoir venir à ma rescousse, ce qui était très gentil de sa part, mais aussi très bête, parce qu'elle est encore plus mal en point que moi. En un rien de temps, elle m'a rejointe par terre. Puis quelqu'un à l'autre bout de la salle a crié, les infirmières sont arrivées en courant et tout ce remue-ménage a duré quelques minutes, jusqu'à ce qu'on soit de nouveau toutes les deux en sécurité dans notre lit. Quand j'ai murmuré à Mlle Roberts que j'avais toujours une envie pressante, elle a proposé d'aller me chercher le bassin hygiénique. À voix haute cette fois, et d'un ton contrarié, j'ai répondu que je ne voulais pas de bassin hygiénique, que je détestais les bassins hygiéniques et que je tenais à utiliser les toilettes, comme tout être civilisé. Elle s'est assise sur le lit et m'a pris la main.

— Pas aujourd'hui, madame Orchard, a-t-elle dit doucement. Pas alors que vous venez de tomber. Attendons que vous soyez un peu plus d'aplomb sur vos jambes.

Il est difficile d'être furieux contre quelqu'un d'aussi gentil, mais ce jour-là, je l'ai été.

Je suis un fardeau et cela m'horripile. La vie n'a aucun sens quand on n'est plus rien qu'un fardeau pour les autres.

Martha a encore déliré cette nuit. Et crié également – peut-être contre la même personne que la dernière fois. Elle lui disait de grandir un peu. Curieuse de savoir contre qui elle s'énervait ainsi, j'ai décidé ce matin de lui poser la question. C'est indiscret, oui, mais les journées sont si longues et si semblables qu'il faut saisir toutes les chances de se distraire. Sinon, indépendamment de la maladie qui nous vaut une hospitalisation, on finirait par mourir d'ennui.

C'était l'heure du petit déjeuner et nous étions adossées à nos oreillers. Martha mangeait des galettes de céréales. Les infirmières les avaient prédécoupées pour elle, mais pas assez finement, et il y avait toujours des morceaux qui s'échappaient de sa bouche. Ça lui donnait l'air d'un cheval mâchant du foin – sauf que les chevaux n'ont pas du lait qui leur coule sur le menton, eux. Pour être honnête, il est difficile de manger proprement au lit. On ne peut pas s'asseoir le dos droit, la faute je crois à nos jambes étendues devant nous. Et puis le dentier de Martha n'est pas bien ajusté à sa mâchoire. Il n'arrête pas de bouger, et je suis sûre que ça n'aide pas. La serviette que les infirmières lui attachent autour du cou en guise de bavoir est toujours trempée à la fin.

— Contre qui êtes-vous si en colère ? ai-je demandé.

Elle a tourné la tête vers moi.

— Hein ? a-t-elle lâché, la bouche pleine.

La façon dont les gens mangent en dit long sur eux, et je peux vous affirmer que la mère de Martha n'était pas très à cheval sur les bonnes manières à table. Les miennes à l'inverse sont irréprochables, ce dont je suis fière. Tout comme les tiennes, mon amour. Elles étaient parfaites. Tu ne parlais pas souvent de toi – jamais, en fait, à moins d'y être vraiment obligé –, si bien que je ne sais pas grand-chose de ton enfance, mais il est évident que tu as été très, très bien élevé (cela vaut-il pour tous les Anglais en général, ou est-ce une question de « classe » ? Je n'ai jamais réussi à comprendre votre système de classes sociales, ni ta position exacte dans cette hiérarchie. Parce que tu as fréquenté un pension-nat, je soupçonne juste une certaine aisance financière – même si envoyer de jeunes enfants dans un pension-nat est à mes yeux une pratique barbare, mais nous reviendrons là-dessus une autre fois).

— Vous avez crié contre quelqu'un dans votre sommeil. Je me demandais simplement de qui il s'agissait.

Elle a continué à mâchonner en semblant réflé-chir. Puis elle a dégluti à deux ou trois reprises, et les contractions élaborées de son vieux cou maigrelet m'ont évoqué celles d'un serpent avalant une balle de golf.

— Janet, a-t-elle dit.

— Janet ?

— Ma sœur.

— Qu'a-t-elle fait pour vous mettre autant en colère ?

— Elle n'arrêtait pas de se jeter à la tête des hommes. Et pour finir, elle s'est enfuie avec cette ordure, ce menteur…

Au bout d'une minute, voyant qu'elle n'avait rien à ajouter, j'ai insisté :

— A-t-elle réussi à s'en sortir ? L'histoire s'est-elle bien terminée ?

— Non. Pas du tout.

Un enfant né hors mariage – voilà ce qui doit être arrivé à Janet, bien sûr. Une honte, une souillure pour sa famille. Un bâtard. Un enfant non désiré.

Un enfant « non désiré ». Ces simples mots, cette simple idée me paraissent un blasphème.

L'heure du coucher. Les infirmières de nuit sont là. Au nombre de deux seulement, elles s'assoient à un bureau au milieu de la salle avec une lampe qui leur permet de lire et qu'elles cachent avec une serviette afin de ne pas nous déranger. À en juger par leurs ronflements, certaines patientes parviennent à dormir toute la nuit, et cela me sidère, moi qui trouve rarement le sommeil plus de quelques heures.

Mais tu me tiens compagnie, mon amour. Dans ma tête, je remonte le temps jusqu'à une journée bien précise ou un moment particulier. Rien de dramatique, en général. Juste un instant normal. Notre « normalité » à nous, durant les quelques mois où Liam a fait partie de nos vies, a été la plus grande joie de mon existence. Hier soir, par exemple, j'ai déterré du passé un souvenir très simple de cette période : j'étais dans la cuisine, en train de préparer un en-cas pour nous deux (nous avions dîné très tôt avec Liam, qui dormait à présent sur un vieux lit de camp dans notre chambre). Parce que je n'arrivais pas à ouvrir un pot, je suis allée dans le salon te demander ton aide et je t'ai trouvé si absorbé par la lecture d'un livre (un traité passionnant sur des parasites ou je ne sais quelle nouvelle maladie qui touchait le blé, sans doute) que j'ai eu des scrupules à te déconcentrer.

C'était là quelque chose de miraculeux. Avoir ce bel enfant endormi au pied de notre lit nous paraissait si naturel, si légitime que tu pouvais oublier tout ce qui ne concernait pas ton ouvrage, et moi préparer un en-cas.

Enfin bref, je ne voulais pas t'interrompre, alors je me suis contentée d'abaisser le pot de telle sorte qu'il entre tout juste dans ton champ de vision. Un long, très long moment s'est écoulé, mais, sans surprise, ta main gauche s'est levée pour le prendre, ta main droite a lâché le livre – sur lequel ton coude est tout de suite venu se plaquer pour l'empêcher de se refermer – et, sans cesser de lire, tu as dévissé le couvercle et tu l'as laissé posé sur le pot. Puis, lentement, tu me l'as rendu.

— Merci, mon chéri, ai-je dit.

Au bout d'un laps de temps si interminable que j'étais retournée dans la cuisine en ayant renoncé à recevoir une réponse, je t'ai entendu dire ces mots d'un ton vague, comme s'ils émanaient d'une partie totalement distincte de ton cerveau :

— C'est un plaisir.

Ce souvenir a fait mon bonheur toute la nuit. « C'est un plaisir. »

3

LIAM

Après avoir rentré les cartons et monté sa valise à l'étage, il décida de profiter de la fin du jour pour se rendre à pied au centre-ville et voir ce qu'on y trouvait. La réponse fut : pas grand-chose. Deux grandes rues se croisaient à angle droit, l'une orientée dans le sens nord-sud, parallèlement au lac, et l'autre s'éloignant de ce dernier vers l'est et longeant plusieurs pâtés de maisons avant de disparaître à la lisière de la forêt. Quelques petites fermes, un lycée plus ou moins récent isolé au milieu d'un champ, une scierie et un camp de bûcherons à quatre ou cinq kilomètres de la ville : avec ça, on avait fait le tour. Tel était Solace, dans le nord de l'Ontario, en septembre 1972.

Liam venait de rouler à travers bois pendant six heures. Citadin pur jus, il jugea qu'il y avait beaucoup trop d'arbres dans le coin. Les feuillages rouge et or flamboyaient sur les collines, mais quand on y regardait de près, le sol au-dessous baignait dans une obscurité inquiétante. Quelqu'un qui, pour une raison ou pour une autre, serait obligé de se frayer un chemin là-dedans sur quelques mètres risquait à coup sûr d'être englouti et de ne jamais revoir la lumière du jour.

Alignés le long des deux rues principales, la plupart des commerces répondaient aux besoins essentiels de la population, tandis que deux ou trois autres ciblaient une clientèle de touristes. Il y avait une petite épicerie avec un magasin de spiritueux à l'arrière qui semblait se cacher des autorités, un bureau de poste, une banque, une brigade de sapeurs-pompiers et un Hudson's Bay dans la vitrine duquel trônaient déjà parkas et bottes de neige. Une enseigne de sport à la devanture remplie de matériel de pêche côtoyait une boutique de souvenirs peinte en bleue. « Art indien et eskimo », annonçait un écriteau installé au-dessus d'une foule de pierres sculptées et d'accessoires ornés de perles. La plupart des prix étaient à trois, voire quatre chiffres. Sur la porte, une pancarte prévenait que le magasin était fermé jusqu'à l'année suivante.

En retrait de la route, une vieille église joliment encadrée de deux érables voisinait avec une école primaire tout aussi vieille. Toutes deux avaient l'air trop grandes pour la ville. Sûrement des reliques du passé, quand le nord de l'Ontario et ses ressources attiraient quiconque voulait réussir dans la vie, pensa Liam. Désormais, en dehors de l'industrie du bois, il devait n'y avoir que les touristes pour faire vivre Solace.

Sur la route qui s'éloignait du lac se succédaient une quincaillerie, une petite bibliothèque moderne et laide, deux bars – dont l'un se trouvait juste à côté du poste de police –, un drugstore et deux cafés-restaurants. Liam se rendit compte qu'il avait faim au moment même où il notait que les cafés étaient fermés. D'ailleurs – il vérifia autour de lui –, tout était fermé. Et il n'y avait personne, pas une âme en vue dans les parages. Hormis deux chiens qui reniflaient le sol, il était seul. Il regarda sa montre : 19 heures à peine passées. À tout juste 19 heures un jeudi soir, Solace était une ville fantôme.

L'espace de quelques secondes totalement irrationnelles, il se demanda si son cerveau ne lui jouait pas des tours. Si non seulement cette ville perdue dans une nature sauvage, mais aussi tout le reste, n'était pas une hallucination : Fiona, les huit années qui venaient de s'écouler, sa prétendue carrière, sa vie. À plusieurs reprises au cours de cette journée sur les routes, il avait eu conscience d'être déconcentré. Il s'était senti hébété, faute d'avoir bien dormi, et avait souffert d'un mal de crâne ténu mais persistant. Parfois aussi, il avait eu l'impression que la réalité lui échappait et qu'un vertige s'emparait de lui, comme si les choses glissaient sur une pente abrupte dans sa tête. Il n'avait cessé de se répéter qu'il était fatigué, et ce fut ce qu'il fit encore à cet instant. *Rentre chez toi. Trouve-toi un truc à manger et va te coucher.*

Histoire de parachever sa visite, il fit tout de même un détour par le lac et contempla la surface lisse et claire de ses eaux qui réfléchissaient les dernières lueurs du jour. Tout était si tranquille que c'en était presque irréel. À peine visible au loin, le rivage d'en face apparaissait dentelé de baies et de petites criques. Il ne manquait plus qu'un orignal pour compléter la carte postale. Il rentra la tête dans les épaules – les températures baissaient vite – et fit demi-tour.

La maison de Mme Orchard, c'est-à-dire la sienne à présent, était située dans la rue la plus au nord de la ville. Il avait laissé le rez-de-chaussée allumé en partant et il l'examina un moment depuis l'extérieur.

Grande, bien proportionnée et tout en bois, comme on pouvait s'y attendre dans une telle région, elle devait avoir été construite dans les mêmes années que l'église et l'école – à l'époque victorienne, probablement. L'immobilier ne valait sans doute pas grand-chose dans ce coin reculé de l'Ontario, mais si on y ajoutait l'argent que Mme Orchard lui avait légué, cela représentait quand même un joli pactole. De quoi au moins lui permettre de se poser un peu pour réfléchir.

Il allait rester quelques semaines, pas plus, songea-t-il en montant les marches du perron. Ce seraient des vacances, en quelque sorte. Avec un peu de chance, le beau temps tiendrait jusqu'au mois d'octobre. Mais quoi qu'il advienne, il mettrait la maison en vente et partirait au premier flocon de neige. Il n'avait aucune envie de faire l'expérience d'un hiver dans le Nord – ceux de Toronto étaient déjà bien assez rudes comme ça.

Il se félicita d'avoir laissé des lampes allumées. Quand il s'était avancé vers la porte d'entrée cet après-midi-là, il avait cru un instant qu'elle allait s'ouvrir sur Mme Orchard et que celle-ci l'accueillerait en souriant, telle qu'elle avait été la dernière fois qu'il l'avait vue, à savoir… quoi ? Trente, trente et un ans plus tôt ? Dans ces eaux-là, oui.

Il referma la porte derrière lui et marqua une pause en pensant avoir entendu un bruit, quelque chose de si léger qu'on n'aurait guère dit plus qu'un mouvement d'air. Mais il n'y avait rien. Il attendit, aux aguets. Toujours rien. Son imagination travaillait trop. Il jeta un coup d'œil dans le salon. Tout était dans l'état où il l'avait laissé.

Il alla remplir la bouilloire dans la cuisine, puis fit le tour de la maison en tirant les rideaux – chose qu'il n'avait jamais faite dans les villes où il avait vécu des années, alors même que des gens passaient à deux mètres de sa porte. Les chambres sentaient le renfermé. Au matin, il ouvrirait les fenêtres pour les aérer.

Il y avait un téléviseur dans le salon. Presque une antiquité. Il l'alluma et fit défiler plusieurs chaînes à l'image granuleuse jusqu'à ce qu'il tombe sur les informations. Il se moquait bien des dernières nouvelles, en réalité. Tout ce qu'il voulait, c'était meubler le silence. Il monta le son et retourna dans la cuisine chercher de quoi manger. Les placards contenaient les denrées classiques : de la farine, du sucre, du sel, du thé Salada, du café instantané, des soupes Campbell's, des boîtes de thon et une de pêches au sirop. Rien de très appétissant. Sur le plan de travail, en revanche, il aperçut un grand pot en verre fermé par un bouchon en liège et à moitié rempli de cookies. Il en renifla un et reconnut le parfum particulier des gâteaux à la farine d'avoine. Ce n'étaient pas ses préférés quand il était gamin – Mme Orchard lui en faisait d'autres, avec des pépites de chocolat, chaque fois qu'il venait la voir –, mais son mari et elle prenaient toujours ceux-là, et leur odeur le fit soudain sourire. Ce lien avec eux et le passé rendait la situation présente un peu moins étrange.

Il ouvrit le frigo et en examina le contenu. Mme Orchard devait avoir fait le tri avant son séjour à l'hôpital parce qu'il n'y avait pas de produits périssables comme du lait, de la viande ou des fruits. Il trouva de la vinaigrette crémeuse, un pot de confiture, un reste de margarine et du cheddar à moitié moisi qu'il jeta dans le sac-poubelle sous l'évier. Ce dernier était vide. Soit elle l'avait changé juste avant de partir, soit la femme de ménage était venue après. Il y avait une douzaine d'œufs, aussi. Il en cassa un par curiosité, eut un mouvement de recul devant sa puanteur, puis cassa tous les autres et les fit couler dans l'évier en les écrasant avec une fourchette.

Les œufs étaient le genre de choses que les gens achetaient en prévision de leur retour quand ils pensaient ne pas s'absenter plus de quelques jours. Il imagina Mme Orchard (ou plus précisément une vision plus âgée de la femme figurant sur les photos du buffet) les fouetter et les manger à la petite table de la cuisine, ou peut-être dans l'autre pièce, en regardant la télé comme lui-même avait l'intention de le faire, soulagée que son calvaire hospitalier soit terminé. Il se demanda à quel moment elle avait compris qu'elle ne rentrerait pas chez elle.

Il se prépara un café, y ajouta deux cuillerées de sucre pour compenser le manque de lait et l'emporta dans le salon avec le pot de cookies. Pendant une heure, il avala les gâteaux un peu rances les uns à la suite des autres, les yeux rivés sur les images brouillées à l'écran. À 22 heures, il monta à l'étage. Ayant identifié la chambre de la vieille dame (celle qui semblait occupée), il préféra ne rien déranger et choisit celle donnant sur l'arrière de la maison. Il posa sa valise sur une chaise, chercha sa trousse de toilette à l'intérieur, puis alla se laver les dents devant le lavabo fêlé de la salle de bains.

En revenant dans sa chambre, il constata avec soulagement que le lit était fait. Il se déshabilla et se coucha en laissant ses vêtements en tas par terre. Une minute s'écoula pendant laquelle il resta immobile, soudain conscient de sa fatigue. Après quoi il éteignit la lampe de chevet et ferma les yeux. Il fut aussitôt assailli par les pensées qu'il avait tenté de refouler toute la journée au volant de sa voiture. La désintégration lente et impitoyable de son couple, la décision de rompre, les mois de disputes de plus en plus âpres au sujet de la maison, et cette dernière soirée marquante dans ce qui avait été son foyer, quand il avait fallu que Fiona et lui se mettent d'accord sur le partage de leurs biens.

Prends ça, tu y as toujours été plus attaché que moi.

C'était ton cadeau d'anniversaire, je l'ai acheté pour toi. Il t'appartient.

Je n'en veux pas. Prends-le ou bazarde-le.

Des livres, des disques, des objets de décoration – le vase grec, souvenir de vacances uniques et longtemps anticipées, source de querelles et de rancœur ce soir-là, de leur arrivée jusqu'à leur départ. Le linge de lit, les couverts, la vaisselle. Les verres à vin en cristal que Fiona avait emballés dans du papier journal (c'était un cadeau de sa tante préférée), mais si vite et si brutalement que le pied de l'un d'entre eux s'était brisé. Ses larmes brûlantes. Un mariage roué et écartelé, réduit pour finir à un tas de cartons, sept pour elle, quatre pour lui, au milieu d'un salon.

Au bout d'un moment, renonçant à dormir, il ralluma sa lampe et chercha dans la poche zippée de sa valise la lettre de Mme Orchard, celle qu'elle lui avait écrite huit ans plus tôt et qu'il avait redécouverte au fond d'un tiroir lorsque Fiona et lui s'étaient réparti les vestiges de leur vie commune. Assis sur le lit, il la sortit de son enveloppe et l'étala sur ses genoux.

Cher Liam,

Tu ne te souviens peut-être guère de moi ; tes parents ont emménagé dans la maison voisine de la nôtre à Guelph quand tu avais trois ans et tu n'en avais que quatre la dernière fois que nous t'avons vu. Mais durant ce court laps de temps, tu as beaucoup compté pour moi et pour mon mari, Charles, et je me suis dit qu'il fallait que je t'écrive aujourd'hui.

Charles est mort il y a trois mois, début mars. J'aurais dû t'avertir plus tôt, mais je n'avais pas vraiment le moral après ça. Il a fait une crise d'appendicite qui a nécessité une opération et un problème avec l'anesthésique lui a été fatal. Au cas où tu ne l'aurais pas oublié, j'ai pensé que tu aimerais être au courant.

Tu verras que je n'habite plus à Guelph, mais que j'ai déménagé à Solace, dans le nord de l'Ontario. C'est là que vit ma sœur aînée et elle m'a gentiment invitée à venir m'installer chez elle.

J'ignore si tu recevras cette lettre – je l'envoie à la dernière adresse que Charles avait de ton père, tout en sachant qu'elle date d'il y a quelques années. Je le fais simplement dans l'espoir qu'elle te parvienne, et avec une profonde reconnaissance pour la joie que tu nous as procurée, à Charles et à moi.

Mon vœu le plus cher est que tu te portes bien et que tu profites de la vie, Liam. Je songe souvent aux moments que nous avons passés ensemble, et ils me font sourire.

Avec mon éternelle affection,
Elizabeth Orchard

Il replia la lettre, la rangea dans son enveloppe et la posa sur la table de nuit. Il ne se rappelait que vaguement Mme Orchard et son mari. Ils avaient été gentils avec lui et l'avaient souvent accueilli chez eux. Il gardait aussi en mémoire la peine immense qu'il avait éprouvée un jour en quittant leur maison – sans doute parce qu'il venait de leur dire au revoir avant que sa famille déménage à Calgary. Mais n'était-il pas trop jeune à l'époque pour comprendre qu'il ne les reverrait plus ?

Il avait lu la lettre au moins une demi-douzaine de fois depuis qu'il l'avait redécouverte, mais à présent qu'il était chez Mme Orchard – huit ans après l'avoir reçue, au terme d'une rupture et d'une carrière jetée aux orties –, il se remémora un autre moment de tension qui lui était associé : le jour où elle était arrivée par la poste, Fiona et lui préparaient les cartons d'invitation à leur mariage, et cela avait provoqué une dispute entre eux.

Tous deux avaient trouvé du travail à Toronto peu de temps auparavant. Un bon travail. Fiona était avocate et Liam, comptable. Ils gagnaient bien leur vie et avaient l'assurance de la gagner encore mieux à l'avenir. Entre le déménagement depuis Calgary, l'achat d'une maison et leurs noces, il y avait beaucoup à faire, et Fiona (la plus organisée des deux) avait proposé qu'ils se répartissent les tâches les plus importantes. Parmi celles qu'avait choisies Liam figuraient les formalités relatives à la maison, et parmi celles choisies par Fiona, le mariage. Mais lorsqu'il y avait des choses concernant ce dernier que seul Liam pouvait faire, comme écrire les invitations à ses amis et sa famille, elle notait dans son emploi du temps le moment où il devait s'en charger. C'était le cas ce soir-là.

La lettre l'attendait sur la console du vestibule. Elle lui était bien destinée, mais elle avait été envoyée à l'adresse de son père, à l'université de Colombie-Britannique, et le tampon *Faire suivre SVP* se détachait nettement dessus. Il n'y avait aucune mention d'expéditeur, et Liam ne reconnut pas l'écriture – une belle écriture inclinée, quelque peu démodée. Intrigué, il l'ouvrit et, en voyant le nom de Mme Orchard en bas de la page, il fut aussitôt transporté plus de vingt ans en arrière.

Il lut le message sur-le-champ, sans prendre le temps de s'asseoir. La nouvelle de la mort de M. Orchard le bouleversa plus que de raison, même à ses propres yeux, étant donné qu'il n'avait pas eu une seule pensée pour ce couple durant toutes ces années. Mais ce courrier suggérait qu'il avait joué un rôle important dans leur vie et, debout dans son entrée, il eut le sentiment que cela avait été réciproque. Il décida de répondre sur-le-champ.

— Où est le papier à lettres ? demanda-t-il.

Fiona préparait à dîner. C'était le marché qu'ils avaient conclu : elle se chargeait des repas, et lui de la vaisselle.

— Dans le tiroir en haut à gauche du bureau.

Il trouva le papier et un stylo et revint s'installer à la petite table ronde en formica de la cuisine.

Chère madame Orchard,
Je viens de recevoir votre lettre et je suis vraiment désolé d'apprendre…

Il froissa la feuille et recommença.

Chère madame Orchard,

Il s'interrompit.

— Tu n'utilises pas le bon papier, lui fit remarquer Fiona, occupée à paner des côtes de porc en les trempant dans un bol d'œufs battus avant de les recouvrir de chapelure.

— Hein ? dit-il en levant les yeux.

— Tu as pris du papier ordinaire. Celui pour les invitations est bleu pâle.

— Ce n'est pas une invitation. Je réponds à une lettre reçue aujourd'hui. Une femme que j'ai connue quand j'étais gamin a perdu son mari.

— Oh, comme c'est triste.

Il se pencha de nouveau sur sa feuille. Il voulait rédiger un beau message de condoléances rempli de souvenirs de M. Orchard, de choses dont il pourrait dire qu'il aimait y repenser. Seul problème, ses souvenirs étaient si vagues qu'ils ne se résumaient au fond qu'à une impression.

— Tu pourrais peut-être faire ça quand tu auras fini tes invitations, suggéra Fiona. Tu arriveras mieux à te concentrer à ce moment-là.

— Je veux lui répondre tout de suite, dit-il d'un air absent.

— L'un n'empêche pas l'autre. Mais en finissant d'abord tes invitations, tu ne seras plus pressé par le temps et ce sera plus facile.

— Je ne suis pas pressé par le temps. Ça va.

Je me rappelle combien on s'amusait...

Il froissa sa feuille, puis la reprit et la lissa – elle lui servirait de brouillon.

— Je pense vraiment que tu devrais te débarrasser des invitations, insista Fiona.

— Je veux faire ça en premier. C'est important.

Grave erreur. Il le comprit à la minute où il prononça ces mots, mais sa frustration devant cette lettre avait fait place à un agacement généralisé.

— Oh, je vois. Je vois. C'est *très* important, en effet.

Il ferma les yeux. C'était reparti pour un tour. Si intelligente, drôle et belle fût-elle, Fiona prenait la mouche plus vite que n'importe quelle autre personne de sa connaissance.

— Ce n'est pas ce que je voulais dire.

— Je crois que si.

— D'accord, dit-il en jetant son stylo. Tu as raison. Une vieille dame dont le mari vient de mourir ne pèse rien comparée à quelques invitations.

Il se leva, alla chercher le papier bleu pâle dans le salon et revint s'asseoir à la table.

— Que veux-tu que j'écrive ?

— Ce qui te fait plaisir. Ce sont tes invitations.

La voix de Fiona avait perdu son ton acerbe. Elle se montrait toujours magnanime dans la victoire. Lui, en revanche, était franchement contrarié. Il n'allait pas pouvoir répondre à Mme Orchard ce soir-là, et peut-être pas avant plusieurs jours, parce qu'il savait très bien que dès qu'il tenterait de le faire, il aurait cette conversation en tête et serait trop énervé pour réfléchir.

— Tu t'es servie d'un modèle pour les tiennes, dit-il avec raideur.

— Oui, mais c'était pour mes amis. Tu souhaites peut-être t'adresser différemment aux tiens.

— Je suis sûr que ta formulation sera meilleure.

Et ainsi de suite. Ce ne fut pas une dispute très grave. Il n'y eut pas d'insultes jetées comme des lances à travers la pièce, ni de silences furieux qui se prolongeaient des jours durant. L'ironie d'une querelle provoquée par des invitations de mariage ne lui sauta aux yeux que plus tard, et ce fut la première fois qu'il se demanda – une pensée fugace, vite chassée de son esprit – s'il appréciait seulement cette femme, a fortiori s'il l'aimait assez pour passer le reste de sa vie avec elle.

Le vent se leva pendant la nuit, et il se réveilla le lendemain matin au son d'un vieux bouleau dont les branches oscillaient devant la fenêtre de sa chambre. Il s'approcha de la vitre. Les immenses ramifications de l'arbre parsemées de petites feuilles dorées balayaient tout l'arrière de la maison dans un sens et dans l'autre. *Raiponce, Raiponce.*

Dans la salle de bains, il remarqua que le sol autour du lavabo était humide. Trop humide pour que son brossage de dents la veille au soir en soit la cause. Il s'accroupit et palpa le pied du meuble. Le bois tout autour était spongieux. Il faudrait qu'il regarde ça de plus près.

Il prit deux cookies et une tasse de café, puis alla faire quelques courses en ville. Dans sa voiture, il alluma la radio et apprit que onze athlètes israéliens avaient été assassinés pendant les Jeux olympiques de Munich. Avant que le présentateur ait eu le temps d'en dire plus, le signal se brouilla. Il changea de station, en vain, et éteignit le poste avec dégoût.

L'épicerie ne donnait pas dans le superflu. Sa spécialité était les boîtes de conserve – boîtes de ragoût, de haricots, de pêches ou de jambon –, ce qui était curieux dans une ville entourée de fermes. Peut-être les gens achetaient-ils leurs fruits et légumes directement auprès des producteurs. Ou peut-être la région était-elle trop au nord pour qu'on puisse y faire pousser grand-chose et cela coûtait-il trop cher d'expédier des denrées périssables depuis le Sud.

Fiona et lui avaient toujours fait leurs courses ensemble le samedi matin. Maintenant qu'il n'avait plus à tenir compte d'elle, il ne savait pas très bien quoi choisir. Il laissa tomber une boîte de galettes de céréales dans son Caddie, puis du cheddar sous vide (le seul fromage disponible), une bouteille de lait et de la margarine. Du pain blanc tranché (il n'y avait pas d'autre choix) et du bœuf émincé. Du beurre de cacahuètes. De la confiture – le pot dans le frigo était presque vide. Du café. Des œufs. Au bout de la première allée, il découvrit finalement quelques produits frais disposés par terre dans des cagettes. Il y avait des épis de maïs, des carottes, des haricots, des oignons, des pommes et des poires. Fiona aurait pris tous les légumes, raison pour laquelle il n'acheta que des fruits – un geste de défi dont il accepta calmement le côté puéril. Alors qu'il portait ses deux sacs de courses vers sa voiture, il aperçut à l'extérieur du magasin des barquettes de myrtilles sur une table faite de cagettes renversées. Il retourna en chercher une.

En rentrant, il fit un nouveau détour par le lac et se gara sur la rampe d'accès à la plage. L'endroit avait eu l'air très paisible la veille, mais à présent, le vent soulevait de grosses vagues qui envoyaient voler des gerbes d'écume sur les rochers et prenaient d'assaut le rivage, entraînant des galets dans leur sillage lorsqu'elles se retiraient. Il les observa un moment, sans rien éprouver, sans rien penser. Pour finir, il s'arracha à sa torpeur et regagna sa voiture.

À la maison, il déchargea ses courses et les déposa sur le plan de travail de la cuisine. Il revenait fermer la porte quand il se figea. Une fois de plus, il avait cru entendre quelque chose. Il devait être encore victime de son imagination, songea-t-il en arrivant dans le vestibule – juste à temps pour voir une voiture de police s'engager dans l'allée.

4

CLARA

Elle crut avoir rêvé l'inconnu chez Mme Orchard, mais ce n'était pas le cas. Le lendemain matin, sa voiture était toujours là. Elle paniqua en pensant à Moïse. Et si cet homme tombait sur lui ? Et s'il n'aimait pas les chats ? Il pouvait très bien le tuer ! Les boîtes de pâtée, la gamelle, la litière – toutes se trouvaient dans le petit local à chaussures. Une boîte lui faisait deux jours, et c'était une chance qu'il n'y en eût pas une d'entamée dans le frigo à cet instant, mais si l'homme ne les avait pas encore remarquées, il ne tarderait pas à le faire et il comprendrait qu'il y avait un chat dans la maison. Clara l'imagina traquer Moïse. Fouiller chaque pièce. Regarder derrière les meubles et sous les lits, jusqu'à ce qu'il le déniche. Acculé dans un coin, Moïse aurait les yeux qui cracheraient des éclairs, le dos arqué et la gueule déformée par un cri de terreur silencieux.

Il fallait qu'elle déplace ses affaires. Qu'elle profite d'un moment où l'intrus serait absent pour aller les récupérer en douce et les mettre… Où les mettrait-elle ? Sa mère étant allergique aux chats, Moïse ne pouvait pas s'installer chez ses parents. Le garage.

Elle déposerait tout dans le garage. Et elle pourrait le nourrir là aussi.

Sauf que cela lui fut impossible ce premier matin, parce que l'homme n'avait toujours pas bougé quand vint l'heure pour elle de partir à l'école. Elle paniqua de nouveau à l'idée que Moïse reste affamé jusqu'au soir, avant de se rappeler quel bon chasseur il était. Il n'arrêtait pas de rapporter des oiseaux morts. (Elle n'aimait pas ça, mais Mme Orchard disait que les chats étaient ainsi faits. « C'est dans leur nature, Clara. Tu ne peux pas les en empêcher. ») Seulement, en attendant, il penserait qu'elle l'avait oublié, qu'il avait été abandonné.

Son inquiétude pour lui s'ajouta à son inquiétude pour Rose et Mme Orchard, et ces trois soucis la rongèrent toute la journée, au point qu'elle eut mal au ventre et fut incapable de se concentrer sur ce que disait Mme Quinn.

Depuis la disparition de Rose, son institutrice se montrait particulièrement gentille à son égard. Elle pouvait être stricte et sermonner ses élèves quand ils n'écoutaient pas, mais malgré l'inattention de Clara ce jour-là, elle ne la disputa pas, ne lui posa pas de question en cours et ne l'interrogea pas sur sa sœur – et c'était tant mieux.

Ses amies en parlaient, elles. Surtout pendant les récréations et à la pause déjeuner.

— Maman dit… que Rose est ingérable… et qu'elle cherchait les ennuis, déclara Ruth, essoufflée, en essayant d'enchaîner cent sauts avec sa nouvelle corde à sauter.

— Pourquoi s'est-elle enfuie ? demanda Susan, la tête inclinée sur le côté. Tes parents étaient méchants avec elle ?

— Elle était enceinte, c'est ça ? lança Sharon, dont les longs cheveux blonds formaient des anglaises sur lesquelles elle ne cessait de tirer tant elle les détestait. Elle fréquentait beaucoup les garçons, hein ?

— Ne t'inquiète pas, murmura Jenny, la meilleure amie de Clara. Je reste ton amie, moi, et les gens peuvent bien dire ce qu'ils veulent, je le resterai toujours.

Mais devant son air satisfait, Clara n'eut plus envie de la voir.

Elle avait pris l'habitude de ne pas s'éloigner des marches de l'école durant les récréations et de dessiner Moïse dans le sol avec un bâton. Deux ronds – un petit avec deux oreilles, deux yeux, un nez et une bouche encadrée de moustaches, et au-dessous un gros avec une queue et deux pattes. C'était ainsi qu'on était censé représenter les chats. Elle traçait ses dessins, les effaçait avec son pied et recommençait, encore et encore. Ainsi, elle n'avait pas à regarder qui que ce soit.

À son retour chez elle, elle vit que la voiture de l'homme était toujours là. Mais cela ne voulait pas dire qu'il l'était lui aussi. Il avait très bien pu se rendre en ville à pied ou partir à la plage. Mieux valait attendre et voir ce qui se passait. Comme il n'y avait personne dans la cuisine et le salon, elle monta à l'étage, où elle trouva la chambre de ses parents fermée. Elle hésitait devant quand sa mère l'appela de l'intérieur :

— Entre, ma chérie.

Elle ouvrit la porte. Les rideaux tirés plongeaient la pièce dans la pénombre, mais elle distingua une silhouette étendue sur le lit.

— Je fais juste un petit somme, dit sa mère avec dans la voix un sourire que Clara devina forcé. Je suis un peu fatiguée, mais je descendrai bientôt te préparer ton dîner. Ç'a été à l'école, aujourd'hui ?

— Oui.

— Parfait. J'arrive dans une minute.

— Tu te sens bien, maman ?

— Oui, oui, ça va. Retourne en bas maintenant. Je te rejoins tout à l'heure.

Clara regagna le salon et reprit sa garde, cette fois près de la fenêtre donnant sur le côté de la maison. Elle veilla à rester presque entièrement cachée par le bord du rideau afin que l'homme ne la voie pas s'il venait à jeter un coup d'œil dehors. Cela faisait treize jours que Rose avait disparu, soit presque deux semaines. La veille, elle avait entendu sa mère s'adresser à son père d'un ton furieux :

— Tu sais ce qui est le plus dur à encaisser ? Ton optimisme. Ton optimisme permanent et acharné, qui ne repose sur rien ! À croire que tout ça est une partie de rigolade !

Il y avait eu un silence, puis son père avait répondu tout doucement, d'une voix à peine audible :

— Di, j'essaie de gérer ça à ma façon. Comme toi.

— Pas comme moi, non, et ne dis pas le contraire ! Ce n'est pas toi qui t'es disputé avec elle ! Tu ne le fais jamais, tu me laisses toujours le mauvais rôle pour pouvoir jouer ensuite les pères gentils et compréhensifs ! Tu peux te persuader que ce n'est pas ta faute si elle a fugué, toi ! Tu n'as rien à te reprocher ! Alors ne prétends pas traverser la même épreuve que moi !

Tous les muscles de Clara étaient si contractés qu'ils lui faisaient mal. *Papa et maman sont vraiment, vraiment fâchés*, avait-elle dit à Rose dans sa tête

– Rose qui se trouvait dehors, quelque part dans le monde, plus loin qu'elle-même n'était jamais allée. *Il faut que tu reviennes, Rosie. S'il te plaît, reviens.*

Il semblait n'y avoir personne dans la maison d'à côté. Elle s'apprêtait à tenter sa chance et à aller récupérer les affaires de Moïse quand l'inconnu apparut dans le salon de Mme Orchard, où il se promena en grignotant un cookie. On n'était pas censé marcher en mangeant, cela mettait des miettes partout. On devait s'asseoir à table et y rester jusqu'à ce qu'on ait fini.

L'homme s'approcha de la bibliothèque et examina les livres de la vieille dame. Clara ne voyait que son dos, mais lorsqu'il tourna la tête, elle distingua le mouvement de ses mâchoires. Si Moïse se trouvait dans la maison (ce qui l'aurait étonnée, il s'était plus probablement enfui dehors), il devait être terré sous le canapé, en train de regarder les miettes tomber et les pieds de l'inconnu arpenter le plancher. Lui aussi souhaitait sûrement qu'il s'en aille. Qu'il s'en aille à jamais. À ce moment-là, Mme Orchard pourrait rentrer chez elle, Rose en ferait autant et la vie retrouverait son cours normal.

Une fois son cookie terminé, l'homme sortit enfin. Au lieu de monter dans sa voiture, il longea à pied le chemin jusqu'à la route et se dirigea à gauche vers la ville. Clara attendit quelques minutes au cas où il changerait d'avis, puis prit les clés de Mme Orchard et s'avança vers la maison à pas de loup – c'était plus fort qu'elle, même si elle savait qu'il était parti. Elle emprunta la porte de service, celle ouvrant sur le local à chaussures, parce que c'était là que se trouvaient les affaires de Moïse et aussi parce que cela lui évitait de passer par le vestibule, la cuisine et le salon – des pièces sources de danger. En supposant qu'elle entende l'homme rentrer, elle pourrait s'éclipser sans le croiser.

Il n'y avait pas de clôture entre les jardins, juste une rangée d'arbres, si bien qu'elle n'eut pas à faire le tour de la maison par l'avant. Dans le local à chaussures, elle rassembla la gamelle de Moïse et ses boîtes de pâtée (plus qu'au nombre de trois, ce qui voulait dire qu'elle devrait demander à sa mère d'en racheter) et les emporta dans le garage de ses parents. Après les avoir posées dans un coin, là où son père ne risquait pas de les écraser avec sa voiture, elle fonça chercher la litière. Il faudrait qu'elle remplisse une gamelle de nourriture pour attirer Moïse, songeait-elle. Il n'aimait pas les endroits nouveaux.

Son plan marcha d'abord à la perfection, mais tout dérailla ensuite. Elle avait négligé un détail. L'ouvre-boîte électrique de Mme Orchard était fixé au mur de la cuisine et elle avait peur d'aller dans cette pièce. Si l'homme n'avait pas fermé la porte de séparation avec le vestibule, il la verrait dès l'instant où il franchirait le seuil de la maison. Elle retourna chez elle prendre un ouvre-boîte, mais elle eut beau s'escrimer jusqu'à ce que sa main lui fasse mal et que l'angoisse l'empêche de respirer, elle ne parvint pas à percer le couvercle avec la pointe de l'instrument.

Elle rentra dans la cuisine demander de l'aide à sa mère. Peine perdue, celle-ci était toujours couchée. À court d'idées, elle alla s'asseoir dehors. Soudain, Moïse surgit de nulle part et vint se poster à côté d'elle – un comportement aussi inhabituel que gentil de sa part. Il resta là, assis, la queue enroulée autour de ses pattes, sans quitter des yeux deux corbeaux sur le toit du garage – lesquels ne le lâchaient pas non plus du regard. De temps à autre, l'un d'eux sautillait en croassant dans sa direction, mais il ne bronchait pas. Clara se fit la réflexion qu'il ne montrait pas autant d'intérêt pour sa boîte de pâtée qu'il aurait dû étant donné qu'il n'avait pas eu à manger ce matin-là. Cela ne pouvait signifier qu'une chose : il avait encore tué quelques bestioles. Il fallait qu'elle le nourrisse pour qu'il arrête de le faire.

Tous deux continuèrent à observer les oiseaux côte à côte. Peu à peu, Clara commença à respirer plus normalement.

— Il faut qu'on aille dans la cuisine de Mme Orchard pour utiliser son ouvre-boîte, et il faut qu'on y aille maintenant, avant qu'il revienne, déclara-t-elle au bout d'un moment en rassemblant tout son courage.

Elle se leva et traversa les deux jardins pour s'introduire une fois de plus dans le local à chaussures. À l'intérieur, elle tendit l'oreille, le cœur battant, mais Moïse passa devant elle et la précéda dans la cuisine, signe que l'inconnu n'y était pas. Ce fut malgré tout sur la pointe des pieds qu'elle s'avança à son tour dans la pièce. Elle tendit la boîte vers l'appareil afin qu'elle se colle à l'aimant et appuya sur le bouton – avant de rappuyer dessus sur-le-champ en sursautant pour l'éteindre. Elle n'avait pas eu conscience jusqu'alors du vacarme que faisait l'ouvre-boîte. Elle guetta un bruit de pas, de clé dans une serrure, mais n'entendit rien. Moïse s'enroula autour de ses jambes – il avait manifestement oublié les oiseaux.

— Tu dois faire très attention et m'alerter s'il revient, murmura Clara. Tu comprends ?

Il cessa de tourner autour d'elle dans le sens des aiguilles d'une montre et reprit son manège en sens inverse pour voir si cela produisait plus d'effet.

Elle ralluma l'appareil en retenant son souffle. Puis détacha la boîte et déguerpit prestement.

Les jours passèrent. À la maison, la situation empira. L'ambiance devenait de plus en plus oppressante – ou alors c'était juste elle qui se sentait de plus en plus oppressée. Elle avait parfois l'impression de manquer d'air, et il n'y avait pas une seule minute où les choses lui paraissaient normales.

À l'école, elle restait assise à son pupitre, regardait le tableau quand Mme Quinn écrivait dessus et écoutait ce qu'elle disait, mais sans rien voir ni entendre.

Puis un incident se produisit. Un après-midi qu'elle rentrait chez elle, elle aperçut Dan Karakas sur le bord de la route. Il n'y avait pas beaucoup de maisons à cet endroit, juste des bois, si bien qu'il fallait une bonne raison pour se trouver là. Par exemple, rentrer à pied de l'école – ce qui n'était pas son cas à lui. Dan était un camarade de classe de Rose et vivait avec sa famille dans une ferme distante de la ville. Comme tous les gamins qui habitaient dans un coin paumé, il prenait le bus scolaire. Il avait dû descendre des kilomètres avant son arrêt.

Il semblait ne vouloir aller nulle part, cependant. À le voir planté là, une cigarette à la main, on aurait même dit qu'il attendait quelqu'un. Mais ça ne pouvait pas être elle. Les garçons des grandes classes auraient préféré être pendus plutôt qu'être surpris en train de discuter avec des petits, et plus encore avec des petites.

Elle continua à avancer. Rose aimait bien Dan, cela lui revenait à présent. Ou plutôt elle ne le méprisait pas. D'après elle, ce n'était pas un crétin fini, contrairement à tous les autres.

— Salut, dit-il lorsqu'elle arriva près de lui.

Étonnée, elle s'arrêta. Il avait dit ça comme s'il la connaissait et qu'il voulait entamer la conversation. Elle ne l'avait pourtant jamais rencontré et ne savait qui il était que parce que Rose le lui avait montré de loin un jour. Mais il avait un visage sympathique, jugea-t-elle. Ses cheveux bruns étaient si épais qu'ils tenaient droit sur son crâne alors même qu'ils faisaient au moins trois centimètres de long. Il tira sur sa cigarette, la laissa tomber et l'écrasa par terre sous son pied. Elle remarqua d'autres mégots autour de lui.

— Salut, répondit-elle avec hésitation.

Souhaitait-il vraiment lui parler ou devait-elle s'éloigner ?

— Tu es Clara, hein ?

Elle hocha la tête.

Sans la regarder, il poussa un caillou de la pointe de sa chaussure.

— Je me demandais juste si tu avais eu des nouvelles de Rose. Une carte, un mot ou autre.

Elle resta muette de surprise. Comment savait-il que Rose devait la contacter ?

— Alors ? insista-t-il en lui jetant un rapide coup d'œil.

— Non.

Une pensée la traversa brusquement : et si c'était lui, le messager ? Et si Rose cherchait à s'adresser à elle par son intermédiaire ?

— Et toi ? demanda-t-elle, ivre d'espoir.

Dan envoya le caillou rouler sur la route et shoota dedans avec force en direction des arbres.

— Non. Je me disais que tu avais reçu quelque chose, c'est tout. Tu n'as vraiment eu aucune nouvelle ?

— Non.

Avoir enfin quelqu'un à qui se confier était un soulagement, et cela l'enhardit à poursuivre.

— Elle m'avait promis de m'en donner, mais je n'ai toujours rien.

— Ouais, pareil pour moi. On avait réfléchi et on s'était dit que le mieux était qu'elle adresse sa lettre à Rick Steel, histoire que mes parents ne se posent pas de questions quand il me la ferait suivre. Il a un correspondant à Toronto et ses vieux auraient pensé que le courrier venait de lui. Mais Rick n'a rien reçu, lui non plus.

Elle le dévisagea en sentant monter en elle une vague brûlante et amère. Il essayait de lui faire croire que Rose était amoureuse de lui, mais c'était un mensonge. Rose ne lui cachait rien, à elle, Clara, et elle n'avait jamais mentionné Dan en dehors de cette unique fois où elle avait déclaré que ce n'était pas un crétin fini. Sa sœur n'enverrait de message qu'à une personne en qui elle avait confiance et qu'elle aimait vraiment, vraiment fort, elle par exemple. Et de toute façon, quand Rose aurait-elle dit à Dan qu'elle comptait partir ? Elle ne pouvait pas savoir à l'avance qu'elle allait avoir la pire de ses disputes avec leur mère.

— Quand ? demanda-t-elle.

— Quand quoi ?

— Quand t'a-t-elle dit qu'elle comptait partir ?

— Le jour où elle l'a fait. Le soir même. Elle est passée à la ferme me proposer de venir avec elle. Mais moi, je ne pouvais pas. On est en pleine moisson. Je ne vais pas laisser mon père faire le boulot tout seul, il n'y arriverait pas. Je lui ai dit que je la rejoindrais quand on aurait terminé. Elle devait m'écrire et me dire où elle était.

Dans la tête de Clara, une tempête faisait rage. Rose avait proposé à Dan de s'enfuir avec elle ? L'espace d'un instant, elle fut incapable d'articuler un mot.

— Je dois rentrer, dit-elle enfin.

Il lui jeta un regard perplexe.

— Oh. D'accord.

Elle s'éloigna, mais une minute ou deux plus tard, des pas résonnèrent derrière elle. Dan la rattrapa en courant.

— Hé, Clara !

Malgré son silence, il marcha à ses côtés.

— Écoute, je suis désolé si j'ai gaffé. Je voulais juste savoir si tu avais des nouvelles d'elle. Si elle allait bien.

Elle ne répondit pas.

— Je ne comprends pas ce qui te met en colère, mais il faut qu'on reste en contact au cas où l'un de nous apprendrait quelque chose. Si tu as besoin de me joindre, laisse un message… Euh, tu sais lire et écrire ?

Cette fois, Clara fit volte-face.

— Bien sûr que je sais lire et écrire. J'ai presque huit ans !

Rose se trompait à son sujet, c'était un crétin fini.

— Oh, d'accord, excuse-moi. C'est super. Je disais donc que si tu as besoin de me joindre, tu n'as qu'à laisser un message à la sœur de Rick Steel. Elle s'appelle… Milly, ou Molly. Un truc du genre. Elle est en CM1 ou CM2 dans ton école. Tu la connais ?

Elle opina à contrecœur. Molly faisait partie des grandes. Elle ne lui avait jamais parlé, mais elle la connaissait de vue, oui.

— Super. Et si je découvre quoi que ce soit, je te préviendrai moi aussi par son intermédiaire.

— Elle s'appelle Molly ! Elle est en CM2 !

Il esquissa un sourire qu'elle trouva impoli – après tout, il n'y avait rien de drôle dans ce qu'elle avait dit.

— Molly, OK. Bon, ben, salut !

Il fit demi-tour et la planta là.

Il y avait juste une chose de bien avec le nouveau voisin, c'était qu'il sortait tous les soirs vers 18 heures et s'absentait au moins une heure. Exception faite des jours où il pleuvait, il partait à pied. Parce que c'était un homme et que les hommes ne savent pas faire à manger, Clara supposait qu'il allait dîner au Hot Potato. Des assiettes, des bols et des tasses sales s'entassaient partout sur le plan de travail de la cuisine quand elle y entrait pour ouvrir les boîtes de pâtée de Moïse, mais ce devait être sa vaisselle du petit déjeuner et du déjeuner. Ils donnaient à la pièce un côté désordonné qui la rendait nerveuse, et elle devait se retenir de tirer une chaise vers l'évier pour s'agenouiller dessus et les laver avant de les ranger à leur place dans les placards. Mme Orchard ne laissait jamais rien traîner, elle.

Comme elle était censée se coucher à 19 heures (même si elle parvenait parfois à pousser jusqu'à 19 h 30), Clara pouvait aller sans danger chez sa voisine et jouer une heure entière avec Moïse pour l'empêcher de se sentir trop seul. Elle continuait à le nourrir dans le garage, mais ne craignait plus de s'aventurer dans la cuisine et le salon de Mme Orchard à présent que l'homme avait une routine bien établie.

Moïse et elle en avaient une, eux aussi : après que le chat avait mangé, ils passaient tous les deux dans le salon, où Moïse guettait la souris pendant qu'elle examinait les objets qui l'entouraient. Les quatre cartons traînaient toujours par terre au milieu de la pièce. Ils étaient scellés par du gros scotch brun, si bien qu'elle ne pouvait pas regarder ce qu'ils contenaient, mais il y avait des mots griffonnés dessus – des mots presque illisibles, qu'elle mit du temps à déchiffrer : « Salon », « Vêtements, machine à écrire », « Livres, papiers ». Et le dernier portait la mention « Div. », ou peut-être « Dir. », elle n'était pas sûre, et de toute façon elle ignorait ce que cela voulait dire.

Parfois, elle s'asseyait dans le fauteuil qu'elle occupait avant, quand Mme Orchard et elle buvaient un thé ou une limonade. Il y avait une petite table à côté, pile à la bonne hauteur pour y poser un verre et une assiette avec un cookie dessus. Sauf qu'il n'y avait plus de thé, de limonade et de cookie désormais, puisque l'homme avait tout mangé et tout bu. Ce jour-là, qui faisait suite à sa rencontre avec Dan Karakas, elle éprouvait une telle angoisse qu'elle avait du mal à tenir en place, et s'asseoir là toute seule, sans Mme Orchard dans l'autre fauteuil, lui causait une douleur dans la poitrine. Elle allait se lever quand Moïse fit de nouveau quelque chose de très inhabituel : abandonnant la souris, il sauta sur ses genoux et se roula en boule en ronronnant. Clara fut si surprise et ravie qu'elle en resta bouche bée. Elle l'avait déjà entendu ronronner – il était vraiment bruyant –, mais jamais encore elle ne l'avait *senti*. Cela faisait vibrer tout son corps comme si elle aussi ronronnait.

Elle savait qu'aller chez Mme Orchard était risqué, bien sûr. L'homme pouvait changer d'avis et rentrer à n'importe quel moment. Seulement, elle n'avait pas le choix si elle voulait tenir sa promesse de s'occuper du chat. Elle avait bien tenté d'installer Moïse dans le garage de ses parents — elle avait demandé une vieille serviette de toilette à sa mère et l'avait disposée par terre, sur le sol bétonné, afin qu'elle lui serve de lit —, mais il ne l'entendait pas de cette oreille, lui. À défaut, le mieux aurait été qu'il reste à l'extérieur, mais cela non plus ne lui convenait pas, et il commençait de toute façon à faire trop froid pour qu'il dorme hors de chez lui, même dans un garage. Il tenait à vivre ainsi qu'il avait toujours vécu, dans le salon de Mme Orchard.

Clara en vint à la conclusion qu'il attendait le retour de sa maîtresse de la même façon qu'elle-même attendait celui de Rose. Dans l'esprit de Moïse, abandonner sa maison devait revenir à abandonner Mme Orchard. Cela, elle le comprenait parfaitement. Et elle comprenait aussi pourquoi il passait l'essentiel de son temps sous le canapé désormais, sauf quand elle était là. Il avait peur. Comme elle. Elle avait chaque jour un peu plus peur, même si elle n'aurait su dire de quoi.

Neuf jours après avoir emménagé chez Mme Orchard et vingt et un jours après le départ de Rose, l'homme déposa des cartons vides dans le salon et commença à mettre les affaires de la vieille dame dedans. Des affaires auxquelles il n'avait pas le droit de toucher, a fortiori de déplacer. S'il les emballait, cela voulait dire qu'il comptait les emporter sans l'accord de Mme Orchard. Et donc que c'était un voleur.

Heureusement, on était samedi. N'étant pas à l'école, Clara le vit faire.

— Maman ! cria-t-elle en se précipitant dans la cuisine. Maman ! Le monsieur est en train de voler les affaires de Mme Orchard !

Assise à la table, sa mère contemplait l'une des pages intérieures du *Temiskaming Speaker*. En bas se trouvait une photo de Rose avec cette légende : « La ville de Solace toujours sans nouvelles d'une adolescente. » Le texte qui l'accompagnait n'excédait pas quelques lignes. L'hebdomadaire avait publié la même photo la semaine précédente, mais en plus grand. Et la semaine d'avant, elle avait figuré en première page, et en plus grand encore, avec le titre « Avez-vous vu Rose ? » suivi des circonstances de sa disparition.

La mère de Clara leva les yeux vers elle et sourit faiblement.

— C'est déjà de l'histoire ancienne pour eux. Ils sont passés à la nouvelle information importante du jour. Le cours du maïs.

On devinait à sa mine qu'elle avait la tête si pleine de Rose qu'il n'y avait de place pour rien d'autre. Clara eut envie à la fois d'enrouler ses bras autour d'elle et de lui crier après. Son père était parti à North Bay demander aux gens s'ils avaient aperçu sa sœur. Il sillonnait ainsi les villes des environs tous les jours après ses cours et continuait même le samedi et le dimanche. Clara aurait préféré qu'il reste à la maison – elle n'aimait pas se retrouver seule face au désespoir de sa mère –, mais il ne rentrait souvent pas avant qu'elle soit couchée.

Elle retourna dans le salon. L'homme s'employait à débarrasser le manteau de la cheminée de tous ses objets décoratifs : deux chandeliers en laiton (dont il fourra les bougies en vrac dans le carton, sans penser qu'elles allaient forcément se casser) ; un bol en verre à l'intérieur duquel avait été incrustée la photo d'un traîneau tiré par des huskies ; et un huard sculpté dans une pierre noire. Dans une boîte plus petite, il rangea une horloge ornementée dont le cadran comportait des chiffres romains (c'était Mme Orchard qui lui avait dit qu'ils étaient romains, elle lui avait même montré comment compter de un à cent avec eux). Il y ajouta la deuxième chose que Clara aimait le plus dans cette maison après Moïse, à savoir des figurines en bois représentant quatre vieillards qui fumaient la pipe et jouaient aux cartes autour d'une table, tous parfaits jusque dans les moindres détails, des plis de leur chemise aux fins lacets de leurs bottes.

L'homme enveloppa avec soin l'horloge et les sculptures dans du journal (en prenant chaque figurine séparément, avec sa chaise et ses cartes) avant de les glisser dans la boîte. Puis il s'approcha de la table sur laquelle Mme Orchard avait disposé des photos (celles de son mari, les plus précieuses à ses yeux !). Il en sélectionna trois et les emballa à leur tour.

Il fourra tout le reste sans ménagement dans des cartons. Il n'avait rien à faire de ces choses-là, c'était évident. Quand il n'y eut plus que les livres, il se redressa, se frotta le dos à deux mains et regarda sa montre. Il était presque 18 heures. Comme d'habitude, il sortit dîner.

Quelques minutes après son départ, le pire arriva. C'était pourtant ce que Clara avait espéré jusque-là : son père rentra à la maison plus tôt qu'elle ne s'y attendait. En voyant sa voiture s'engager dans l'allée, elle courut l'accueillir.

— Papa ! dit-elle en lui ouvrant la porte. Le monsieur est en train de voler les affaires de Mme Orchard !

— Bonsoir, ma puce. Qu'est-ce que tu me racontes ?

Il avait le teint gris et semblait épuisé, mais elle s'en moquait.

— Le monsieur d'à côté est en train de voler toutes les affaires de Mme Orchard ! Il les a mises dans des cartons et il va les emporter !

— Oh, répondit-il d'un air absent en posant ses clés de voiture sur la console du vestibule. Ma foi, il a le droit d'en faire ce qu'il veut.

Elle fut stupéfaite. Comment ça ? Comment cet homme pouvait-il avoir le droit d'agir ainsi ?

— Mais ces affaires appartiennent à Mme Orchard ! Quand elle rentrera de l'hôpital, elle voudra les retrouver !

Son père la regarda en silence. Au bout d'une minute, Clara prit une grande inspiration et répéta ce qu'elle venait de dire. Plus que ça, elle cria :

— *Ces affaires appartiennent à Mme Orchard !*

Son père se baissa et posa les mains sur ses bras.

— Clara, dit-il doucement, tu t'énerves pour rien. Tu ne dois pas t'en faire au sujet du monsieur d'à côté. Il… il veille sur la maison pour Mme Orchard. Ça ne la dérangera pas, je te le promets.

— Si, ça la dérangera ! Elle adore ses affaires ! Tu ne la connais pas aussi bien que moi, et je te dis qu'elle les adore !

Elle pleurait à présent, pleurait à gros sanglots, chose qu'elle ne faisait jamais en temps normal parce que Rose, sa grande sœur qui l'adorait, détestait la voir pleurer. Mais Rose était partie on ne savait où et tout le monde faisait comme si tout allait bien au lieu de lui avouer la vérité. Tout le monde, *tout le monde* lui mentait, même Mme Orchard, qui avait dit qu'elle rentrerait vite chez elle, et maintenant un voleur lui prenait ses affaires sans que personne s'en soucie.

Son père tenta de la serrer dans ses bras pour la consoler, mais elle s'écarta brutalement.

— Tu mens ! Tu ne la connais pas ! Moi, je la connais ! Elle voudra retrouver ses objets ! Tu mens ! Tu es un menteur !

Il se releva.

— Ça suffit, Clara. Je comprends que tu sois bouleversée, mais tu ne dois pas parler comme ça.

Ses yeux se posèrent soudain sur un point derrière elle. Clara se retourna et vit que sa mère les avait rejoints. Une question se lisait dans son regard, et lorsque Clara refit face à son père, elle surprit son petit mouvement de tête.

— Vous êtes des menteurs ! cria-t-elle. Menteurs ! Menteurs ! Menteurs !

Assise sur son lit, elle s'acharna sur un de ses ongles avec ses dents. Elle le mordilla jusqu'à ce que plus rien ne dépasse de son doigt et qu'il n'y ait plus à la base qu'une peau rose et à vif bordée d'un fin liseré de sang.

5

ELIZABETH

À l'autre bout de la salle, Mme Cox porte sa chemise de nuit préférée – nous venons ici avec nos propres tenues, qui sont récupérées et lavées par nos familles quand il le faut, ou par l'hôpital pour les patients seuls. Le modèle rose vaporeux de cette femme ne lui arrive pas tout à fait aux genoux, et c'est bien dommage si on considère qu'elle a les jambes les plus laides que j'aie jamais vues : grasses, blanches, parsemées de fossettes grotesques et de veines pourpres en relief. Elle a dû choisir sa chemise dans un catalogue Eaton en s'imaginant, ô combien à tort, que cela la ferait ressembler au mannequin. Il n'y a manifestement pas de miroir en pied chez elle. Heureux les ignorants !

J'ai toujours mis des pyjamas, moi. Avec eux, on ne prend pas de risque.

J'ai de plus en plus de mal à respirer. À mon avis, c'est parce que je reste trop allongée. J'ai l'impression d'un poids sur ma poitrine, comme si quelque chose de très gros était assis dessus. Un ours, peut-être. Ce matin, je l'ai mentionné au médecin qui faisait sa tournée. Il a ri, m'a auscultée, puis m'a répondu qu'il ne pensait pas que ce soit un ours. Mais il n'a pas dit ce que c'était et s'est contenté d'ajouter qu'un oreiller supplémentaire pourrait me soulager. Mlle Roberts m'en a donc apporté un, et cela fait vraiment une différence, je trouve, même si ce n'est pas parfait.

Mlle Roberts a l'air malheureuse. Lorsqu'elle est arrivée aujourd'hui, elle avait les yeux rouges et le teint pâle. Après la visite du médecin, et pendant qu'elle distribuait les médicaments aux patients, je l'ai interrogée tout bas afin que les autres ne m'entendent pas.

— Ça va, ma chère ?

Elle m'a souri et a haussé les épaules.

— Un homme, a-t-elle dit simplement.

Sans le faire exprès, Martha l'a bien déridée, cependant – et aussi tout le service par la même occasion.

— Je déteste les piqûres, a-t-elle déclaré sèchement quand Mlle Roberts l'a informée qu'elle allait devoir lui en faire une.

— Je sais, a répondu l'infirmière avec compassion, mais fermeté. Personne ne les aime.

— Je les déteste encore plus que les autres gens. Je déteste qu'on m'enfonce un truc dans le corps, je déteste vraiment ça.

Elle a marqué une petite pause. Puis :

— Même le sexe, je n'en raffolais pas, pour tout vous dire.

Mlle Roberts a éclaté de rire, si fort qu'elle a dû s'asseoir sur le lit pour reprendre son souffle. Elle a tout de même fait sa piqûre à Martha, laquelle a boudé ensuite comme une enfant et n'a pas décroché un mot pendant une bonne demi-heure. C'était très reposant. J'espère qu'on lui en fera plus souvent. Trois fois par jour, ce serait bien.

Hier, elle m'a demandé mon nom.

— Elizabeth comment ?

J'ai éprouvé une pointe de peur en le lui disant. N'avons-nous pas à peu près le même âge ? Mais trente ans se sont écoulés, et de toute façon, elle vient d'une petite ville du Nord, très loin d'ici – ils n'avaient probablement pas accès aux journaux à l'époque. Quoi qu'il en soit, rien chez elle n'a laissé penser que mon nom lui disait quelque chose.

Cet après-midi, la jeune Mme Dubois, qui occupe le lit voisin de Mme Cox, a reçu la visite de son mari et de leurs deux garçons. Le benjamin doit avoir dix-huit mois et en est au stade des premiers pas hésitants, tandis que son aîné va sur ses trois ans à mon avis. Tous deux ont les yeux noirs et un teint mat magnifique, comme leur mère. Vêtus de pulls assortis à rayures bleues et jaunes, ils ont couru partout dans le service – on aurait dit de gros bourdons. M. Dubois travaille, bien sûr, ce qui fait qu'il ne peut les amener que le week-end. C'est très dur pour sa femme d'être séparée de ses enfants alors qu'ils sont à un âge où ils changent tous les jours. Trois mois déjà qu'elle est là, la pauvre. Une opération de la moelle épinière.

M. Dubois donne l'impression d'être un bon père, ce qui fait plaisir à voir. Sa femme n'ayant même pas l'autorisation de soulever la tête, il hisse les garçons sur le lit afin qu'elle puisse caresser leurs joues, lisser leurs cheveux et leur dire combien ils sont gentils, et combien elle les aime, et combien elle est triste de ne pas être avec eux.

Elle essaie de ne pas pleurer, mais elle n'y arrive pas toujours. Évidemment, cela les fait pleurer aussi, et leur père est obligé de les reposer par terre. Mais comme il a en permanence avec lui un sac de jouets à leur distribuer au cas où, les petits se consolent très vite. Presque trop vite. J'imagine que Mme Dubois a peur de ne plus leur manquer autant qu'ils lui manquent à elle.

Malgré ça, chacune de leurs visites est une joie pour tout le service. Il y a vraiment quelque chose de captivant chez les enfants.

Le temps qu'ils sont là, je peux les observer presque sans la moindre douleur. Ce n'est qu'après leur départ que j'ai du mal à tenir mes souvenirs à l'écart. Certains sont si vivaces. L'un en particulier resurgit si souvent qu'il a dû tracer un sillon dans mon cerveau. Debout devant l'évier de la cuisine, je nettoie des pinceaux. J'ai trente-cinq ans, je porte une vieille jupe élimée et une de tes chemises au col râpé. Il est très possible que je fredonne, mais sur ce point, ma mémoire déraille peut-être. Je viens de finir d'appliquer une deuxième couche de peinture d'un jaune doux et chaleureux sur les murs de la pièce que nous avons décidé de transformer en nurserie.

J'ai quitté mon poste d'enseignante en maternelle. Il m'en coûte de ne plus voir les petits, mais pas d'avoir été contrainte d'arrêter de travailler. Je suis trop euphorique pour ça. Cela fait trois ans que nous « essayons » et enfin – enfin ! –, le médecin m'a confirmé que j'étais enceinte de quatre mois. Mes nausées du matin se sont estompées et je suis si pleine de joie et d'énergie que je ne sais pas quoi en faire. De ton côté, tu es du genre prudent (et parfois protecteur à l'excès, ce qui m'exaspère). Parce que tu redoutes que j'en fasse trop, j'ai accepté pour t'apaiser de te laisser peindre le plafond.

Je suis donc là, debout devant l'évier de la cuisine par une belle journée ensoleillée du début du printemps. Tandis qu'une douce brise s'invite par la fenêtre ouverte, je regarde la peinture jaune pâle qui s'écoule du pinceau et part en tournoyant dans la bonde et je me sens heureuse comme jamais, heureuse au-delà des mots, si heureuse en fait que je mets un moment à remarquer que quelque chose dégouline entre mes jambes.

Notre première perte. Le lundi 2 avril 1934, peu après 15 heures, nous avons perdu notre premier enfant.

Je n'ai plus envie de ruminer ça, mon chéri. À la place, je vais me concentrer sur Liam.

Te souviens-tu du jour où nous l'avons rencontré ? C'était le 24 août 1940. La veille, le premier bombardement avait eu lieu sur Londres. Nous écoutions la BBC tous les soirs, et les nouvelles étaient toujours plus mauvaises.

Je te revois, assis sur ton fauteuil, le buste légèrement en avant pour ne pas rater un mot, la mine tendue et fatiguée. J'ai peur de ne pas t'avoir été d'un grand soutien à l'époque, et je m'en veux encore. La vérité, c'est que j'étais trop submergée par la douleur pour penser à quoi que ce soit d'autre.

Mais revenons-en à Liam : Ralph Kane était arrivé à Guelph peu de temps auparavant, après avoir quitté l'université de Queen's, me semble-t-il. Je ne sais plus si tu avais joué un rôle dans son recrutement, ni si c'est toi qui l'avais informé que la maison à côté de la nôtre était à vendre. À moins qu'il ait emménagé là par pure coïncidence ? Ce dont je suis sûre en revanche, c'est que tu m'as dit qu'il était marié et qu'il avait peut-être des enfants – tu avais un doute sur ce dernier point. Je n'ai retenu que ça.

Je n'étais pas en forme à ce moment-là. Six semaines plus tôt, j'avais fait ma cinquième fausse couche, cette fois à presque six mois de grossesse, et on m'avait laissée prendre notre enfant – notre fils – dans mes bras avant de l'emmener. Il s'était battu pour vivre, mais sans succès.

J'ai regardé emménager la nouvelle famille, cachée derrière les rideaux de notre salon – c'est dire dans quel état je me trouvais. Comme si la simple vue des enfants des autres avait risqué de m'anéantir. Un terrain vacant séparait nos maisons d'une centaine de mètres, de sorte que je ne distinguais pas leurs visages, mais j'ai noté la présence de trois jeunes enfants : deux filles et un petit garçon. Si douloureux cela fût-il, je ne pouvais en détacher les yeux.

La courtoisie exigeait qu'on aille saluer les nouveaux venus dans le quartier, mais c'était au-dessus de mes forces. Tu l'as fait tout seul à ton retour du travail. Sans doute as-tu dit que je ne me sentais pas bien, ce qui était la stricte vérité.

Le lendemain, cependant, tu m'as persuadée de les inviter à passer prendre un thé ou une limonade le week-end suivant.

— Il le faut, Elizabeth. Ce sont nos voisins et Ralph sera mon collègue, on ne va pas les ignorer.

— Mais imagine que je me mette à pleurer ? ai-je répondu, en larmes. Imagine que je ne puisse plus m'arrêter ?

Cela m'arrivait plusieurs fois par jour et tous mes efforts pour me contrôler étaient inutiles.

Tu m'as assuré que cela ne se produirait pas, que tout irait bien. J'étais furieuse contre toi, Charles, furieuse comme jamais je ne l'avais été. Je t'ai crié après, je t'ai dit que tu ne pouvais pas affirmer ça et que c'était même ridicule. Tu as baissé les yeux. Rien au cours de tes nombreuses années de formation ne t'avait préparé à faire face à une femme folle de douleur. Tu souffrais, je le savais, mais j'avais l'impression que ton chagrin n'était pas aussi grand ni aussi dévorant que le mien. Penser qu'une foule d'autres femmes confrontées à la même épreuve avaient fini par s'en sortir et par tourner la page ne faisait qu'ajouter de la culpabilité à mon désespoir. Je m'étais toujours considérée comme forte et raisonnable, mais là, j'étais impuissante. Les enfants que nous avions perdus m'accompagnaient à chaque instant de la journée. Je ne pouvais ni m'en détacher, ni les laisser reposer en paix.

Malgré ça, nous avons invité les Kane à venir prendre le thé. Énervée, j'ai préparé deux gâteaux – un au chocolat et une génoise fourrée à la crème au beurre –, une dizaine de tartelettes au beurre et une fournée de cookies avec les précieuses pépites de chocolat que m'avait envoyées une amie américaine et que j'avais conservées pour une occasion spéciale. Tu allais avoir du mal à me reprocher une quelconque mauvaise volonté. Le samedi matin, j'ai fait de la limonade. J'ai enfilé ma plus jolie robe, je me suis bien coiffée et je me suis même mis un peu de rouge à lèvres. En fait, je me suis apprêtée comme une condamnée résolue à mourir bravement sur l'échafaud.

Mais la peur de m'effondrer au moment où je verrais les enfants s'est accentuée à mesure que la journée avançait, et le temps que les Kane arrivent, j'étais convaincue que je ne pourrais pas articuler un mot. J'allais ouvrir la bouche, et rien n'en sortirait qu'un hurlement.

Quand nos invités ont frappé à la porte, je t'ai suivi avec appréhension. Ils étaient groupés sur le perron, les filles devant – des jumelles, ai-je constaté –, puis les parents, et derrière eux le petit garçon, âgé d'environ trois ans, qui tirait sur la jupe de sa mère pour l'entraîner dans la direction opposée. La scène était un brin chaotique : tu tenais la porte pour les faire entrer, Ralph nous présentait les jumelles tout en les pressant d'avancer, Annette réprimandait et suppliait tour à tour son fils pour qu'il lâche sa jupe, et lui, de son côté, ne lui prêtait aucune attention. Un pied appuyé contre la chaussure de sa mère et le genou de l'autre jambe plié pour exercer une traction maximale, il la tirait si fort et se penchait tellement en arrière qu'il était presque parallèle au sol. Par chance, il ne criait pas. Il préférait économiser son souffle.

J'ai été si distraite par sa lutte acharnée que j'ai à peine remarqué Ralph et les filles. Je ne suis même pas sûre de les avoir salués.

Annette s'est tournée vers moi avec inquiétude en tenant le bras de son fils d'une main et en tentant toujours d'ouvrir son poing de l'autre.

— Je suis désolée. J'ai peur qu'il ne soit pas très à l'aise avec les gens qu'il ne connaît pas. Liam, dis bonjour à Mme Orchard.

Liam n'a rien voulu savoir et a continué à tirer sur sa jupe. Mais il m'a semblé que si on envisageait la situation de son point de vue, son comportement se comprenait très bien : quelques jours plus tôt seulement, il avait été arraché à sa maison et propulsé dans une autre où il n'avait aucun repère, le tout sans avoir été consulté. Il n'aimait pas ça. Il n'aimait rien de ce qui lui arrivait, et en particulier pas cette obligation de se rendre dans une nouvelle maison – encore une – pour passer l'après-midi avec « une gentille dame et un gentil monsieur » qui lui étaient étrangers.

En d'autres termes, il avait aussi peu envie de faire ma connaissance que moi de faire la sienne une minute plus tôt. Sa mine illustrait tellement ce que j'éprouvais que, chose incroyable, j'ai failli éclater de rire. Et j'ai pris conscience que je me sentais soudain d'une humeur étonnamment plus légère.

— Bonjour, Liam. Cela te dirait de venir manger un cookie ?

Du regard, j'ai consulté sa mère, qui a acquiescé avec un petit sourire las. Je suppose qu'elle était gênée de faire une mauvaise première impression. Qui sait, elle avait peut-être entendu dire que j'avais été enseignante en maternelle et craignait que je la juge incompétente – ce qui n'était pas le cas à ce stade. Son fils avait manifestement un caractère têtu et difficile.

Ma tentative pour soudoyer Liam était indigne de lui, et il l'a ignorée à juste titre, même s'il m'a tout de même jeté un rapide coup d'œil comme pour jauger la qualité du cookie que l'horrible dame en face de lui était susceptible de faire apparaître.

— Il y a du gâteau au chocolat, sinon. Aimerais-tu en avoir une part, Liam ?

Cette fois, il a clairement hésité. J'ai cru un instant avoir gagné, mais non, il s'est remis à tirer sur la jupe de sa mère. Pour un enfant de trois ans, il se montrait dur en affaires.

J'ai abattu ma dernière carte.

— Aimerais-tu avoir un peu de gâteau et un cookie ici, sur le perron ? Tu peux t'asseoir sur les marches et tu ne seras pas obligé de parler à qui que ce soit.

Il s'est figé à un angle de quarante-cinq degrés par rapport à la jupe de sa mère. La tête baissée, il a réfléchi.

J'ai deviné sa décision avant lui.

— Vous êtes d'accord ? ai-je demandé tout bas à Annette.

— Eh bien, si vous êtes sûre que cela ne vous dérange pas...

C'est donc ainsi que les choses se sont passées. Liam s'est assis sur le perron pour manger une grosse part de gâteau au chocolat et deux cookies – les trois plus ou moins en même temps. Nous n'avons aucune photo de cet instant, mais je n'en ai pas besoin, il est gravé dans ma mémoire. C'est l'une des images que j'ai l'intention d'emporter dans ma tombe, mon amour. Liam à l'âge de trois ans, assis sur les marches devant notre maison.

6

LIAM

L'officier de police ne devait pas avoir loin de quarante ans, pensa Liam, c'est-à-dire quelques années de plus que lui. Il n'était pas très grand, mais large d'épaules et très, très robuste – une nécessité sans doute étant donné le nombre de camps de bûcherons aux alentours et de bars en ville. Cela étant, il avait l'air plutôt amical.

— Bonjour, dit-il en montant les marches du perron.

— Bonjour.

— Je passe juste vous rendre une visite de courtoisie. Je suis le sergent Barnes.

— Enchanté.

Une visite de courtoisie ? De la part de la police ? Tous les nouveaux venus dans la région y avaient-ils droit ?

— Que puis-je faire pour vous ?

— Je peux entrer une minute ? Je ne vous retiendrai pas longtemps.

— Bien sûr, je vous en prie.

Liam le conduisit dans le salon.

— Asseyez-vous.

— Vous êtes arrivé hier, c'est ça ? dit le sergent en prenant place dans l'un des gros fauteuils rembourrés.

— Oui, j'ai fait le trajet en voiture depuis Toronto.

— Un sacré long trajet. J'ai peur de ne pas avoir saisi votre nom.

— Oh, pardon. Kane. Liam Kane.

— Vous êtes de la famille de Mme Orchard, monsieur Kane ? Un neveu, peut-être ? Nous avons tous été désolés d'apprendre son décès, au fait. C'était une femme très gentille – comme sa sœur, je dois dire. Vous connaissiez Mlle Godwin ?

— Non, répondit Liam avec le sentiment d'être un imposteur. Et je ne suis pas de la famille de Mme Orchard. Son mari et elle étaient des voisins de mes parents quand j'étais gamin. Ils vivaient juste à côté de chez nous. À Guelph, dans le sud de l'Ontario. M. Orchard et mon père enseignaient tous les deux à l'école d'agriculture rattachée à l'université.

Le sergent Barnes hocha la tête, mais ne souffla mot.

— Ils n'avaient pas d'enfants, continua Liam. Je suppose qu'ils voyaient en moi une sorte de fils de substitution. Je passais beaucoup de temps chez eux.

Barnes hocha encore la tête en silence.

— J'ai été un peu… étonné qu'elle m'ait légué tous ses biens. Très étonné, même. Elle devait n'avoir personne d'autre à qui les donner.

— Un joli petit héritage, commenta le policier, qui malgré son ton très amène semblait gêné par quelque chose.

— En effet.

— J'aimerais bien que quelqu'un me fasse une bonne surprise comme celle-là. Je suis plus habitué aux mauvaises, moi.

Il sourit et s'agita dans son fauteuil.

— Tout ça est allé très vite, non, monsieur Kane ? enchaîna-t-il. Vous voyez ce que je veux dire ? L'homologation des testaments prend en général un bon moment, et Mme Orchard n'est pas morte depuis si longtemps. Ça fait quoi... une semaine ?

— Oui, je sais, reconnut Liam, conscient que son pouls s'accélérait. Mais en fait, la maison m'appartenait déjà.

— Intéressant. Comment est-ce possible ?

— Elle me l'a donnée de son vivant. Deux semaines avant de mourir. Le reste était couvert par son testament, mais elle a mis tout de suite la maison à mon nom. En cadeau.

— Pourquoi a-t-elle fait ça, à votre avis ? Quelle était l'urgence ?

— Je l'ignore. J'imagine qu'elle voulait juste que j'en dispose sans attendre.

Il avait interrogé son avocat, qui lui avait fourni la même réponse.

Le sergent Barnes l'observa d'un air pensif.

— Monsieur Kane, je n'ai pas le droit de vous demander ça et vous n'êtes pas tenu de le faire, mais j'aurais l'esprit plus tranquille si vous pouviez me montrer une lettre de votre avocat ou un papier quelconque qui confirmerait tout cela. Et une pièce d'identité ne serait pas de refus non plus. Même si, encore une fois, vous n'y êtes pas obligé.

— Les documents sont à l'étage. Je vais vous les chercher.

J'aurais l'esprit plus tranquille, songea-t-il dans l'escalier. *Vous n'êtes pas obligé.* Ben voyons.

Il alla dans sa chambre, sortit de sa valise le testament, son passeport et le titre de propriété de la maison, puis redescendit les donner au policier. Il se rassit ensuite en faisant semblant de se détendre.

Barnes prit son temps. Il nota dans un petit carnet noir le nom de l'avocat ainsi que son adresse, examina Liam en le comparant à la photo de son passeport et parcourut le testament et les documents relatifs à la maison. Pour finir, il sourit et lui rendit le tout.

— Tout me paraît en ordre, monsieur Kane. Merci beaucoup.

Devant la mine soulagée du sergent, Liam sentit ses muscles se relâcher et poussa un discret soupir.

— Je vais vous expliquer la situation, enchaîna le policier. Vos voisins ont une fille, une adolescente de seize ans, qui a fugué récemment. Après une dispute avec sa mère, elle a annoncé qu'elle allait partir pour ne jamais revenir. Elle avait déjà fait ça, mais en rentrant chaque fois au bout de deux ou trois jours. Alors que là, on approche des deux semaines. Ses parents commencent à paniquer.

— Oh. Je vois. Ce doit être... difficile.

— En effet. À seize ans, elle est assez grande pour quitter son domicile si elle en a envie et personne ne peut l'obliger à le regagner. Mais deux semaines sans aucune nouvelle d'elle, c'est assez inquiétant.

— Est-ce que... Y a-t-il une raison de soupçonner... comment appelez-vous ça... un acte criminel ?

— Non. A priori, il ne s'est rien passé de particulier avant son départ. J'ai parlé avec ses amis, le personnel de son école, les gamins de sa classe, j'ai envoyé des photos et des avis de disparition dans les villes où elle aurait pu se rendre, j'ai consulté le centre d'information de la police... la procédure classique, en somme. On a mené une grande battue, tous les habitants du coin se sont pointés, y compris des pisteurs de la réserve des Ojibwés. On a fait venir deux chiens policiers et leurs maîtres de North Bay. On a inspecté les bois, les granges, les appentis et j'en passe, tout ça sur des kilomètres à la ronde, et on n'a strictement rien trouvé. Pas la moindre trace d'elle. Enfin bref, si je suis là à vous faire perdre votre temps, c'est parce que vous êtes un étranger en ville et que vous venez d'emménager juste à côté de chez elle. Sans compter que, encore une fois, vous avez débarqué assez vite après la mort de Mme Orchard. M. et Mme Jordon sont un peu nerveux. Ils doivent se faire du souci aussi pour leur plus jeune fille, qui a sept ou huit ans. Je voulais pouvoir les rassurer sur votre identité, dans votre intérêt comme dans le leur. Et puis je trouvais préférable de vous informer de ce qui est arrivé près de chez vous.

— Logique. Merci de me prévenir.

Il y eut un silence.

— Vous comptez vous installer ici, monsieur Kane, ou vendre la maison ? demanda le policier en souriant, avec un geste vague. Là, je vous pose la question par simple curiosité. Ce n'est pas le flic qui parle.

— Je vais la vendre, mais je pense m'accorder d'abord quelques semaines de vacances. Je ne sais pas jusqu'à quand. Ça dépendra en partie de la météo. Comme je viens de quitter mon travail, je n'ai pas d'impératif particulier.

— Ah oui ? Vous faisiez quoi ?

— J'étais comptable. Dans un cabinet, Jarvis et Jones, à Toronto.

— Un bon job, on dirait.

— Ou plutôt un bon salaire pour un job pourri.

Démissionner n'avait pas été une décision rationnelle – aucun autre poste ne l'attendait nulle part –, mais il n'avait pas les idées bien en place à ce moment-là. Sa tête était encore trop pleine de tout le fiel de sa dernière rencontre avec Fiona. Sa vie semblait s'écrouler et cela faisait des années qu'il s'ennuyait dans son travail. Dans ces conditions, pourquoi ne pas démissionner ? Il était entre deux projets et son employeur lui devait beaucoup de congés, de sorte qu'il avait pu partir sur-le-champ. Cela lui avait laissé beaucoup de temps au début pour contempler les murs de son nouveau petit appartement, paralysé par l'inertie, et se demander s'il ne devenait pas cinglé.

Dix jours après avoir quitté Jarvis et Jones, il avait reçu une lettre de l'avocat de Mme Orchard, à Sudbury, l'informant qu'il était désormais propriétaire d'une maison dans le nord de l'Ontario. Reconnaissant, mais aussi déconcerté, il avait appelé son père.

— Une vieille dame vient de me faire don de sa propriété. Mme Orchard. Tu te souviens d'elle ?

Il y avait eu un blanc au bout du fil.

— C'est très gentil de sa part. Elle s'est manifestée comme ça, sans prévenir ?

— Eh bien, pas tout à fait. Elle a pris contact avec moi il y a quelques années, quand son mari est mort. On correspond un peu depuis – juste une lettre de temps en temps. Je ne l'ai jamais rencontrée.

— Vraiment ?

À en juger par sa voix, son père devait avoir le regard perdu dans le vague.

— Elle t'aimait beaucoup quand tu étais petit. Son mari et elle n'avaient pas d'enfant, alors je suppose que... Tu en as parlé à ta mère ?

— Non.

Liam téléphonait rarement à sa mère et, quand il le faisait, c'était uniquement par devoir.

— Il vaudrait peut-être mieux qu'elle n'en sache rien, avait dit son père, avant de poursuivre d'un ton pressé : Écoute, j'ai une réunion dans cinq minutes. Il faut que je file, mais félicitations. Tu méritais une bonne nouvelle.

— Pourquoi ne vaut-il mieux pas que j'en parle à maman ? l'avait coupé Liam.

— Oh, Mme Orchard et elle sont plus ou moins brouillées. Je ne connais pas tous les détails, mais je ne m'inquiéterais pas, à ta place. Profite plutôt de ton legs.

Il avait eu l'intention d'écrire tout de suite à Mme Orchard pour la remercier de son incroyable cadeau, mais il n'avait pas trouvé le temps de le faire. Quelques jours avaient passé, puis quelques autres, durant lesquels sa culpabilité n'avait cessé de grandir, jusqu'à ce qu'une seconde lettre lui annonce que la vieille dame était décédée et qu'en dehors d'une petite somme réservée à sa femme de ménage, elle l'avait désigné par testament comme son unique héritier.

Avant d'avoir fini de lire le courrier de l'avocat, il avait su qu'il irait dans le Nord. C'était absurde, mais cela lui semblait la seule chose à faire. Tout ce qu'il possédait était encore rangé dans des cartons, il avait donc chargé sa voiture le soir même et à 4 heures du matin, incapable de dormir, il était parti. À 4 h 45, il s'engageait sur la Highway 400. Une fois passée la ville de Barrie, il n'avait plus croisé personne. Il avait roulé jusqu'à Sudbury, où il s'était arrêté au cabinet de l'avocat afin de signer les documents et récupérer les clés de la maison. C'est ainsi qu'à 18 heures, en dépit des routes cauchemardesques du Nord, il avait gravi les marches du perron de Mme Orchard en laissant derrière lui Toronto, sa carrière et son mariage.

Et voilà que, dès le lendemain, hébété et très en manque de sommeil, il se retrouvait assis dans cette maison – la sienne désormais – à tenter d'expliquer tout ça à un policier.

— Ma femme et moi sommes en plein divorce. Les choses sont donc un peu... en suspens pour moi.

— Ça ressemble à ce qu'on appelle la crise de la quarantaine.

— Peut-être bien, dit-il tout en essayant de comprendre pourquoi il venait de raconter ça à cet homme.

— C'est la vie. Mais ce n'est pas facile, hein.

— En effet.

Barnes se leva et rangea son petit carnet noir dans la poche arrière de son pantalon.

— Merci d'avoir répondu à mes questions, monsieur Kane. J'espère que vous profiterez bien de vos vacances.

Puis il sourit.

— Et j'espère aussi que vous déciderez de rester. On a besoin de nouvelles têtes, ici, on commence tous à se lasser de voir sans arrêt les mêmes.

Alors que la voiture de police s'éloignait, Liam s'aperçut que c'était la première fois qu'il s'entretenait aussi longtemps avec quelqu'un – hormis un avocat – depuis qu'il avait quitté Jarvis et Jones trois semaines plus tôt. En fait, si on excluait ses échanges professionnels avec ses collègues, c'était peut-être bien la plus longue conversation qu'il ait eue avec qui que ce soit, y compris sa femme, en l'espace d'un an.

Fiona aurait dit que cela illustrait parfaitement ce qu'elle avait saisi des années auparavant, à savoir que Liam n'avait pas d'amis proches pour la simple et bonne raison qu'il était incapable de nouer des relations – de même qu'il était incapable d'aimer quelqu'un. Elle le lui avait souvent fait remarquer, et tout récemment encore dans un restaurant qui lui avait coûté les yeux de la tête (son choix à elle, bien sûr), le jour de leur huitième et dernier anniversaire de mariage. Il avait répliqué qu'il avait réussi à vivre huit ans avec elle, ce qui n'était pas un mince exploit tout de même, et la discussion s'était achevée lorsque tous deux s'étaient mis d'accord pour divorcer.

— C'est sympa qu'on arrive à s'entendre sur quelque chose, tu ne trouves pas ? avait dit Fiona.

Les mains dans les poches, il fixa sans les voir les sacs de provisions posés sur le plan de travail de la cuisine. La visite de l'officier de police n'avait fait qu'accentuer le chaos dans sa tête. De toute évidence, le sergent avait trouvé son histoire douteuse, et bien que les documents de l'avocat aient paru le satisfaire, il pouvait très bien ne pas être tout à fait convaincu. Plus Liam y pensait, plus il considérait cela comme probable, et cela changeait tout : il s'était dit que passer deux ou trois semaines dans cette maison le détendrait, que ces vacances seraient l'occasion pour lui de se remettre du stress des mois précédents et de réfléchir à ce qu'il allait faire. Être un suspect dans la disparition ou l'enlèvement d'une adolescente ne collait pas avec ses projets.

Mais rien ne l'empêchait de les modifier. Après tout, le sergent ne lui avait pas demandé de rester en ville. Il lui suffisait de balancer les cartons dans sa voiture et de filer. Il s'occuperait plus tard de faire vider la maison et de la vendre – ce genre de chose pouvait être arrangé depuis n'importe où. Il ne lui fallait pas deux heures pour quitter Solace. S'il le voulait, il serait à North Bay avant la fin de la journée. Et le lendemain, il se lèverait tôt pour aller... où, au juste ? Et pour faire quoi ?

Il en était là de ses réflexions quand il constata qu'il avait déballé ses sacs de provisions. Un peu comme si son cerveau et son corps avaient suivi deux directions différentes. Ses achats attendaient à présent sur le plan de travail d'être rangés dans les placards. S'il comptait partir, il avait tout intérêt à les prendre avec lui.

Il les examina un instant, envisagea vaguement de jouer à pile ou face, puis alla dans le vestibule s'asseoir au bas de l'escalier. Accoudé sur ses genoux, les mains ballantes, il écouta le silence de la maison. Ce fut à ce moment-là que, surgis de nulle part, une tristesse et un désespoir sans nom l'envahirent, tous deux si intenses qu'il en eut le souffle coupé. De peur de faire un malaise, il ferma les yeux et se pencha en avant en se tenant la tête et en s'appliquant à bien respirer. Il se sentait emporté par une avalanche et ne comprenait pas ce qui lui arrivait.

Petit à petit, la crise s'estompa. Il rouvrit les yeux et se concentra sur le parquet de l'entrée. Du hêtre couleur miel, comme dans la maison de ses parents à Calgary, où ils avaient emménagé après avoir quitté Guelph. Il y avait un petit tapis là-bas. Un tapis rouge et bleu qui avait tendance à glisser, surtout quand on courait.

Il se revit à dix ans environ. Il ne courait pas mais, de même qu'en cet instant, il était assis au milieu d'un escalier, d'où il écoutait les filles glousser et pouffer dans leurs chambres à l'étage. Jusqu'à ce qu'elles dévalent les marches toutes les quatre, les deux aînées et les deux benjamines, et passent près de lui pour foncer dans la cuisine où leur mère préparait le dîner. Il entendit cette dernière s'amuser d'une anecdote qu'elles lui racontaient et se rappela alors combien le vestibule lui avait paru désert quand elles l'avaient traversé. Et leurs rires. Et ce vide en lui. Dans son souvenir, il l'éprouvait souvent. Sans cesse, en fait. Dès qu'il entrait dans une pièce où elles discutaient toutes ensemble, elles se taisaient, se tournaient vers lui et l'accueillaient avec des visages fermés.

Il devait y avoir une raison. Cela ne pouvait pas juste tenir au fait qu'elles étaient des filles et que lui, en tant qu'unique garçon, était naturellement exclu de leur groupe. Une barrière le séparait d'elles – et plus encore de sa mère. Ses sœurs avaient sans doute suivi l'exemple de celle-ci. Le plus souvent, elle ne manifestait que de l'indifférence à son égard, mais il avait parfois perçu en elle quelque chose qui ressemblait fort à de l'hostilité et qu'il ne s'expliquait toujours pas. C'était comme s'il avait commis sans le savoir un crime impardonnable.

Il s'agita. Pourquoi ressasser le passé ? Tout ça datait de plusieurs décennies. Ça n'avait plus d'importance.

Il se redressa prudemment. Tout allait bien, l'avalanche s'était arrêtée.

Tout de même, il n'était pas en état de décider s'il allait partir ou pas. Mieux valait trouver une occupation qui n'exigeait pas beaucoup de réflexion. Une occupation purement physique. Il monta dans la salle de bains et s'accroupit près du lavabo. Le plancher était toujours humide et spongieux au toucher. Il effleura le coude du tube d'évacuation. Mouillé lui aussi. Mystère résolu. Il tenta de resserrer le joint à la main, sans succès. Il lui fallait une clé à molette. Pour ce qu'il en avait vu, la maison et le garage ne renfermaient aucun outil, mais il y avait une quincaillerie à Solace.

Un peu d'exercice s'imposait. Il faisait beau, et le soleil brûlant ajouté à la brise fraîche en provenance du lac l'incita à marcher un peu. Durant les dix minutes qu'il mit à atteindre le centre de Solace, une seule voiture le doubla. En ville, cependant, il croisa davantage de monde dans les rues. Des habitants du coin pour la plupart, supposa-t-il. La saison touristique était terminée. Quelques-uns le saluèrent en souriant, et il parvint de son côté à leur faire un petit signe de tête. À Toronto – comme dans n'importe quelle grande métropole, sans doute –, les gens fixaient leurs pieds ou bien un point droit devant eux en ignorant complètement les autres. Il se fit la réflexion qu'il préférait ça, en fait. Cela demandait moins d'efforts.

Derrière le comptoir de la quincaillerie, un vieil homme au dos voûté et au regard méfiant lui adressa un vague salut – un simple mouvement sec du menton, en réalité. Tiens, un misanthrope, pensa Liam en le lui retournant. On devrait bien s'entendre. Le magasin était une caverne aveugle seulement éclairée par deux ampoules nues. Des outils s'entassaient partout : sur les murs, dans des paniers, sur des tables et même par terre. Des haches, des scies et des faux – tout ce qui comportait un trou par lequel passer une ficelle, à vrai dire – pendaient à des crochets fixés aux poutres du plafond.

— Qu'est-ce que vous voulez ? demanda le vieil homme.

Son ton était brusque, comme s'il souhaitait en finir avec lui et le voir déguerpir au plus vite.

— J'ai besoin d'une clé à molette.

— Pour quoi faire ?

Au même instant, une femme émergea de l'arrière-boutique en portant une tasse de café.

— Ah, te voilà, papa, dit-elle avant de saluer Liam d'un air plus poli qu'amical. Bonjour.

— Bonjour.

Elle avait dans les trente-cinq ans. Jolie. Une silhouette agréable.

— Pour quoi faire ? répéta son père pendant qu'elle posait son café devant lui.

Liam la regarda partir.

— Pardon ?

— *Pourquoi vous voulez une clé à molette ?* rugit presque le vieillard. *Qu'est-ce que vous voulez faire avec ?*

Vous fracasser le crâne, se retint de répliquer Liam. Il envisagea de tourner les talons, mais se ravisa en se rappelant qu'il n'y avait pas d'autre quincaillerie en ville.

— Le tube coudé de mon lavabo. Le joint fuit.

— OK. Voilà ce qu'il vous faut.

L'homme traîna les pieds vers l'extrémité du comptoir et extirpa une grosse clé d'un panier. Liam paya et ressortit en se dispensant de remerciements.

Sur le chemin du retour, il songea au sexe, à cette pulsion qui le tenaillait sans répit. Il avait envie de tout sauf d'une nouvelle femme dans sa vie, et pourtant son corps – ou une partie de lui, en tout cas – ne pouvait s'empêcher d'être à l'affût, comme un chien de chasse flairant un cerf.

C'était ça, bien sûr, qui l'avait attiré chez Fiona. Elle avait beaucoup d'atouts, à commencer par sa beauté, son intelligence et son esprit – autant de choses qu'il appréciait –, mais plus que tout, elle était sexy. Elle avait une conscience aiguë de son corps, qu'elle aimait et partageait volontiers, et cela l'avait changé des autres femmes qu'il avait fréquentées avant et qui l'assommaient tant elles s'inquiétaient de savoir si elles étaient belles. Fiona ne s'inquiétait pas pour ça, elle. Elle était très sûre d'elle, et cela l'avait excité.

Il n'avait pas anticipé que le train-train quotidien – la nécessité de gagner un salaire, de faire des courses, de préparer à manger, etc. – ne permettait pas tant que ça de paresser au lit, même avec la meilleure volonté du monde. Il y avait le reste de la journée à passer. Le reste de la vie.

Tandis qu'il déverrouillait la porte de la maison (la sienne à présent), montait dans la salle de bains dont le lavabo fuyait (*son* lavabo, et donc son problème à lui – un problème franchement bienvenu, à l'inverse de tous les autres, parce que celui-là avait une solution), s'accroupissait et resserrait le joint au-dessus du tube coudé avec sa nouvelle clé à molette, Liam se dit que si Fiona et lui avaient un jour été vraiment « amoureux », ce dont il doutait, cela avait duré au maximum un an et demi. Dix-huit mois fabuleux suivis de sept années de désillusions et d'ennui grandissants, jusqu'à ce que, vers la fin, le sexe soit à peu près la seule chose un tant soit peu agréable dans leur couple.

Et puis il y avait eu ce moment où Fiona avait cessé de s'intéresser même à ça. Amer, il était allé voir ailleurs.

Quelqu'un frappa à la porte. Sa clé à la main, il descendit ouvrir. Le sergent Barnes se tenait sur le perron.

— C'est encore moi.

Une bouffée d'appréhension l'envahit.

— Entrez.

— Vous avez l'air menaçant avec ce machin, fit remarquer le policier en montrant la clé à molette. Vous vous attendiez à des ennuis ?

— Oh, dit Liam en posant l'outil sur la console. Désolé. J'essayais de réparer une fuite d'eau à l'étage.

— Je préfère, répliqua Barnes en souriant. Pendant une seconde, j'ai cru que ça allait chauffer ici. Mais vous devez avoir pas mal de choses à réparer dans cette maison, en effet. Les personnes âgées ont tendance à ne pas les voir. Il faudra que vous jetiez un coup d'œil au toit, d'ailleurs, les bardeaux ont fait leur temps. Enfin, bref, je ne vais pas vous retarder. J'ai juste oublié de vous dire un truc ce matin. Je ne sais pas si vous êtes au courant, mais c'est la saison de la chasse à l'ours et il y a beaucoup de chasseurs qui se baladent dans les environs avec des Winchester.30-30, beaucoup plus dangereuses que cet animal. Cela dit, restez à distance des ours, aussi. Ce n'est pas le meilleur moment pour aller vous promener dans les bois. J'ai pensé qu'il valait mieux vous prévenir.

— Merci, dit Liam, qui de toute façon n'avait jamais eu l'intention de s'y aventurer.

Il essaya de deviner si cette deuxième visite avait un autre motif caché. Barnes espérait-il le trouver plongé dans une activité louche ?

— Bonne chance avec les réparations !

Le sergent leva la main en guise de salut et repartit vers sa voiture.

— Euh… juste une question, lança Liam. Vous ne connaîtriez pas un menuisier, un maçon ou un artisan de ce genre ? Le plancher de la salle de bains est pourri à l'endroit de la fuite et ça pourrait représenter un gros chantier.

— Oui, bien sûr. Jim Peake. Il sait presque tout faire. Mais il est occupé, vous risquez de devoir attendre un peu. Allez à la station-service. Son atelier est derrière.

— Merci. Et une dernière chose… j'ai repéré deux cafés-restaurants en ville. Vous en avez un à me recommander ?

— Aucun des deux. Et le Light Bite est fermé pour l'hiver, ce sera donc le Hot Potato ou rien. Personnellement, j'opterais pour le rien, mais c'est à vous de voir.

La serveuse était une femme imposante dont le corps allait en s'élargissant vers le bas : une petite tête aux cheveux jaunes frisottés, pas de cou, des épaules tombantes, puis une poitrine immense qui s'écoulait comme de la lave vers les contreforts montagneux de son ventre. Passé cette limite, Dieu seul savait ce qu'il y avait.

— Qu'est-ce que je vous sers ? demanda-t-elle en dominant Liam de toute sa hauteur.

On n'avait pas envie de lui chercher des noises, à celle-là. Le restaurant était désert et il n'y avait personne pour lui porter secours si nécessaire.

— Je peux voir le menu ?

— Il n'y en a pas à cette période de l'année.

— Oh. D'accord. Qu'est-ce que vous avez ?

L'espace d'un instant, il avait nourri l'espoir ridicule que le sergent Barnes s'était trompé et que dans la cuisine du Hot Potato officiait un chef de renommée mondiale venu dans le Nord en quête d'évasion.

— Burger-frites ou poutine.

— C'est tout ?

— Les gens par ici ne veulent rien d'autre.

Du fond du bar s'éleva un cri déchirant, mais elle l'ignora.

— Va pour un burger-frites, alors. Avec tous les accompagnements habituels. Vous en avez ? ajouta-t-il avec hésitation.

— Oignons, moutarde, ketchup, sauce relish.

— Une rondelle de tomate, aussi ?

Elle serait la bienvenue si la viande était trop cuite – ce à quoi il fallait s'attendre.

— On n'a pas de tomates.

— Je prendrai tout ce qu'il y a, dans ce cas.

— Du café ?

— Vous en avez ? C'est super !

Il en faisait un peu trop, et le coup d'œil qu'elle lui lança lui évoqua un serpent à sonnette, même s'il n'en avait jamais vu.

Elle s'éloigna avec sa commande. Il se faisait la réflexion que, bizarrement, cette conversation lui avait remonté le moral quand la porte s'ouvrit sur deux hommes portant des tenues de la compagnie

Ontario Hydro. Il échangea un signe de tête avec eux et les regarda s'installer dans une alcôve près de la fenêtre. Son café arriva ensuite – un café amer, mais buvable. En fait, avec une dose généreuse de sucre et de lait, il était presque bon. Il alla récupérer un journal froissé qui avait été abandonné sur la table inoccupée en face de lui. Le *Temiskaming Speaker* était publié à New Liskeard, une ville qu'il avait traversée sur son trajet depuis Toronto – une simple bourgade, en réalité, mais une métropole comparée à Solace. Il chercha des informations sur les assassinats perpétrés pendant les Jeux olympiques de Munich, avant de se rendre compte qu'il s'agissait d'un hebdomadaire et que le numéro datait de la semaine précédente. Une photo du gagnant d'un concours de labour en faisait la une, au-dessus d'un article sur le boom de la construction de logements à New Liskeard. Des nouvelles locales, des reportages agricoles, mais aucune mention de Nixon ni de la guerre du Viêtnam. C'était assez reposant, finalement. Un peu comme s'il était échoué sur une île déserte ou perdu quelque part dans l'espace.

La serveuse réapparut avec son burger et ses frites. Liam la remercia autant qu'il l'osa – il n'avait pas envie de trouver des mouches mortes dans ses plats les jours suivants. Quand elle s'éloigna, il souleva le pain du dessus, puis les oignons, puis le steak lui-même. Jusque-là, rien à signaler. Il testa une frite. Pas trop mauvaise.

Il lut le *Speaker* en mangeant. Solace n'était mentionné qu'au bas de la page cinq, sous la petite photo d'une fille aux cheveux crêpés et ramenés en arrière, et dont les yeux soulignés de noir fixaient l'objectif d'un air hargneux. « La ville de Solace toujours sans nouvelles d'une adolescente », indiquait la légende.

Ce fut le père de la fille qui lui ouvrit, et cela le soulagea. Il ne se sentait pas capable de faire face à une mère éplorée.

— Désolé de vous déranger. Je voulais juste me présenter. Je suis Liam Kane, je... votre nouveau voisin. Dans la maison de Mme Orchard. Je suis arrivé hier après-midi.

— Oh, bien, dit l'homme en lui tendant la main. John Jordon. Ravi de vous rencontrer. Karl, enfin le sergent Barnes, nous a prévenus de votre emménagement. Apparemment, il vous a aussi parlé de... ce qui s'est passé ici, conclut-il en se forçant à sourire.

— En effet. Désolé, ce doit être...

— Je vous inviterais bien à entrer, mais ma femme n'est pas...

— Non, non, je voulais juste me présenter. On se verra une autre fois.

En rentrant chez lui, il tira tous les rideaux. Y aurait-il eu des volets qu'il les aurait également fermés. Ça, et tout ce qui pouvait le couper du monde extérieur. Il y avait trop de douleur au-dehors.

Il alla dans la cuisine. Son hamburger ne l'avait pas satisfait. En fait, rien ne semblait à même de le satisfaire. Il contempla les provisions toujours étalées sur le plan de travail. Il avait l'impression que cela faisait des semaines déjà qu'il les avait achetées. Il avait envie de quelque chose de sucré. Une glace, par exemple. Il aurait dû en prendre à l'épicerie. Rien de ce qu'il avait sous les yeux ne le tentait, hormis les myrtilles. Il se servit directement dans le panier. Elles étaient petites et d'une saveur douce et pénétrante – rien à voir avec les grosses baies sans goût cultivées plus au sud. Il les mangea par poignées entières, en recrachant les pédoncules et les quelques feuilles perdues au milieu.

Il s'apprêtait à sortir de la pièce quand il remarqua l'ouvre-boîte électrique mural, près du frigo. Il y avait un couvercle accroché à l'aimant. Il le détacha avec précaution et le renifla. Ce truc puait. Remarquant sur la partie intérieure une trace de la mixture contenue dans la boîte de conserve, il passa un doigt dessus. Elle n'était pas tout à fait sèche. Cela devait faire un jour ou deux tout au plus qu'elle se trouvait là.

Il ouvrit le placard sous l'évier et inspecta la poubelle. Aucune conserve en vue. Il jeta le couvercle dedans, le regarda encore un moment, puis haussa les épaules et alla se coucher.

7

CLARA

Ses parents l'avaient envoyée dans sa chambre en lui disant d'y rester jusqu'à ce qu'elle soit calmée. Cela lui prit longtemps. Elle était dans un état qu'elle imaginait être celui de Rose après ses disputes avec leur mère : en proie à une rage si brûlante qu'elle aurait pu d'un seul regard mettre le feu aux objets qui l'entouraient. Pour la première fois, elle comprenait ce qu'avait ressenti sa sœur, et cela lui rendit sa disparition encore plus douloureuse.

Quand ses pleurs s'estompèrent et qu'elle parvint à mieux respirer, elle sortit sans bruit sur le palier et descendit l'escalier. Le brouhaha étouffé d'une conversation s'échappait de la cuisine, où ses parents discutaient à voix basse. Ils supposaient sûrement qu'elle était à l'étage.

Elle alla d'abord à la fenêtre du salon. Personne en vue chez Mme Orchard – l'inconnu avait dû partir dîner tôt. Tant mieux. Il fallait qu'elle agisse vite, au cas où son père déciderait de monter dans sa chambre lui parler.

Elle prit la clé sur la console de l'entrée et fila chez sa voisine. Là, elle se rendit directement dans le salon. Moïse surgit de sous le canapé et commença à s'enrouler autour de ses chevilles.

— C'est un méchant monsieur et je suis obligée de faire ça, dit Clara. Mais préviens-moi s'il arrive, surtout. Ouvre l'œil.

Elle pensa à Rose pour se donner du courage. Sa sœur n'hésiterait pas, elle. Et elle se moquerait bien des conséquences si on la surprenait. D'après elle, personne n'avait le droit de dire aux autres comment ils devaient se comporter, à moins qu'ils ne soient en train de faire du mal à quelqu'un. Or ce voleur faisait du mal à Mme Orchard.

— De toute façon, il ne saura pas que c'est nous qui sommes entrés ici, dit-elle au chat.

Son cœur battait vite. Si cet homme venait malgré tout à le comprendre, comment réagirait-il ? Tant pis, elle ne pouvait pas rester les bras ballants, ou alors Mme Orchard découvrirait à son retour que toutes ses affaires avaient disparu.

Puis elle se fit une réflexion qui la perturba : Rose volait des choses, parfois. Certes, jamais rien de coûteux ni d'important, et jamais rien qui appartînt à quelqu'un en particulier. On qualifiait ça de vol à l'étalage, mais ce n'était pas vraiment du vol, selon elle. Un jour, M. Haas, le propriétaire de l'épicerie, l'avait vue glisser une barre chocolatée dans la poche de son blouson. Quand il l'avait réprimandée, Rose lui avait dit d'« aller se faire foutre ». Il avait donc appelé ses parents, lesquels avaient été si furieux (même leur père, ce qui était très rare) qu'elle avait été privée de sorties pendant trois mois.

— Trois mois pour une barre chocolatée ! avait-elle pesté dans sa chambre ce soir-là. Trois mois pour

une barre chocolatée de merde ! À partir de maintenant, je piquerai tout ce que je pourrai à cet imbécile.

Mais, contrairement à l'homme dans la maison de
Mme Orchard, Rose n'aurait jamais volé les affaires
de quelqu'un, surtout si cette personne y tenait.

Clara commença par la plus petite des deux boîtes.
Casées au-dessus des autres objets fourrés à l'intérieur, les sculptures en bois des vieillards furent les
premières à rejoindre le manteau de la cheminée.
Chaque figurine retrouva sa place exacte autour de la
table. C'était facile, parce qu'il y avait des traces dans
la poussière qui indiquaient la position de chacune
d'elles, mais elle avait tout mémorisé si précisément
qu'elle y serait arrivée même sans ça. Puis elle prit
l'horloge, la déballa et la remit pile au centre du
manteau de la cheminée. Suivirent les trois photos que
l'homme avait choisies parmi celles de Mme Orchard.
Et enfin le reste.

— C'est ce qu'elle a de plus précieux, dit-elle à
Moïse. Maintenant, passons à la deuxième boîte.

Sa colère s'était évaporée au profit d'une fierté
farouche – elle était sûre de son bon droit.

Moïse, lui, n'avait d'yeux que pour le carton vide.
Debout sur ses pattes arrière, il l'inspecta avant de
sauter dedans et de se coucher tour à tour dans chacun
des coins.

— Ta mission à toi, c'est de monter la garde !
protesta Clara. Fais attention !

En réalité, ce n'était pas le retour de l'inconnu
qu'elle craignait, puisqu'il n'était pas censé rentrer
avant un moment. Non, elle redoutait plutôt que son
père aille dans sa chambre et découvre qu'elle en était
partie. Elle s'affaira aussi vite que possible. Quand la
seconde boîte fut vide et que tous les objets eurent

regagné leur place, elle lissa le papier journal qui avait servi à les emballer, le replia proprement et le rangea au fond du carton. Les mains sur les hanches, elle observa alors la pièce.

— Fini ! lança-t-elle d'un ton triomphant à Moïse, qui s'était couché à l'équerre, les pattes arrière étendues le long d'un côté de la boîte et les pattes avant à angle droit.

En toute autre circonstance, cela l'aurait amusée. Mais pas ce jour-là.

— Tu es bête ! Viens, il faut qu'on s'en aille.

Son père tenta de la persuader de dîner à table.

— Rien que pour cette fois, ma puce. Ça nous ferait plaisir, à ta mère et à moi.

— Je ne peux pas.

Les yeux rivés sur la rue, elle ne guettait pas Rose (à qui elle avait expliqué la situation dans sa tête), mais le retour de l'inconnu. Elle irait se poster devant la fenêtre donnant sur le salon de Mme Orchard dès qu'elle le verrait arriver. Dans l'intervalle, elle ne voulait pas que son père la surprenne en train de surveiller la maison de leur voisine.

Encore que ça n'ait probablement pas d'importance. Il semblait avoir déjà oublié leur dispute. C'était habituel avec lui. Il chassait sur-le-champ de son esprit les choses désagréables et attendait des autres qu'ils en fassent autant. Il fallait que tout le monde soit heureux, tout le temps. « Putain, c'est épuisant, avait râlé Rose un jour. Je ne comprends pas comment il fait pour se supporter lui-même. »

— Le dîner est prêt et servi, dit-il pour l'amadouer. Viens manger avec nous, ma puce. Rien que pour cette fois. Il ne sera pas trop tard après, tu pourras nourrir le chat et regarder encore un peu par la fenêtre avant d'aller au lit. Qu'est-ce que tu en dis ?

— Je ne peux pas !

Il posa une main sur sa tête.

— Clara, on sait combien tout ça est dur pour toi. Ça l'est aussi pour nous, crois-moi. Mais il est essentiel de continuer à mener une vie normale, de…

— Normale ? cria-t-elle en se retournant et en repoussant sa main. Il n'y a rien de normal ! Il faut que je reste ici. Tu avais promis que je pourrais !

— D'accord, dit-il doucement. Très bien. Reste ici.

Après toutes ces frayeurs, elle fut presque déçue par la réaction de l'homme lorsqu'il rentra. Il devait avoir la tête ailleurs parce que, même en ayant allumé la lumière, il ne remarqua d'abord rien. Puis, parvenu au milieu du salon, il se figea net. Clara retint son souffle. Durant un long moment, il ne bougea pas d'un pouce. Il était de profil, de sorte qu'elle ne distinguait pas son expression, mais il pivota ensuite lentement sur lui-même en inspectant la pièce, et cette fois elle le vit très bien.

Il n'avait pas l'air en colère, contrairement à ce qu'elle pensait. Il paraissait juste intrigué et presque… effrayé. Ce dont elle se réjouit. C'était bien fait pour lui.

Le lendemain, les affaires de Mme Orchard étaient toujours là. Elle s'en assura le matin avant de partir pour l'école, et de nouveau le soir. Tout était bien à sa place.

L'homme avait dû comprendre la leçon. En cette période si sombre, cette petite victoire la détendit un peu. Elle imagina le récit qu'elle ferait à Mme Orchard à son retour de l'hôpital et les remerciements auxquels elle aurait droit. Elle raconterait tout à Rose aussi quand elle reviendrait, et sa sœur la serrerait dans ses bras en lui disant qu'elle la trouvait très courageuse et qu'elle était fière d'elle.

Ce n'était toutefois qu'une goutte d'eau dans l'océan. Tout allait mal à part ça. De plus en plus mal.

Mme Quinn passa s'entretenir avec ses parents. Clara était sur le point de se coucher après avoir semé un nouvel assortiment de vêtements par terre quand elle entendit frapper à la porte d'entrée. Un espoir fou l'envahit – peut-être était-ce le sergent Barnes qui venait leur annoncer qu'il avait retrouvé Rose. Hélas non.

Les adultes s'enfermèrent dans le salon. Elle patienta quelques minutes pour être sûre qu'ils allaient y rester, puis se glissa hors de sa chambre et descendit au rez-de-chaussée. Debout dans le vestibule, les orteils recroquevillés sur le sol froid, elle colla une oreille contre le mur. Personne ne lui disait jamais la vérité, c'était donc leur faute si elle en était réduite à les espionner comme Rose lui avait appris à le faire.

— C'est un talent indispensable dans la vie, avait-elle affirmé.

Ils parlaient si bas qu'elle ne parvint à distinguer que deux ou trois mots. « Ne pleure jamais », disait Mme Quinn. Elle ajouta ensuite quelque chose sur le fait de « prendre part ». Et quelque chose aussi sur les amies.

Le problème avec ses amies, c'est qu'elles ne cessaient de lui poser des questions sur Rose ou en rapport avec Rose. « Ma mère dit qu'elle a croisé la tienne à l'épicerie et qu'elle avait vraiment une sale tête. Elle dit qu'elle avait l'air malade d'inquiétude. » Clara aurait préféré discuter avec elles de sujets normaux. À croire que toutes avaient oublié qu'elle était une fille ordinaire, absolument semblable à elles.

— La police lui court après, hein ? avait dit Ruth.

— La police la *cherche*, avait-elle rétorqué. Elle la cherche, elle ne lui *court pas après*, idiote ! Ce n'est pas du tout pareil !

— Ma puce, dit son père le lendemain matin, ta mère et moi, on se demandait si ça te ferait plaisir d'inviter ton amie Jenny à venir jouer à la maison après l'école.

— Non, merci.

— Non ? Ou alors… je ne connais pas le nom des autres. Il n'y en a pas une qui s'appelle Sharon ?

— Si.

— Pourquoi pas elle, dans ce cas ?

— Non, merci.

— Ou quelqu'un d'autre ?

— Non, merci.

— C'est dommage. Pourquoi tu ne veux pas ?

— Je ne les aime plus.

Il y avait une nouvelle règle. Comme les précédentes, elle avait surgi de nulle part dans sa tête. La première avait été d'éparpiller les affaires de Rose par terre dans sa chambre. La deuxième, de compter ses pas de la maison jusqu'à l'école, et vice versa. Désormais il y en avait une sur la manière de se brosser les dents. Elle devait procéder d'une certaine façon : cinq petits mouvements rapides en haut à gauche, cinq en haut à droite, cinq en bas à gauche, cinq en bas à droite. Se rincer trois fois la bouche. Laisser sa brosse à dents dix secondes sous le robinet. Si elle ne respectait pas cet ordre, Rose risquait de ne jamais revenir.

À l'heure du déjeuner, le vendredi, elle eut la nausée. Les enfants mangeaient assis à leur pupitre – ils n'avaient pas le droit de jouer dehors tant qu'ils n'avaient pas fini –, et elle était donc là à essayer d'avaler son sandwich qui ne voulait pas passer. Dès qu'elle buvait un peu de lait dans l'espoir de le faire descendre, il remontait aussitôt.

Le seul point positif était que ses camarades avaient tous déjà terminé et étaient sortis. Mme Quinn l'emmena à l'infirmerie (une pièce si petite qu'elle se rapprochait plus d'un placard à balais, mais au moins y avait-il un lit) et s'attarda auprès d'elle.

— Veux-tu que j'appelle ta maman, Clara ? Veux-tu rentrer chez toi ? Ou préfères-tu te reposer ici jusqu'à ce que tu te sentes mieux ?

— Je peux rester ici ?

Elle n'avait pas envie de rentrer chez elle, tout y était trop silencieux.

Mme Quinn tapota la couverture rêche.

— Bien sûr. Reste aussi longtemps que tu le souhaites. Tu es une petite fille très courageuse, Clara, ajouta-t-elle en souriant. Je sais que la situation est très dure pour toi en ce moment. Ne t'inquiète pas, ça va s'arranger. Même si tu as du mal à le concevoir, ça va s'arranger. Je te le promets.

La porte de la chambre de ses parents était fermée à son retour – chose habituelle à présent –, mais alors qu'elle s'apprêtait à redescendre au rez-de-chaussée, la voix de sa mère s'éleva derrière.

— Rose ? C'est toi ?

Elle avait le ton perdu de celle qui vient de se réveiller et ne sait plus où elle est.

Clara ouvrit la porte. Les rideaux étaient tirés, mais elle distingua une silhouette sur le lit.

Sa mère se redressa.

— Rose ? dit-elle, ivre d'espoir.

— Non, maman. Ce n'est que moi.

— Oh, répondit celle-ci tout bas, comme dans un soupir. OK, ma chérie, je te rejoins bientôt.

La voiture de l'inconnu n'étant pas garée dans l'allée, Clara se rendit chez Mme Orchard. Mais elle ne s'installa pas dans le fauteuil qui lui avait un jour été réservé. Elle ne voulait pas des souvenirs qu'il éveillait en elle. Ni de ceux-là ni d'aucun autre, en fait. Elle préféra s'asseoir par terre, le dos contre le mur et les jambes étendues devant elle. Ce qu'elle voulait, c'était retrouver sa mère. Elle le voulait plus que tout au monde – plus même, à cet instant, qu'elle ne voulait retrouver Rose. Elle voulait grimper dans son lit, à côté d'elle, pour se faire câliner et dorloter, comme avant. Elle voulait pouvoir se dire que lorsqu'elle rentrerait de l'école, sa mère serait occupée à préparer le dîner dans la cuisine, et non pas au lit. Qu'elle laisserait de côté ce qu'elle faisait pour lui adresser un grand sourire et lui lancer : « Bonjour, ma chérie, comment s'est passée ta journée ? » Et qu'elle s'intéresserait à la réponse, aussi.

Sans qu'elle s'y attende, Moïse sauta sur elle, se roula en boule sur ses jambes et se mit à ronronner. Elle le caressa en s'efforçant de ne penser à rien et de se concentrer simplement sur ce ronronnement, sur la chaleur et la douceur de l'animal sous ses mains, mais rien n'y faisait. Au bout d'un moment, elle laissa retomber ses bras et resta assise là, pareille à une poupée de chiffon.

Ce qui l'aida au bout du compte fut une réaction stupéfiante de Moïse : il se redressa soudain et appuya ses deux pattes avant sur ses épaules pour coller son museau contre son nez et la regarder bien en face.

Ses yeux étaient si gros qu'on aurait dit de grandes lunes vertes. Clara finit par loucher à force d'essayer de les fixer, et cela la fit rire.

— J'ai oublié de te caresser, c'est ça, Moïse ? dit-elle, la bouche presque contre sa gueule.

Elle posa alors les mains sur ses flancs et caressa le petit corps du félin sur toute sa longueur, jusqu'à sa queue.

L'homme n'avait rien compris, en réalité. Le vendredi, en fin d'après-midi, environ une demi-heure avant de sortir, il emballa de nouveau les affaires de Mme Orchard. Clara le surveillait. Lorsqu'il eut terminé, il contempla la pièce, puis partit comme à son habitude.

Elle dîna tard ce soir-là – la faute de sa mère, qui avait eu du mal à se lever et qui la fit attendre trop longtemps à son goût. Cela la rendit nerveuse. Elle mangea aussi vite que possible, puis, les lèvres si pincées qu'elles en étaient blanches, elle fonça tout ranger chez sa voisine en se demandant combien de fois elle devrait recommencer avant que l'inconnu retienne la leçon.

Moïse surgit de nulle part et la regarda faire.

— Il est vraiment très, très bête, lui dit Clara. Ça saute aux yeux.

Elle vida la grande boîte et s'attaqua ensuite à celle renfermant les biens les plus précieux de

Mme Orchard. Moïse la renifla, puis se dressa sur ses pattes arrière pour en scruter l'intérieur, ainsi qu'il l'avait fait quelques jours plus tôt.

— Non, idiot, il y a encore des choses dedans, déclara Clara, sans s'énerver mais d'un ton ferme. S'il te plaît, ne t'en approche pas.

Il l'observa un moment avec l'air de chercher à déterminer si elle était sérieuse. Pour finir, il sauta dans la boîte.

— Moïse ! Sors de là, tu vas casser des affaires !

En un éclair, il obéit et fila hors de la pièce – si vite qu'elle en fut surprise.

— Je n'étais pas en colère contre toi, lança-t-elle. Il faut juste que tu évites de traîner près des cartons.

Elle déballa le dernier des personnages sculptés et le porta vers la cheminée pour le poser à côté des autres et lui permettre de reprendre sa partie de cartes avec eux. Plus tard, elle ne se rappellerait pas ce qui l'avait poussée à se retourner. Un bruit ? Un courant d'air venu de l'entrée ? Ou un simple pressentiment ? Quoi qu'il en soit, lorsqu'elle pivota sur elle-même, l'homme était là, debout sur le pas de la porte.

8

ELIZABETH

Je ne rentrerai pas à la maison, semble-t-il. Cet après-midi, juste après le déjeuner, le cardiologue est passé me voir. Le docteur Pauling m'a dit qu'il avait reçu les résultats de mes examens et ces derniers montrent que mon cœur n'est pas très en forme, pour reprendre son expression. Il l'a formulé avec tant de précaution qu'on ne pouvait se tromper sur le sens réel de ses paroles. J'ai eu beaucoup de peine pour lui. Ce doit être horrible d'annoncer ce genre de nouvelles. Je lui ai répondu que ce n'était pas grave, que j'attendais depuis des années de te retrouver, et il a souri en serrant ma main entre les siennes.

— Bien, très bien.

Je voulais lui demander combien de temps il me restait, mais j'en ai été incapable.

Je me suis sentie bizarre après son départ. Détachée. Séparée à la fois de ce qui m'entourait et de moi-même. J'entendais des gens parler, mais aussi indistinctement que s'ils étaient dans une autre pièce. Les infirmières allaient et venaient en continu. Elles m'apparaissaient comme à travers un brouillard. Moi-même, j'avais le cerveau embrumé.

Les heures ont passé, la Terre a continué à tourner. Au moment du dîner, quelque chose dans la banalité de l'assiette posée devant moi m'a sortie de ma torpeur. Elle contenait un morceau de viande non identifiable, sans goût et nappé d'une sauce grumeleuse, mais que j'ai dévoré presque avec délectation. J'ai même mangé le riz au lait servi en dessert, alors que je déteste ça. Entre deux bouchées, l'idée que j'allais mourir affluait et refluait en moi comme des vagues sur le rivage. Une fois les plateaux débarrassés, j'ai regardé Mme Cox ôter sa chemise de nuit rose en dentelle au bout de la salle et en enfiler une autre, toujours en dentelle, mais couleur lilas cette fois (cette femme n'a aucune pudeur), et j'ai brusquement trouvé quelque chose de presque gracieux au corps grassouillet de cette femme qui levait les bras pour changer de tenue. Elle s'est admirée dans son petit miroir de poche (qu'elle garde en permanence à portée de main sur sa table de chevet), puis a tapoté ses cheveux et s'est recouchée d'un air satisfait.

La distribution des médicaments a été effectuée à l'heure habituelle. À côté de moi, Martha, restée fidèle à elle-même a profité des quelques instants de battement avant l'extinction des feux pour me dispenser ses réflexions philosophiques. Elle semble avoir toute sa tête en fin de journée.

— Je suis la dernière encore en vie, m'a-t-elle dit après que les chariots des infirmières ont disparu derrière les portes du service. Tous les autres sont partis. C'est ça le pire – être la dernière encore en vie. Je préférerais être morte.

Je n'étais pas d'humeur à l'écouter.

— Ma foi, ai-je dit froidement. Vous le serez bientôt. Soyez patiente, c'est tout.

Cela lui a cloué le bec. Mais ensuite, bien sûr, j'ai culpabilisé.

— Qui avez-vous perdu ? ai-je demandé avec lassitude au bout d'une minute. Vos frères et sœurs ?

— Oui.

Elle m'en voulait, mais elle avait trop envie de discuter pour laisser filer cette occasion. Martha adore parler d'elle. C'est son sujet de conversation préféré.

— Combien en avez… pardon, combien en aviez-vous ?

— Dix. Quatre garçons, six filles.

— Quelle grande famille. Vous vous entendiez tous bien ?

Elle a grogné avec mépris. Sur ce point, je suis heureuse de pouvoir dire que je n'ai jamais émis ce genre de son de ma vie, moi.

— Oh. Vous vous disputiez tous ? Ou juste une partie d'entre vous ?

— Les filles étaient les pires, a-t-elle répliqué en retrouvant un peu de son entrain. Les garçons essaient de s'entretuer, mais ensuite ils passent à autre chose. Les filles, elles, n'arrêtent jamais. Alice et Peggy étaient les plus teignes d'entre nous. Elles avaient la rancune tenace, ces deux-là. À l'adolescence, elles se sont brouillées – j'ai oublié pourquoi, et elles aussi à mon avis, mais ça ne change rien à l'affaire, parce qu'elles n'ont jamais été fichues de se pardonner. À compter de ce jour-là, elles ne se sont plus adressé la parole. Rien, pas un mot. De toute leur vie. Aucune des deux n'a assisté au mariage de l'autre, ni même à son enterrement.

— Elles ne pouvaient pas, ai-je fait remarquer – non sans bon sens, à mon avis. Au moins pour l'une d'entre elles.

113

— Oh, elles avaient sûrement une excuse valable, a dit Martha, le regard perdu dans le vague. Les gens sont doués pour en inventer quand ils cherchent à éviter quelque chose.

— Mais pas d'aussi valables que ça.

Elle a tourné la tête vers moi.

— Je croyais que mon histoire vous intéressait, a-t-elle rétorqué sèchement. Je me suis trompée ?

Elle va me manquer, ai-je pensé sur le coup. Puis je me suis reprise. Non, c'est idiot : je serai morte.

Et elle le sera bientôt aussi, a priori. Elle est maigre comme un clou, presque squelettique, à l'exception de son ventre si gonflé qu'il en est grotesque – on la dirait enceinte de neuf mois. Les médecins n'ont pas l'air de savoir à quoi cela est dû. Heureusement, elle n'évoque jamais le sujet.

J'ai eu du mal à m'endormir. J'avais peur, mon amour. Curieux, non ? Pourquoi avons-nous peur d'une chose qui nous touche tous et qui est aussi normale que le coucher du soleil ? Je devrais accueillir la mort à bras ouverts – je n'ai foi en aucun dieu et ne crois pas en un « après ». En revanche, je suis fermement convaincue que je te retrouverai. C'est illogique, j'en ai bien conscience – comment serait-ce possible sans un « après » où nous rejoindre ? Mais j'ai la si nette impression d'être avec toi à cette heure-ci – à tout point de vue, excepté physiquement – que je ne peux concevoir le contraire. Toi, l'incorrigible scientifique, tu me dirais que je manque d'imagination et que je prends trop mes désirs pour des réalités. Malgré tout, je n'en démords pas (et dans ma tête, je te vois sourire).

C'est peut-être une question de conjugaison. Ou de grammaire. Notre amour a existé, existe toujours et continuera à exister. Dans le grand continuum du temps, peut-être que ces distinctions cesseront d'être. Qu'en pense le scientifique en toi ?

Mon esprit s'égare. J'espère que je ne serai pas comme Martha dans mes derniers jours. Des images terrifiantes m'ont envahie, mais ce n'était pas un mauvais rêve. La scène se déroulait en plein jour. J'étais là, dans ce lit, et l'instant suivant je me suis retrouvée à Guelph, face à Annette qui me criait dessus, les traits déformés par la colère, tandis que Liam tendait les bras vers moi en criant encore plus fort. Je tremblais tellement que je tenais à peine debout. J'essayais de la faire taire, j'ouvrais la bouche pour parler, mais aucun son n'en sortait. Et puis quelqu'un s'est adressé à moi.

— Du calme, madame Orchard, du calme. Vous êtes ici avec nous et tout va bien.

Une infirmière me tapotait la main.

— C'est mieux comme ça, a-t-elle dit. Beaucoup mieux. On va vous relever un petit peu, vous avez glissé jusqu'au bout du lit.

J'ai passé la moitié de ma vie d'adulte à tenter d'effacer ce souvenir. Quand j'étais à St Thomas, le psychiatre, le docteur Leander, m'a conseillé de le remplacer doucement, mais fermement, par des images positives chaque fois qu'il reviendrait me hanter – lui, ou toute autre pensée aussi dérangeante. Il affirmait que nous étions tous en mesure de contrôler nos pensées, en tout cas jusqu'à un certain point. Au début, je ne l'ai pas cru. Je ne voyais pas comment j'aurais pu simplement chasser une telle angoisse, mais avec la pratique, j'ai constaté que si, j'en étais capable. La plupart du temps, du moins.

C'est donc ce que j'ai fait. Je me suis rappelé méthodiquement, un par un, les détails de ma deuxième rencontre avec Liam. C'était le lundi ou le mardi qui avait suivi la venue des Kane. Tu étais parti travailler, et moi, je me sentais vidée – mais il fallait s'y attendre, je suppose. Faire la connaissance de Liam m'avait tellement remonté le moral qu'un contre-choc était inévitable. Aux alentours de 10 heures, j'ai entendu de drôles de coups frappés à la porte d'entrée. Je suis allée ouvrir et je l'ai trouvé là, sous le porche, la main gauche prête à marteler le battant. La droite tenait un bâton plus grand que lui – l'accessoire indispensable de tous les petits garçons du monde.

— Bonjour, Liam, ai-je dit en masquant mon ravissement avec soin. Comment vas-tu ?

Il a médité ma question en tapant le sol avec son bâton, puis il a levé la tête vers moi et n'y est pas allé par quatre chemins :

— Je peux avoir un cookie ?

C'était la première fois que je l'entendais parler, Annette ayant échoué à obtenir ne serait-ce qu'un merci de sa part le samedi. Il avait une voix un peu rauque, très inhabituelle chez un enfant de cet âge.

— Je me disais justement que c'était peut-être ça qui t'amenait. Mais nous allons devoir d'abord en toucher un mot à ta maman. Où est-elle ? Et tes sœurs ? Elles t'ont accompagné ?

Il a secoué la tête avec force. Non, elles n'étaient pas là, il ne les avait pas invitées à venir, ça non.

— Ta maman est au courant que tu es ici, Liam ?

Il a soudain repéré quelque chose par terre qui avait besoin d'être tué et s'est acharné dessus avec son bâton.

— Tu sais quoi, Liam ? On va apporter quelques cookies chez toi, au cas où ta maman se demanderait où tu es. Tu peux me montrer le chemin que tu as pris ?

Je voulais vérifier qu'il n'était pas passé près de la route, mais par chance, il s'était faufilé entre les bouleaux argentés qui poussaient sur le terrain entre nos deux maisons.

Nous avons entendu ses sœurs avant de les rejoindre dans le jardin. Elles jouaient à la corde à sauter avec leur mère, qui en tenait une extrémité tandis qu'elles se relayaient à l'autre bout. Les petites avaient les mêmes cheveux blonds qu'Annette, les mêmes yeux bleus et la même silhouette fine. Elles étaient assez jolies, mais je me rappelle avoir pensé que Liam était plus beau encore. Toi aussi, tu l'avais remarqué, Charles, et pourtant tu ne prêtais pas souvent attention à ce genre de choses. Avec ses cheveux bruns, son teint clair et ses merveilleux yeux noisette pailletés d'or, il se distinguait de ses sœurs comme le soleil de la lune.

Annette a eu l'air surprise quand nous nous sommes avancés. Elle ne s'était pas rendu compte que Liam était parti, et cela l'a horrifiée et mortifiée – il y avait de quoi, cela dit. J'ai dédramatisé la situation en disant qu'il ne s'était pas approché de la route, que j'avais été ravie de le revoir et qu'elle avait vraiment de beaux enfants. Soulagée de constater que je ne la jugeais pas, elle m'a proposé un café. De mon côté, je lui ai offert mes cookies.

Nous avons porté deux chaises dehors, à l'ombre de la maison – il faisait déjà une chaleur accablante en plein soleil –, et nous nous sommes assises avec nos cafés en regardant les petits explorer le jardin. Il y avait deux pommiers dont les fruits, mûrs pour la plupart, pendaient si près du sol qu'il était très tentant de les cueillir. Les filles ne cessaient de sauter pour essayer de les attraper et riaient aux éclats à chacun de leurs échecs. Liam, lui, s'efforçait de battre les branches les plus basses avec son bâton. Annette lui a crié sèchement de faire attention à ne pas blesser ses sœurs – à la suite de quoi il s'est éloigné pour creuser des trous dans le parterre de fleurs qui bordait le jardin.

Un avion militaire est soudain passé au-dessus de nous, et nous l'avons toutes les deux observé.

— Ralph m'a dit que Charles était anglais, a dit Annette au bout d'un moment.

— Oui. Il est arrivé ici il y a douze ans. L'école d'agriculture rattachée à l'université menait des recherches qu'il ne parvenait pas à faire financer chez lui et auxquelles il tenait à participer.

— Il a de la famille en Angleterre ?

— Seulement ses parents maintenant. Son frère a été tué au mois de mai à Dunkerque.

Elle est restée silencieuse un instant.

— Ses parents vivent à Londres ?

— Oui.

— Pauvre Charles.

— En effet.

L'avion avait disparu derrière une colline au loin, laissant de nouveau vide le ciel immense au bleu innocent.

— Ralph a essayé de s'engager, mais on lui a expliqué que l'université avait davantage besoin de lui que l'armée, a déclaré Annette.

— Pareil pour Charles.

— Je crois que mon mari se sent coupable. Et à mon avis, il a peur que les gens s'imaginent que ce n'est qu'un prétexte pour ne pas partir au combat.

Quelque chose dans sa voix a éveillé mon attention. Je l'ai dévisagée en me demandant si c'était ce qu'elle-même pensait et, dans ce cas, ce que cela révélait de sa relation avec Ralph.

— Ce n'est pas un prétexte, ai-je dit d'un ton sans appel pour que cela soit bien clair dans son esprit. Ralph est un spécialiste des céréales, n'est-ce pas ? Comme Charles. Il y a de graves pénuries alimentaires en Angleterre et le pays doit nourrir des milliers, non, des *centaines de milliers* de soldats. Tous les deux se rendent bien plus utiles en travaillant à accroître la production de blé ici qu'en prenant les armes en Europe. Charles serait un danger public avec un fusil à la main.

Annette a éclaté d'un rire nerveux, mais elle a paru soulagée, et la conversation a dévié sur un autre sujet. Elle m'a interrogée sur notre jardin, que j'avais transformé en potager dans le cadre de la campagne baptisée « Les Jardins de la Victoire », et je lui ai promis de l'aider à en faire autant, à une plus petite échelle, afin que ses enfants aient toujours de la place pour s'amuser dehors. Nous avons évoqué aussi la maternelle où iraient les jumelles après la fête du Travail, le 6 septembre, et dont je connaissais l'institutrice – elle m'avait remplacée quand j'étais partie et je la savais très douée. Tout en discutant ainsi, je suivais des yeux Liam, qui déambulait à présent sans aucun but dans le jardin.

Je me rappelle le frisson d'excitation qui m'a parcourue quand j'ai constaté qu'Annette et moi nous entendions si bien. C'était une surprise, car elle m'avait laissé l'image d'une femme stressée, assez superficielle, et pour tout dire pas très sympathique au premier abord, mais la conversation allait bon train entre nous et elle avait l'air sincèrement contente que je sois passée la voir. J'ai pensé que nous pourrions renouveler l'expérience et prendre souvent un café ensemble à l'avenir dans ce même esprit détendu et spontané. Cela me permettrait de côtoyer Liam.

Mais il s'en est fallu de peu que tout tombe à l'eau. J'étais si occupée à me féliciter de notre bonne entente que j'ai cessé de l'écouter, et il a fallu une minute à mon cerveau pour assimiler qu'elle était enceinte.

Ce n'était pas prévu, m'a-t-elle avoué avec un rire gêné, et elle était d'autant moins enthousiaste qu'elle craignait d'attendre encore des jumeaux. Pour être honnête, elle estimait que trois enfants représentaient déjà bien assez de travail. Enfin, pas les filles, qui étaient adorables, mais Liam. Lui, il était très difficile. Cet enfant l'épuisait et elle en arrivait parfois à ne plus savoir quoi faire avec lui.

Liam se trouvait à deux mètres de nous à ce moment-là. Il a levé les yeux quand Annette a mentionné son nom, mais, parce qu'il était derrière sa chaise, elle n'a pas eu conscience de sa présence. Moi, en revanche, je l'ai vu. Il l'a entendue, j'en suis certaine. Et s'il n'a sans doute pas tout compris, il a parfaitement saisi le sens global de son propos. Ça, je l'ai bien senti.

J'étais furieuse. Folle de rage, même. En l'espace de quelques secondes, je suis passée d'un joyeux optimisme à un mélange brûlant de colère, de jalousie et de désespoir devant le mépris et la désinvolture de cette femme vis-à-vis de son fils. Devant sa fertilité indécente, aussi. Et devant l'idée qu'elle allait mettre au monde un enfant, voire deux, qu'elle ne désirait pas vraiment, alors que je souffrais tant de ne pas en avoir un seul. Ma réaction était excessive et je l'ai tout de suite perçue comme telle, mais je trouvais choquant qu'elle n'ait pas vérifié où était Liam avant de dire de telles choses sur lui – sans parler du fait qu'elle ne s'était même pas rendu compte ce matin-là que son fils de trois ans était venu seul jusque chez nous, alors qu'il aurait pu facilement marcher sur la route.

Les yeux tournés vers l'herbe jaunie du jardin, j'ai serré ma tasse plus fort entre mes doigts en essayant désespérément de surmonter, ou tout du moins de masquer mes sentiments, non parce qu'ils étaient injustes envers Annette, mais parce qu'il aurait suffi qu'elle les devine pour qu'un certain petit garçon ne soit plus jamais autorisé à remettre les pieds chez nous.

J'ai été sauvé par l'une des jumelles, qui, dans ses efforts pour atteindre une pomme particulièrement appétissante, a heurté le tronc de l'arbre avec sa tête, puis s'est précipitée en larmes vers sa mère. Le temps qu'elle se fasse consoler, je m'étais calmée et nous avons continué à boire notre café et à discuter.

Avant de rentrer chez moi, j'ai même réussi à demander à Annette comme si de rien n'était si elle voulait bien autoriser les enfants (j'ai veillé à ne pas distinguer Liam) à venir me rendre visite seuls s'ils le souhaitaient. Annette craignant qu'ils ne me dérangent, je lui ai expliqué que nous n'avions pas pu fonder une famille et que cela me ferait plaisir de les voir. Elle a compati et m'a répondu qu'elle acceptait volontiers, bien sûr. Nous avons alors établi une série de règles pour assurer leur sécurité : ils avaient interdiction de s'approcher de la route ; je l'appellerais tout de suite pour la prévenir s'ils passaient à la maison, et de nouveau quand ils repartiraient, afin qu'elle puisse guetter leur retour ; je ne devrais pas leur donner plus d'un cookie chacun, et dès l'instant où ils se montreraient trop pénibles, il faudrait que je les renvoie chez elle. Autant de règles raisonnables fixées par des femmes raisonnables pour protéger des enfants.

Quand le hasard voulait que je sois au bon moment derrière la fenêtre de la cuisine, je le voyais arriver en flânant à travers les bouleaux (toujours tout seul, ainsi que je m'y attendais). Il avait son bâton à la main, à l'image des pèlerins d'autrefois mais, contrairement à eux sans doute, il s'arrêtait parfois pour s'en prendre à quelque chose, perdu dans le monde mystérieux de l'enfance. Tant qu'il a fait assez chaud, on s'est assis sur les marches du perron, lui avec un verre de lait et un cookie, moi avec une tasse de café. Au début, ses visites étaient brèves et il allait droit au but : il mangeait son gâteau et partait sitôt sa mission accomplie. Mais à mesure qu'il s'est senti plus à l'aise avec moi, il a commencé à s'attarder. C'était comme apprivoiser un oiseau sauvage : il fallait lui offrir des miettes, rester immobile et ne pas espérer trop vite des résultats.

Parfois, on bavardait un peu. Par exemple, il me posait une question – « Pourquoi il y a des insectes ? »

– ou me faisait une remarque – « Mes fesses sont plus petites que les tiennes. » Le plus souvent, pourtant, on n'échangeait guère que quelques mots. J'insistais pour qu'il dise « s'il vous plaît » et « merci », mais à part ça, son silence me convenait très bien. (De même que le tien, mon amour. Aucun de vous deux n'était très loquace. À croire que je suis attirée par les taiseux.)

Quand il a fait trop froid pour goûter dehors, nous nous sommes installés à la table de la cuisine. J'ai acheté quelques jouets – un puzzle en bois, deux petites voitures, un livre de coloriages, des crayons de couleur, des feuilles de papier blanc bon marché pour qu'il puisse dessiner (il était très doué pour ça) et quelques histoires : *Winnie l'Ourson*, *Pierre Lapin*, *L'Histoire de Ferdinand*, *Wagtail Bess*.

Des choses simples, ordinaires, peu coûteuses. Des choses qui disaient à quiconque franchissait notre porte : dans cette maison, il y a un enfant.

9

LIAM

— Je ne pourrai pas ce mois-ci, déclara Jim Peake en perçant un petit trou bien net dans une planche neuve. Et probablement pas en octobre non plus, j'ai déjà je ne sais combien de chantiers prévus. Sans compter que mon associé a déserté. Enfin, pas exactement mon associé, plutôt mon employé bénévole. Mon fils, quoi. Il a filé vers je ne sais quelle université du Sud pour devenir vétérinaire. Un boulot peinard, ça. Le pire que vous ayez à faire, c'est d'enfoncer le bras dans le cul d'une vache. Pas franchement ce que j'appelle du travail. Une grosse paie, la vie facile…

Il se redressa et farfouilla dans un pot rempli de vis.

— On se défonce pour nos mômes, on leur procure trois repas complets par jour, une jolie maison bien chauffée, on leur apprend un bon métier, et eux, qu'est-ce qu'ils font ? Ils foutent le camp pour devenir vétérinaires. Je lui ai dit, moi, si tu aimes tant que ça les animaux, adopte un chien, nom de Dieu ! Ou un cheval ! Ou même un éléphant ! Ça coûte moins cher qu'un diplôme de vétérinaire. Je vais finir sur la paille, moi, s'il continue.

Jim Peake était une armoire à glace aux traits marqués et durs, mais son fils lui inspirait une telle fierté qu'il évitait de regarder Liam en face, de peur de se trahir – cela s'entendait à sa voix.

— Vous voulez bien me passer ce tournevis ? Non, le petit. C'est ça.

— Le truc, dit Liam, c'est que j'aimerais vendre la maison au plus vite, et un plancher de salle de bains pourri ne va pas faire bonne impression.

Durant plus d'une semaine, il avait réussi à ne prendre aucune décision, qu'elle soit importante ou sans conséquence – que faire de sa vie, où aller ensuite, que manger à l'heure du déjeuner – et s'était contenté d'explorer les alentours au volant de sa voiture. Les paysages étaient magnifiques, il ne pouvait le nier. À perte de vue s'étendait une nature sauvage où les lacs le disputaient aux formations rocheuses et aux arbres (il commençait à s'y faire, à ceux-là). De temps à autre, il allumait la radio, qui parvenait à capter un signal sporadique quand il atteignait le sommet d'une colline. Il avait ainsi glané quelques bribes d'informations : « Un grand jury a mis en examen cinq membres du personnel de la Maison Blanche pour violation des lois fédérales sur les écoutes téléphoniques... » Puis plus rien. « Les journalistes d'investigation du *Washington Post*... » Et de nouveau le silence.

En dehors de ces activités touristiques, il n'avait fait que quelques menues réparations dans la maison : resserrer une charnière dans un placard, remplacer une poignée de porte (ce qui avait nécessité une deuxième visite à la quincaillerie, où la fille du vieillard avait fait une nouvelle apparition, mais cette fois avec un bébé calé sur la hanche, autant dire le répulsif ultime).

L'heure était venue de passer à l'action, cependant. Si l'été donnait toujours l'impression d'être là, il ne durerait pas bien longtemps encore, et la seule décision ferme qu'il avait prise était que, quoi qu'il arrive, il aurait quitté cette ville avant que le premier flocon de neige ait touché le sol.

— Pourquoi ne pas poser du lino par-dessus le plancher ? suggéra Jim Peake. Comme ça les gens ne s'apercevront de rien. Pas avant d'avoir emménagé, en tout cas.

— Oui, seulement…

La vérité, c'était que Liam éprouvait le besoin inexplicable de réparer convenablement la maison de Mme Orchard, de faire en sorte qu'elle soit dans le meilleur état possible avant de la vendre. Cela n'avait rien à voir avec l'argent qu'il en tirerait, même si c'était la raison qu'il avançait. Il n'était pas sûr de ce qui le poussait à faire ça – peut-être était-ce sa façon de remercier cette femme dont il se souvenait à peine. Cela le contrariait, d'ailleurs, de se sentir si peu de liens avec elle ou son mari. Il avait examiné les photos encadrées du salon et les avait reconnus tous les deux, pour ça, pas de problème, il savait aussi qu'il avait séjourné chez eux de temps à autre et qu'il avait adoré ça, mais c'étaient là des données factuelles, pas quelque chose qu'il aurait gardé gravé au fond de lui. Il ne se rappelait aucun détail des moments qu'il avait passés avec eux. Comment étaient-ils à l'époque ? Et lui ? Voilà pourquoi il ne s'estimait pas vraiment en droit de vivre dans la maison de Mme Orchard et d'hériter de tous ses biens.

— Vous êtes un gars du Sud et vous êtes venu vous installer chez nous ? lui demanda Jim Peake.

Eh ben, où va le monde, hein ? Et vous dites que vous habitez chez Mme Orchard ?

À la vérité, Liam n'avait rien dit, mais cela n'empêchait pas Jim Peake d'être au courant. À coup sûr, toute la ville savait tout ce qu'il y avait à savoir sur son compte. Depuis son arrivée, une série de femmes s'étaient présentées à sa porte, jeunes et vieilles confondues, toutes avec des sourires de bienvenue et de la nourriture en cadeau. Il n'avait invité aucune d'elles à entrer, pas même les plus jolies, tant il doutait que seule l'envie d'entretenir de bonnes relations de voisinage avec lui ait motivé leurs efforts.

— En effet. Peut-être que vous pourriez juste jeter un coup d'œil au plancher et me dire ce qu'il faut faire, histoire que je retape ça moi-même ? Je vous paierai pour le déplacement.

— Le problème avec cette baraque, ce n'est pas le plancher de la salle de bains. Oubliez ça, ce n'est rien. Le problème, c'est le toit. Il aurait dû être refait il y a dix ans. La pluie s'est infiltrée à travers durant tout ce temps et je n'ose pas imaginer comment c'est en dessous. Trouvez-moi une autre vis de cette taille, vous voulez bien ?

Liam fouilla dans le pot.

— Mon souci, c'est que j'ai le toit de Jeff Patterson à réparer en premier, tant que le beau temps le permet, reprit Jim Peake. On ne peut pas changer les bardeaux quand il fait froid, ils ne tiennent pas. À la première tempête, il n'en reste plus un seul. Et puis je n'ai personne pour m'aider. Plus de main-d'œuvre non payée pour faire le sale boulot, plus de larbin à insulter. Ça va être triste. Il me faut encore une vis. La même que celle-là. Merci. Un toit, c'est un travail de chien. On n'arrête pas de monter et de descendre sur une échelle en portant des pièces de charpente, des bardeaux et tout le bazar. Les bardeaux ont l'air tout fins... enfin, pris invidi...

Il marqua une pause avant de se corriger :

— Pris *individuellement*, les bardeaux sont tout fins, mais ces saletés pèsent un âne mort. Et au moment où vous pensez en avoir fini, vous vous rendez compte que la cheminée est près de tomber, qu'il faut s'en occuper aussi, et recommencer à monter et à descendre sur une échelle en portant des briques, des seaux de mortier, tout ça sans personne pour vous les passer. Et quand on est seul, c'est long, c'est long ! Ça prend trois à quatre fois plus de temps que si on était deux. Tenez, attrapez ça par l'autre bout, on va le retourner.

Il travaillait sur un encadrement de fenêtre – un grand encadrement posé sur deux tréteaux. Liam souleva une extrémité et l'aida à le basculer. Le châssis était sacrément lourd. Il se demanda comment Jim Peake y serait arrivé sans lui.

— J'ai promis à Gord Bing de terminer ça cette semaine, dit le menuisier. Et puis ça m'est sorti de la tête. Changer toute la fenêtre aurait été plus rapide, mais ce type est un radin de première, alors je ne fais que remplacer les parties pourries. Vous êtes dans quoi, vous, monsieur... J'ai oublié votre nom, j'ai toujours du mal à les retenir. Kane, c'est ça ?

— Oui. Je suis comptable. Ou plutôt, je l'étais.

— Mais plus maintenant ?

— Non.

— Comment ça se fait ?

— J'ai démissionné.

— C'est pourtant un job peinard, on dirait. Ajouter un nombre par-ci, en soustraire un autre par là. Pourquoi vous êtes parti ?

— Je détestais ça.

Il ne voyait pas l'intérêt de mentir. À vrai dire, il ne voyait pas l'intérêt de toutes ces questions non plus, mais les gens par ici étaient étonnamment indiscrets.

Jim Peake éclata de rire.

— Ha ! Vous ne devez pas avoir de gamins, vous, hein ?

— En effet.

C'était Fiona qui avait décidé de ne pas en avoir, mais cela lui avait convenu à cent pour cent. Il n'avait pas aimé être enfant et n'imaginait pas pouvoir aimer être père.

— Et qu'est-ce que vous allez faire maintenant ?

— Je ne sais pas trop.

Jim Peake secoua la tête en s'émerveillant que l'on puisse être aussi libre de ses choix. Muni d'un rabot, il effectuait de grands mouvements fluides qui faisaient jaillir des frisettes odorantes de bois clair devant la lame.

— Le truc, c'est d'avoir une pression régulière sur toute la longueur, expliqua-t-il. Et le deuxième truc, c'est de ne pas enlever trop de bois. En fait, c'est ça le plus important. Il faut toujours vérifier. Une fois qu'on a ôté une couche, on ne peut plus la remettre.

Il s'accroupit et plissa les yeux en examinant la planche.

— Encore un peu, dit-il. Vous voulez essayer ?

— J'ai pas mal de choses à faire, répondit Liam.

Il devinait ce que l'artisan avait en tête aussi claire-ment que si cela avait été tatoué sur son front. Peake cherchait quelqu'un pour porter des bardeaux et des briques sur des échelles, et lui, Liam, se tenait devant lui, sans emploi : ils étaient faits l'un pour l'autre.

Le menuisier passa un nouveau coup de rabot sur le bois.

— OK. Mais ce que je veux dire, c'est que même si la météo reste au beau fixe, je ne pourrai pas retaper votre toit avant deux ou trois semaines. Ce qui du coup repousse au printemps prochain, à moins que je trouve quelqu'un pour m'aider. Vous avez donc trois solutions possibles : la première, c'est de vendre votre maison telle qu'elle est à un prix réduit. La deuxième, c'est d'aller à New Liskeard ou à North Bay et de voir s'il n'y aurait pas quelqu'un là-bas qui se tourne les pouces et qui serait disposé à faire chaque jour tout le trajet jusqu'ici – moi, ça m'étonnerait beaucoup. Et la troisième, c'est de me filer un coup de main sur mes chantiers en cours, histoire que j'aie terminé à temps pour réparer votre toit tant qu'il fait assez chaud, ou alors le plancher de votre salle de bains si ce n'est pas le cas. À vous de décider.

Liam hocha la tête.

— Je vais y réfléchir. Merci pour le conseil.

— De rien, répondit joyeusement Jim Peake. C'est gratuit.

De retour chez lui, il erra sans but dans les pièces en ruminant ce que lui avait dit Jim Peake. Il n'avait aucune chance de faire venir quelqu'un d'une autre ville. Sur ce point, Jim avait raison, il ne fallait pas rêver. Cela le laissait face à un choix très simple (la chose qu'il détestait le plus en ce moment) : vendre la maison sans tarder, et telle qu'elle était, ce qu'il avait de moins en moins envie de faire, ou passer ses journées à monter et descendre des échelles en portant des bardeaux, ce qui allait probablement lui casser le dos. *Décide-toi, bon sang. Merde, qu'est-ce qui ne tourne pas rond chez toi ?*

Le problème, c'était la confusion dans sa tête. Fiona s'était mise à lui rendre visite la nuit, de préférence à 3 heures du matin. L'heure des âmes perdues. Elle lui murmurait des petits riens amers à l'oreille : *Ça te tuerait de faire un effort, Liam ? Ça te tuerait d'être agréable une heure ou deux avec nos amis le samedi soir ? Tu restes assis là comme une statue, ils doivent tous se demander ce qui ne va pas.* Quand il avait répondu sans prendre la peine d'étouffer un bâillement que c'étaient ses amis à elle, et pas les siens, elle avait ouvert de grands yeux : *Oh, mon Dieu, mais oui, tu as raison ! Je suis tellement désolée ! Qui aimerais-tu inviter à dîner parmi tes nombreux copains ? Attends deux secondes, je vais chercher un stylo et une feuille de papier, on va faire une liste.*

Il n'avait pas besoin qu'elle le lui fasse remarquer, il le savait déjà très bien. Même enfant, à l'école, il n'avait jamais eu le don de se faire des amis. Entretenir des relations superficielles, ça oui. Nouer des liens solides, non. C'était comme s'il y avait eu entre lui et les autres une rivière, pas très large, mais sombre et profonde, qu'il n'avait jamais réussi à traverser.

Son seul talent ne s'était révélé qu'à l'âge adulte : il plaisait aux femmes, qui le trouvaient beau. À défaut de mieux, au moins avait-il tiré ce bon numéro dans la grande loterie de la vie. Mais cela n'avait débouché sur rien de durable. Les choses évoluaient en général jusqu'à un certain stade où la rupture était inévitable. Ses huit années avec Fiona constituaient une exception, et il demeurait persuadé que la longévité de leur histoire ne s'expliquait que par leur incapacité à admettre leur échec. Fiona par refus de tout échec, quel qu'il soit, et lui parce qu'il avait cru plus ou moins sincèrement que cela allait marcher entre eux et qu'il avait enfin franchi la rivière.

Le naufrage de leur couple, lorsqu'il n'avait plus été possible de l'occulter, l'avait rendu encore plus réservé et mutique qu'avant, et Fiona n'avait pu le supporter.

On dirait que tu es inapte à nouer des liens avec les autres, Liam. Je ne parle pas seulement de moi, mais de tout le monde, de toute l'espèce humaine ! Tu devrais consulter un psy. Je suis sérieuse, je t'assure.

Il y avait une vérité à connaître sur le mariage, avait-il pensé une nuit, à 3 heures du matin. Il faudrait prévenir les gens : réfléchissez bien avant de vous engager, parce que vous ne vous sentirez jamais, jamais aussi seuls qu'en étant malheureux en ménage.

Et il y avait une seconde vérité le concernant, se dit-il cet après-midi-là à 15 heures, debout dans la cuisine de Mme Orchard. *Tu as déjà ruminé ça un paquet de fois, bordel ! Ferme-la maintenant et tourne la page !*

Il monta à l'étage examiner de nouveau le sol de la salle de bains. Rien n'avait changé – et rien ne changerait à moins qu'il ne fasse quelque chose. Un autre recoin humide près des toilettes le laissa perplexe jusqu'à ce qu'il lève les yeux au plafond. Forcément, il y avait des taches à cet endroit. Jim Peake avait vu juste, le toit fuyait. Idem dans sa chambre. Il alla inspecter la petite pièce voisine, puis la chambre de Mme Orchard. Dans les deux cas, les plafonds paraissaient en bon état, signe que les dégâts étaient circonscrits à un côté de la maison.

Tout cela lui rappela que, tôt ou tard, il allait devoir vider les pièces. Pourquoi pas maintenant ? Tant pis si le plus urgent était de prendre une décision au sujet du toit : il s'occuperait à la place de trier les affaires de sa bienfaitrice. Après tout, il ne devait rien à personne, hormis à lui-même, et pouvait faire, ou ne pas faire, ou fuir, tout ce qu'il voulait.

Les placards et les commodes de Mme Orchard étaient remplis de vêtements auxquels il n'osa pas toucher. Il faudrait qu'il essaie de savoir si elle n'avait pas une amie en ville qui accepterait de l'aider. Il passa ensuite dans la petite chambre, où il trouva tous ses papiers. Par chance, elle était méthodique, et tout était rangé dans des chemises soigneusement étiquetées. Il les répartit en deux piles : une première qu'il pourrait mettre à la poubelle sans tarder, et une autre à examiner avec plus d'attention. C'était un soulagement pour lui de manipuler de la paperasse. Il avait l'habitude de ce travail et le maîtrisait bien.

Ce ne fut que dans un deuxième temps qu'il eut l'idée de regarder sous le lit simple. Il y découvrit une vieille valise remplie de dessins. Pas des schémas techniques, ni les œuvres d'un artiste en herbe, mais des dessins réalisés par un enfant assez âgé pour que les sujets soient le plus souvent identifiables – celui du haut, esquissé au crayon rouge vif, était probablement un camion de pompiers sur un fond de flammes rouges et jaunes gribouillées avec enthousiasme –, mais assez jeune aussi pour avoir du mal à colorier sans dépasser. De fragiles bouts de scotch restés collés dans les angles supérieurs disaient que la feuille avait été accrochée à un mur à une époque. Liam la retourna. En bas à droite, il reconnut l'écriture bien nette de Mme Orchard : *Liam, 4 ans. Décembre 1942.*

Il faillit en tomber à la renverse. Tous ces dessins – ses dessins à lui – avaient dû recouvrir un mur entier. À quel endroit ? Dans la cuisine ? Oui, le mur en face du frigo. Mme Orchard l'avait surnommé « la galerie de Liam ». Elle avait constitué un stock merveilleux de crayons, de stylos et de livres de coloriages, tous rangés dans un tiroir spécial – *son* tiroir, sans aucune sœur à proximité pour en piller le contenu, casser quelque chose ou griffonner sur le fruit de ses efforts. Dès qu'il avait terminé un nouveau gribouillis, il le montrait à Mme Orchard, qui l'étudiait avec sérieux pendant quelques instants avant de dire quelque chose comme : « C'est très bien, Liam, vraiment très bien. J'aime surtout le camion de pompiers. Qu'est-ce qu'il va vite ! Regarde ça, Charles, n'est-ce pas qu'il est beau ? Je pense qu'on devrait l'accrocher dans la galerie, pas toi ? » Il entendait sa voix à présent. Il y percevait toujours un sourire quand elle s'adressait à lui. Elle prenait le dessin et allait interrompre M. Orchard dans sa lecture pour le lui faire admirer – il était sans arrêt en train de lire. À son tour, il l'examinait et convenait d'un air solennel qu'il fallait l'accrocher au mur.

Sa fierté. Il se rappelait sa fierté. La manière dont elle montait en lui et lui donnait l'impression d'être un peu plus fort, un peu plus grand ; plus sûr de lui, aussi. Et aimé.

Un autre souvenir depuis longtemps oublié lui revint. Le jour où sa famille était partie s'installer à Calgary, il avait tenté de s'enfuir chez M. et Mme Orchard, mais sa mère l'avait rattrapé et soulevé dans ses bras avant de l'enfermer dans la voiture.

Plus tard cet après-midi-là, il rapporta quelques cartons vides de l'épicerie et commença à emballer les affaires de Mme Orchard. Pas les meubles, qui pourraient être vendus séparément ou avec la maison, mais les babioles, les objets décoratifs, les photos – des bricoles, en somme.

Le salon était la pièce qui en contenait le plus, il s'y attaqua donc en premier. Ses cartons à lui se trouvaient toujours là où il les avait laissés le soir de son arrivée. Il ne voyait pas l'intérêt de les ouvrir, dans la mesure où il n'allait pas rester longtemps.

Il y avait deux ou trois choses dont il avait gardé le souvenir, notamment une sculpture québécoise de très bonne facture représentant quatre joueurs de cartes autour d'une table. Elle figurait à la place d'honneur sur le manteau de la cheminée, soit au même endroit que dans l'ancienne maison des Orchard à Guelph. De tous les biens de la vieille dame, c'était celui qu'il préférait, et il décida de le conserver. Juste à côté, la belle pendulette d'officier lui était familière, elle aussi. Elle le suivrait également. Il enveloppa le tout avec soin dans du papier journal et déposa les objets dans un petit carton avec trois photographies encadrées – deux montrant M. et Mme Orchard ensemble, et une de M. Orchard en train de lire sous le porche de sa maison à Guelph. Il prit moins de précautions avec les autres affaires. Advienne que pourra.

Quand il eut fini de tout emballer à l'exception des livres, il estima avoir assez travaillé et partit dîner en ville. Cela faisait une semaine qu'il était arrivé à Solace. L'abus de hamburgers l'avait incité à goûter la poutine, qui s'était révélée lourde à digérer, comme il s'y attendait, mais aussi remarquablement addictive, si bien qu'il faisait à présent alterner la viande bourrative et le fromage bourratif. Plusieurs jours durant, il avait tenté de prendre son courage à deux mains et de demander au serpent à sonnette s'il accepterait de lui préparer une pomme de terre cuite au four à l'occasion. La peau contenait au moins quelques fibres, chose dont il avait conscience de manquer un peu.

Il commit l'erreur d'arriver tôt. Une demi-douzaine d'adolescents s'étaient entassés dans l'une des alcôves, où ils repoussaient autant que possible le moment de rentrer chez eux en mangeant des frites et en riant – des activités propres aux jeunes du monde entier. Le juke-box passait *Leader of the Pack*, un titre démodé depuis des années déjà. Le son était bien trop fort, mais à la grande surprise de Liam, le serpent à sonnette ne semblait pas gêné par ce boucan et posait même un regard bienveillant sur la petite bande.

Il avait eu l'intention de s'occuper pendant son repas en lisant un des livres de Mme Orchard, mais il l'avait oublié et dut se contenter pour la troisième fois du dernier exemplaire du *Temiskaming Speaker*. Il le parcourut en sautant la page où figurait la photo de la fille disparue des Jordon. Malgré lui, pourtant, il se demanda si elle avait fait partie un mois plus tôt du groupe d'adolescents présent à côté de lui. Il avait aperçu sa petite sœur à deux ou trois reprises, alors qu'elle revenait de l'école, et il lui avait trouvé l'air très triste. Quelles qu'aient été ses relations avec son aînée, elle devait vivre un enfer.

Il mangea une poutine, avala deux tasses de café, puis gagna le lac dans le noir.

Il y avait trop de nuages dans le ciel pour que la lune puisse l'éclairer, mais il distingua tout de même la surface de l'eau. Elle était si immobile que c'en était irréel. À croire qu'elle attendait qu'un événement cosmique se produise. L'hiver, par exemple, songea-t-il en relevant le col de son manteau avant d'enrouler ses bras autour de lui. Elle attendait l'hiver.

À son retour, il entra dans le salon et alluma la lumière, mais ce ne fut qu'après avoir fait quelques pas dans la pièce qu'il remarqua que tout avait changé. Ou plutôt, que rien n'avait changé. Tout ce qu'il avait fait avait été défait. Le passé, effacé.

Il se figea net, saisi (de façon très absurde, pensat-il plus tard) par une bouffée de peur panique. C'était comme s'il avait remonté le temps. Il contempla la pièce en se demandant s'il était victime d'hallucinations ou, en admettant qu'il ne l'ait pas réellement fait, s'il avait simplement rêvé qu'il emballait les affaires de Mme Orchard.

Puis il se raisonna. Lui, Liam Kane, avait bien rempli ces cartons dans l'après-midi, et une personne encore inconnue les avait vidés en son absence. Il n'y avait rien de métaphysique là-dedans. La question était de savoir qui était cette personne et pourquoi elle avait fait ça. Il examina de nouveau la pièce en tournant lentement sur lui-même en quête d'indices. Rien ne lui sauta aux yeux. Il s'approcha du manteau de la cheminée. Tous les objets étaient *exactement* à l'endroit où ils se trouvaient avant. En revanche, la précision avec laquelle les statuettes avaient été remises exactement à l'emplacement trahi par leurs marques dans la poussière... cela, c'était assez troublant. Il devait s'agir d'un familier des lieux.

La femme de ménage de Mme Orchard ? Mais une femme de ménage aurait fait son travail en nettoyant le manteau de la cheminée.

Une autre évidence s'imposa à lui : la personne avait su qu'il était sorti et qu'il ne rentrerait pas tout de suite. Le papier journal froissé dont il s'était servi pour emballer les objets avait été lissé, replié soigneusement et rangé dans un carton vide – jamais l'intrus n'aurait fait ça s'il n'avait pas eu conscience d'avoir du temps devant lui. Quelqu'un surveillait-il la maison ? Espionnait-on ses faits et gestes ? Cette idée lui donna la chair de poule, jusqu'à ce qu'une pensée plus effrayante le traverse : cet individu était-il encore là ?

Il inspecta rapidement le rez-de-chaussée – le cellier, le local à chaussures, le placard sous l'escalier –, puis monta dans les chambres, où il ouvrit chacune des penderies, le cœur battant. Tout était dans l'état où il l'avait laissé. Il redescendit dans le salon. Pour ce qu'il en voyait, rien, à l'exception des objets décoratifs, n'avait été touché, a fortiori volé. Ses propres cartons n'avaient pas été dérangés. Il examina la porte de service, mais elle était bien verrouillée, comme la porte d'entrée l'avait été à son retour, et aucune des fenêtres ne semblait avoir été forcée. La personne avait donc une clé, ce qui ne lui plaisait guère.

Il envisagea de téléphoner au sergent Barnes. Seulement, sachant que rien n'avait été dérobé ni endommagé, que lui dirait-il ?

Tout s'éclaira soudain : c'était la femme de ménage, bien sûr. Elle devait avoir une clé, et il était normal qu'elle n'ait pas fait la poussière puisqu'elle n'était plus payée. Il se rappela sa conversation avec l'avocat.

Mme Orchard avait légué une petite somme d'argent à son employée. Toutes deux avaient dû être proches. Peut-être la femme de ménage travaillait-elle ici depuis des années. Peut-être cette visite avait-elle eu une valeur sentimentale. Elle était venue dire au revoir à la maison et avait été bouleversée de découvrir le salon si dépouillé. C'était plausible. Elle avait tout remis en place afin de contempler une dernière fois la pièce telle qu'elle avait toujours été, telle que Mme Orchard l'avait décorée. Elle se moquait bien de ce que pensait Liam. À ses yeux, c'était lui l'intrus.

Et soit le hasard seul avait voulu qu'il soit absent quand elle était passée, soit – hypothèse beaucoup plus plausible, à bien y réfléchir – elle était au courant de ses moindres faits et gestes à la seconde près, comme tout le monde en ville.

Il avait projeté de remballer les affaires de Mme Orchard dès le lendemain, mais il sombra dans la même léthargie qu'à Toronto quand il avait eu la conviction soudaine, au beau milieu de la nuit, que Fiona et lui avaient commis une erreur. Ils auraient pu se donner plus de mal pour sauver leur couple – lui surtout. Faute de mieux, il aurait pu faire un effort pour se montrer plus sociable, plus impliqué.

À 4 heures, il décida qu'il la contacterait dans la matinée. Le moment venu, cependant, il se rappela ce qu'avaient été les deux tiers de leur mariage et se ravisa. Trois jours s'écoulèrent pendant lesquels il fut incapable de réfléchir, incapable presque de bouger, et cela aurait pu durer longtemps ainsi si, le quatrième jour, il n'avait été réveillé à 7 heures par des coups frappés à sa porte. Il enfila son jean en jurant et descendit ouvrir.

— Changement de programme, annonça Jim Peake en se dispensant des amabilités d'usage.

Deux échelles, des panneaux de contreplaqué et un assortiment de planches dépassaient de sa camionnette, qu'il avait garée dans l'allée derrière la voiture de Liam.

— Vous avez de la chance. Vous vous souvenez du toit de Jeff Patterson ? Je devais le réparer la semaine prochaine, mais il se trouve qu'il a des problèmes d'argent. Des arriérés d'impôts sur plusieurs années. Le fisc lui est tombé dessus et lui réclame une somme avec plein de zéros. En clair, il n'a plus les moyens de faire des travaux chez lui, pas cette année en tout cas. Le temps a l'air de se maintenir, du coup on pourra s'attaquer à vos chantiers de bonne heure demain matin. On s'occupera de la toiture en premier et ensuite du plancher détrempé. Qu'est-ce que vous en dites ?

— Euh… Super. Parfait.

— Très bien. On ferait mieux de monter là-haut tout de suite pour évaluer les dégâts.

Liam n'aimait pas l'emploi de ce « on » et le lui fit savoir mais, sans qu'il comprenne comment, dix minutes plus tard il était assis à califourchon sur l'arête du toit, à tenter ne pas baisser les yeux dans le vide. De là où il était, on voyait le lac, qui lui sembla plus grand que depuis la plage. Il constata aussi que ce qu'il avait pris pour la rive opposée était en fait de petites îles par-delà lesquelles des baies et des criques s'étiraient au loin avant de disparaître dans la brume. Jim Peake ne prêtait aucune attention au paysage, lui, trop occupé à aller et venir à quatre pattes sur les bardeaux. Chaque fois qu'il en soulevait un, il jurait devant ce qu'il découvrait.

— Il va falloir remplacer tout le bazar de ce côté-là de la maison, dit-il enfin. Bon Dieu, regardez-moi ça.

— Qu'est-ce que vous entendez par « tout le bazar » ?

— Les bardeaux et les plaques de contreplaqué sur lesquelles ils sont cloués. Celles-là sont pourries, mais c'est ce qu'on récolte quand on n'entretient pas son toit régulièrement.

Il ôta une des planchettes près de Liam et appuya un tournevis sur la plaque en dessous.

— Vous voyez ?

Liam voyait très bien, oui. Le tournevis s'enfonçait comme dans une éponge.

— Et vous avez remarqué comment le bardeau rebique sur les bords ? La faute au soleil. C'est fréquent avec le vieux bois.

— Combien tout ça va-t-il me coûter ?

— Entre le matériel et le temps de travail… Le plus cher, c'est la main-d'œuvre, mais si vous acceptez de bosser gratuitement, je vous fais une remise de trente pour cent dessus.

— Vous disiez qu'il fallait trois à quatre fois plus de temps pour réparer un toit quand on était tout seul.

— J'ai dit ça, moi ? Je ne m'en souviens pas, répliqua Jim Peake en souriant. Je devais parler de main-d'œuvre *qualifiée*. Vous ne l'êtes pas, vous, sans vouloir vous vexer.

— Je ne suis pas vexé. C'est même une bonne nouvelle parce que ça veut dire que je ne servirais pas à grand-chose. Pas la peine que je vous aide, donc. Moi, ça me soulage.

Jim éclata de rire.

— D'accord, disons cinquante pour cent alors. Vous me filez un coup de main, et en échange vous ne paierez que la moitié de la main-d'œuvre – ma moitié à moi, la qualifiée, ce qui représente plus de cinquante pour cent, en fait. Mais va pour ça. Je suis sérieux, vous ne devriez pas laisser passer une telle offre. On commencera demain.

Tout semblait s'arranger, finalement, et il ne pouvait que s'en féliciter, supposait-il. Une fois que la succession de Mme Orchard aurait été réglée, il toucherait un joli petit magot, mais cela pouvait prendre encore de nombreux mois et ses économies auraient fondu d'ici là. Il allait devoir vendre la maison pour se maintenir à flot en attendant de décider ce qu'il ferait sur le long terme.

Ces quelques instants sur le toit l'avaient tiré de sa torpeur et il passa le reste de la journée à effectuer de petites tâches – changer les draps, nettoyer la cuisine, faire une lessive. Puis emballer de nouveau les affaires de Mme Orchard. Il termina à 18 heures et partit dîner au Hot Potato.

Marcher au bord du lac avant de rentrer faisait désormais partie de sa routine, mais il y renonça ce soir-là et arriva chez lui un peu plus tôt que d'habitude. Il franchit le seuil en pensant au lendemain, se demandant comment ce serait de travailler pour Jim, si bien qu'il mit une seconde ou deux à se rendre compte que soit la télévision s'était allumée toute seule, soit il y avait quelqu'un dans le salon. Pris de sueurs froides, il ouvrit prudemment la porte de la pièce.

La petite fille de ses voisins s'employait à déballer les affaires de Mme Orchard pour les remettre à leur place, le tout sans cesser de monologuer.

— Je n'étais pas en colère contre toi. Il faut juste que tu évites de traîner près des cartons.

D'abord, elle ne le vit pas. Puis quelque chose la poussa à se retourner. Sur son visage se lut la stupéfaction, suivie par une peur sans équivoque. Il savait qu'il aurait dû la rassurer, mais il ne trouva pas les mots. Que peut-on dire au juste à une gamine que l'on n'a jamais rencontrée et que l'on découvre au milieu de son salon, en train de se parler à elle-même et de manipuler vos affaires ?

— Bonsoir.

10

CLARA

Elle resta pétrifiée. Sur le point de reposer l'un des petits joueurs de cartes à sa place, sa main se figea en l'air. L'homme ne semblait pas furieux, pourtant, et au bout d'un moment sa peur s'estompa pour laisser place à une extrême contrariété.

— Ces objets ne vous appartiennent pas ! déclara-t-elle d'un ton farouche avant qu'il ait eu le temps de dire quoi que ce soit d'autre.

Il en fut surpris.

— Euh... Il se trouve que si, en fait.

— Ce n'est pas vrai ! Ils appartiennent à Mme Orchard !

— Ils *appartenaient* à Mme Orchard, la corrigea-t-il prudemment. Mais elle me les a légués.

— Léguer ? Qu'est-ce que ça veut dire ?

L'homme réfléchit un instant.

— C'est quand les gens décident avant de mourir à qui ils souhaitent donner leurs affaires. Mme Orchard, elle, tenait à ce que ce soit à moi.

Cela n'avait aucun sens.

— Mais elle m'a demandé de veiller sur...

Elle se reprit de justesse. Elle préférait ne pas mentionner Moïse devant lui.

— Elle m'a demandé de veiller sur sa maison jusqu'à son retour. Elle est à l'hôpital, mais elle va bientôt rentrer. Elle m'a promis qu'elle ne serait pas absente très longtemps.

L'homme ouvrit la bouche, puis la referma et enfonça ses mains dans les poches de son jean, en se tournant vers la fenêtre. Tandis qu'elle observait son front plissé, plusieurs des choses qu'il avait dites résonnèrent dans la tête de Clara – cela, ajouté au fait qu'il y avait très, très longtemps que Mme Orchard était partie à l'hôpital, et à celui, aussi, que ses parents ne s'étaient pas inquiétés lorsqu'elle leur avait appris qu'un monsieur emballait les objets de leur voisine –, et le tout se transforma en une seule et unique pensée terrifiante.

— Elle est morte ? dit-elle, la gorge soudain si nouée que les mots eurent du mal à franchir ses lèvres.

L'homme lui refit face. Il paraissait soucieux.

— Oui. Je suis désolé. Je… je croyais que tu étais au courant.

Un long silence s'ensuivit durant lequel Clara tenta d'assimiler cette information écrasante et inconcevable, mais il ne semblait pas y avoir assez de place dans son esprit pour l'y loger. Elle comprenait ce qu'était la mort et se rappelait vaguement le jour où la sœur de Mme Orchard avait été enfermée dans une boîte et déposée au fond d'un gros trou creusé dans le sol afin que, de là, elle puisse monter on ne savait trop comment jusqu'au ciel. En clair, elle ne reverrait jamais la vieille dame. Elles ne prendraient plus le thé ensemble et ne regarderaient plus Moïse guetter la souris. Et elle, Clara, ne pourrait plus jouer avec les petites figurines sculptées. Ni avec le chat. Qu'allait-il devenir, lui ?

— Elle vous a aussi laissé Moïse ? s'enquit-elle d'une voix tremblante.

— Moïse ?

— Oui. Son chat. C'est moi qui m'occupe de lui.

Des larmes brûlantes s'étaient mises à couler sur ses joues à son insu.

Alarmé, l'homme s'empressa de la rassurer.

— Non, elle n'a pas mentionné son chat. Tu peux le garder si tu veux. Mais je ne l'ai pas vu.

— Il se cache, expliqua Clara entre deux sanglots. Il n'aime pas les étrangers. Mais je ne peux pas le ramener chez moi parce que ma mère est allergique aux chats.

— Oh. Bon, on trouvera une solution. Mais pas maintenant. Tu devrais rentrer chez toi.

— Est-ce qu'il peut rester ici, mais être quand même à moi ?

— Oui, seulement…

— Et je pourrai venir jouer avec lui ?

L'homme hésita.

— Je n'en suis pas sûr. On en reparlera plus tard. Pour le moment, il est préférable que tu rentres chez toi. Je vais t'accompagner, d'ailleurs. Il faut que je dise un mot à tes parents et que je leur explique… pour Mme Orchard…

— Ils le savent déjà, le coupa-t-elle en songeant brusquement que c'était une évidence. Ils savent qu'elle est morte. Ils ne me l'ont pas dit, c'est tout. Ils ont fait comme si elle allait rentrer de l'hôpital. Ils m'ont menti.

Son père l'envoya à l'étage se laver les dents et mettre sa chemise de nuit, de sorte qu'elle n'entendit pas ce que l'homme lui racontait. Lorsqu'il la rejoignit dans sa chambre, elle était assise sur le lit de Rose.

— Je suis désolé, ma puce, dit-il, planté au milieu des vêtements qui jonchaient le sol. Je suppose qu'on aurait dû te l'annoncer plus tôt, maman et moi. On allait le faire, mais parce que Rose… était déjà partie à ce moment-là, on a eu peur que ça te rende trop triste, alors on a attendu…

Il aurait aimé qu'elle enroule ses bras autour de ses jambes en lui disant que ce n'était pas grave, elle le savait. Seulement, si, c'était grave. Tout était grave.

Il prit place à côté d'elle et la serra contre lui. Elle essayait de comprendre comment sa voisine pouvait ne plus *être*. Il y avait eu une vieille dame du nom de Mme Orchard, et à présent il n'y en avait plus. Comment était-ce possible ? Au bout d'un moment, son père se leva, déposa un baiser sur son crâne et sortit. Elle l'entendit entrer dans sa chambre et s'entretenir à voix basse avec sa mère.

Quelque chose d'autre la chiffonnait. Une vague pensée sur laquelle elle n'arrivait pas à mettre des mots, mais qu'elle sentait liée à ce qu'elle venait d'apprendre. Une pensée qui flottait dans les profondeurs de son esprit. Une pensée en rapport avec les mensonges, notamment ceux de ses parents. Soudain, elle émergea à la surface : Rose. Était-elle morte, elle aussi ? Peut-être que ses parents ne lui avaient rien dit, comme ils l'avaient fait pour Mme Orchard. Les interroger tout de suite ne servirait à rien – elle devinait ce qu'ils lui répondraient. Ils prétendraient que Rose allait bien, qu'ils s'inquiétaient juste un peu pour elle dans la mesure où ils ignoraient où elle était. Depuis le début, ils n'arrêtaient pas de lui répéter ça. Elle était partie du principe qu'ils disaient la vérité et s'était accrochée à cette certitude durant toutes ces semaines d'angoisse. Rose était vivante parce que ses parents l'affirmaient.

Elle ne pouvait plus en être sûre, désormais. Elle ne pourrait plus jamais les croire sur parole. Cette idée l'oppressa au point qu'elle eut du mal à respirer. Elle se pencha en avant en essayant de reprendre son souffle, mais n'y arriva pas, c'était impossible. Un rugissement enfla à ses oreilles, comme un ouragan, la pièce devint noire et elle se sentit tomber, tomber encore, jusqu'à ce que tout disparaisse autour d'elle.

Le docteur Christopherson posa une main sur son front et lissa ses cheveux en arrière.

— Je sais que tu traverses une période difficile, Clara. Tu n'es pas malade, mais simplement bouleversée, et c'est tout à fait normal. Je vais t'administrer un remède qui t'aidera à te détendre, d'accord ?

Derrière lui, son père et sa mère esquissèrent un sourire anxieux. Puis le médecin lui donna un verre rempli d'une potion au goût bizarre et très sucré.

— Très bien, dit-il quand elle l'eut terminé. Tes parents et moi allons descendre discuter un peu maintenant, mais je repasserai te voir avant de partir pour m'assurer que ça va mieux. Essaie de dormir en attendant, tu veux bien ?

Son père et lui sortirent de la chambre. Avant de les suivre, sa mère s'assit sur le lit à côté d'elle et la borda comme elle le faisait quand Clara était petite, en remontant les couvertures sur ses épaules avant de l'embrasser sur la joue.

— Dors bien, ma chérie, murmura-t-elle.

Elle avait de grands cernes violacés sous les yeux, et Clara perçut ses efforts pour paraître joyeuse.

— Ça va aller.

Après son départ, le médicament commença à faire effet et tout lui apparut de plus en plus flou. Elle allait sombrer dans le sommeil lorsqu'elle revit l'homme qui occupait désormais la maison de Mme Orchard.

— Elle est morte ? lui demanda-t-elle.

Il enfonça les mains dans ses poches, baissa la tête et se tourna vers la fenêtre. C'était la même réaction qu'il avait eue ce soir-là. Au bout d'un moment, il lui refit face et la fixa droit dans les yeux. Il ouvrit la bouche pour lui répondre, mais avant qu'il ait pu dire quoi que ce soit, elle s'endormit.

Elle passa presque tout le week-end derrière les fenêtres du salon. Très souvent, sa mère ou son père entraient dans la pièce et venaient se poster près d'elle, chose qu'elle n'aimait pas beaucoup : en leur présence, elle avait du mal à se concentrer et à prier pour que Rose ne soit pas morte et rentre à la maison. Par chance, ils arrêtèrent rapidement et se contentèrent de s'asseoir sur le canapé ou sur l'un des fauteuils afin de lire un livre ou de regarder la télévision. Ils ne le faisaient jamais dans la journée, d'habitude, même le week-end. Il y avait les soirées pour ça. Elle savait qu'ils cherchaient à lui tenir compagnie, mais elle aurait préféré qu'ils la laissent seule.

Sa mère ne se couchait plus l'après-midi désormais. En la voyant prendre des médicaments, Clara supposa que le docteur Christopherson lui en avait donné à elle aussi pour l'aider à se sentir mieux.

Pendant une semaine environ, Mme Quinn l'autorisa à ne pas sortir de classe pendant les récréations et les pauses déjeuner si elle le souhaitait – autorisation dont Clara profita systématiquement, jusqu'à ce matin ensoleillé et très chaud pour la saison où l'enseignante la prit à part.

— Tu sais, Clara, je pense que tu ferais bien de mettre le nez dehors. On est en octobre, on n'aura plus beaucoup de journées agréables comme celle-là.

Il fit beau aussi le jeudi suivant. Assise sur les marches de l'école, elle recommença à dessiner Moïse sur le sol avec un bâton. Il avait plu pendant la nuit et la terre sablonneuse formait une sorte de croûte ponctuée de petits creux, comme si les gouttes de pluie avaient été des galets. Sa surface se brisa lorsqu'elle traça un trait dessus, donnant à Moïse un côté un peu brouillon.

Elle n'avait pas eu envie de sortir, mais ne regretta pas de l'avoir fait quand, au bout de quelques minutes, elle vit Molly Steel s'écarter du bosquet où les filles les plus âgées se retrouvaient à la récré pour discuter et ricaner au sujet des garçons.

— Salut, dit Molly en s'approchant d'elle avec un grand sourire. Ça t'ennuie si je m'assois une minute avec toi ?

Clara fit signe que non et reposa son bâton.

— Ne te sens pas obligée d'arrêter. Il est réussi, ton dessin. C'est ton chat ?

Elle hésita, puis acquiesça.

— Comment il s'appelle ?

— Moïse.

— C'est un très joli nom. Le mien, c'est Molly, et toi c'est Clara, n'est-ce pas ?

Le cœur de Clara cognait dans sa poitrine. Molly était la sœur de Rick. Rick était un ami de Dan, le garçon qui pensait que Rose était amoureuse de lui et qui affirmait qu'elle allait lui écrire. Molly était censée la prévenir si Dan avait des nouvelles à lui transmettre.

— Mon frère est un ami de Dan Karakas. Tu connais Dan ?

— Il a reçu un message ? l'interrogea Clara, incapable de patienter plus longtemps.

— Je ne sais pas, mais d'après Rick, Dan aimerait te parler. Il t'attendra cet après-midi après l'école. Au même endroit que la dernière fois. Il veut être sûr que tu passeras par là pour ne pas te rater. Tu vois où c'est ?

— Oui.

Sur la route, pas très loin de chez elle. Il devait avoir quelque chose d'urgent à lui dire – il ne s'amuserait pas à faire le restant de son trajet à pied, sinon.

L'après-midi s'écoula lentement. À l'heure de la sortie, Mme Quinn les retint au motif qu'un élève avait volé la règle d'un autre et qu'elle voulait que le coupable se dénonce. Mais personne ne le fit, et l'enseignante, très en colère, finit par laisser partir sa classe. Clara courut presque tout le long du chemin.

— Salut, dit Dan lorsqu'elle arriva à sa hauteur.

Il était encore en train de fumer, comme s'il ne s'était jamais arrêté depuis la dernière fois. Une dizaine de mégots jonchaient le sol à ses pieds.

— Tu as un message ? demanda-t-elle, essoufflée.

— Non, je voulais juste te dire un truc. Un truc super important. Il ne faudra le répéter à personne, d'accord ?

— D'accord.

Mais elle était si déçue qu'elle eut toutes les peines du monde à l'écouter. Pourquoi Rose n'avait-elle toujours pas donné signe de vie ?

— Si tu en parles autour de toi, je pourrais avoir de gros ennuis. Je serais probablement arrêté. Promets-moi que tu ne diras rien à personne.

— Je te le promets.

— Promis, juré, craché ?

— Promis, juré, craché.

— OK.

À ce moment-là, pourtant, il sembla avoir du mal à trouver ses mots. Son regard se perdit un instant dans les arbres avant de revenir se poser sur elle.

— Quand Rose est passée me voir, le soir où elle est partie... tu te souviens ? Elle m'a demandé de l'accompagner et moi, j'ai refusé parce qu'on était en pleine moisson...

— Tu me l'as déjà raconté.

— C'était pour te le rappeler, Clara ! Au cas où tu aurais oublié, OK ? Ce que je voulais te dire, c'est que Rose m'a confié où elle comptait aller, tu comprends ? Pour que je puisse la rejoindre plus tard. Elle prévoyait de se tirer à Toronto et de dormir à l'auberge de jeunesse – elle disait qu'il y en avait forcément une, comme dans toutes les grandes villes, et que ça ne coûtait pas cher. Elle devait rester les premières nuits là-bas, et après, quand elle aurait déniché un endroit où loger, un endroit avec d'autres jeunes, elle avait dans l'idée d'y retourner une fois par semaine pour voir s'il y avait une lettre de moi. Mais elle devait aussi envoyer un message à Rick dès qu'elle se serait installée quelque part pour lui donner l'adresse où je pourrais lui écrire. Et ensuite la rejoindre.

Il jeta sa cigarette entièrement consumée, puis secoua son paquet pour en faire sortir une autre – la dernière. Il l'alluma en plissant les yeux face à la fumée et tira si fort dessus qu'il se mit à tousser.

Clara avait le cerveau en ébullition. Rose était à Toronto. Une ville énorme, avec des centaines de voitures dans les rues – plus encore qu'à Sudbury, où leurs parents les avaient emmenées un jour à Pâques pour leur faire plaisir. Une ville avec de grands immeubles partout aussi. Sans compter une foule d'inconnus. Personne qui soit familier à Rose au milieu de tout ça.

— Elle m'a dit autre chose encore, continua Dan. Elle ne voulait pas voyager sous sa véritable identité au cas où la police ou quelqu'un d'autre viendrait la chercher. Son idée, c'était de se faire appeler Rowena Jones. Je ne sais pas pourquoi elle a choisi ce nom, peut-être qu'elle trouvait juste que ça sonnait bien. En plus, ce sont les mêmes initiales que les siennes. Et pour que les gens ne la reconnaissent pas si on leur montrait sa photo, elle avait décidé de se faire couper les cheveux très court, aussi court que moi, et d'arrêter de se maquiller.

Il tira une nouvelle bouffée sur sa cigarette et souffla la fumée par le nez en contemplant le sol. Clara essayait de se représenter Rose avec les cheveux courts et sans maquillage. C'était impossible.

— Le truc, reprit Dan en levant les yeux, c'est qu'elle n'a pas donné de nouvelles. De mon côté, je ne suis pas un très bon correspondant, je ne suis pas doué pour ça, mais je lui ai écrit deux fois par semaine. Le dimanche et le mercredi. Des lettres que je postais tous les lundis et jeudis. En m'inquiétant de plus en plus de ne pas avoir de réponse. Du coup, le week-end dernier, j'ai fait du stop jusqu'à Toronto. Ça m'a pris deux jours pour aller là-bas et revenir.

Je suis passé à l'auberge de jeunesse et j'ai demandé s'ils avaient du courrier adressé à une certaine Rowena Jones. La dame de l'accueil m'a dit que oui. Elle n'a pas voulu me le donner, mais elle m'a montré les enveloppes, et c'étaient les miennes. Toutes mes lettres étaient là. Rose n'est donc jamais venue les récupérer. J'ai demandé aussi si elle avait dormi sur place, en précisant les dates, et quand l'employée a regardé dans son registre, elle a vu que c'était bien le cas. Juste une nuit. Celle qui a suivi son départ, vingt-quatre heures après. Elle n'est pas arrivée à Toronto le premier soir – normal, c'est beaucoup trop loin –, mais elle y était le lendemain.

Il scruta le visage de Clara.

— Je suis désolé de te balancer tout ça d'un coup, Clara. Tu es trop petite encore pour qu'on t'inquiète avec ces histoires, mais je ne sais pas quoi faire. En supposant que les flics cherchent Rose, ces informations leur seraient très utiles, tu comprends ? Où elle est partie, quand, sous quel nom, et de quoi elle a l'air maintenant. Seulement elle m'a fait jurer de ne le répéter à personne et je lui ai donné ma parole d'honneur. Je ne devrais même pas te le dire, mais je ne sais pas du tout quoi faire et ça me rend dingue. J'ai pensé qu'elle ne m'en voudrait pas si je t'en parlais, à toi.

Clara hocha la tête. L'air soulagé, Dan enchaîna :

— Le truc, c'est que je fais de la rétention d'informations. C'est un crime, ça. Je pourrais finir en prison. Ou les flics pourraient même s'imaginer que je suis mêlé à sa disparition parce que je suis le dernier à l'avoir vue. Le dernier dans les parages, en tout cas. Et j'ai beau lui avoir donné ma parole de me taire, ça fait cinq semaines déjà qu'elle est partie.

Je me demande si je ne ferais pas mieux de cracher le morceau, quitte à ce que Rose ne me le pardonne jamais. Et quitte à finir en taule. Sauf que, merde, la prison... Et il y a mes parents...

Il termina sa cigarette, l'écrasa par terre, puis scruta l'intérieur de son paquet, désespérément vide. Il le froissa avant de le jeter dans les broussailles sur le côté de la route – ce qui n'était pas bien.

— Tu en penses quoi, toi ? Je devrais trahir ma promesse ?

Une promesse, c'est sacré, disait Rose. Dès lors qu'il avait donné sa parole d'honneur, Dan ne pouvait pas revenir dessus. Bien sûr, en supposant que Rose ait des ennuis, elle souhaiterait peut-être qu'il le fasse pour permettre au sergent Barnes de la secourir. Mais... et si le sergent envoyait Dan en prison ?

Ce problème était trop compliqué. Clara se sentit paniquer.

— Je ne sais pas, avoua-t-elle en se mordillant un ongle.

— Et moi non plus.

Après ça, il n'y eut plus rien à dire, et chacun rentra chez soi.

Comme d'habitude, elle se rendit chez Mme Orchard (enfin, chez M. Kane, désormais) pour donner à manger à Moïse. Lorsque celui-ci eut fini sa pâtée, elle resta assise par terre en tailleur et l'observa se nicher dans les cartons, qui avaient supplanté la souris parmi ses centres d'intérêt. Jusque-là, elle avait toujours veillé à partir avant le retour de M. Kane, mais cette fois, elle l'attendit.

Lorsqu'il rentra, il se figea en la découvrant dans le salon. Il n'avait pas l'air franchement contrarié, mais il n'était pas ravi non plus. Moïse, lui, avait détalé dès que ses pas avaient résonné sur le perron.

— Écoute, Clara... tu t'appelles bien Clara, n'est-ce pas ? Pas Clare ?

Elle acquiesça.

— OK, Clara, j'imagine que tu étais en train de jouer avec le chat ?

Elle n'entendit pas bien sa question, tant sa tête était remplie de tout ce qu'elle voulait lui dire, mais elle acquiesça de nouveau.

— Je sais que ta maman et ton papa t'ont autorisée à venir ici, et moi ça ne me dérange pas quand je n'y suis pas. Mais quand j'y suis, je préfère être seul. Tu ne fais rien de mal, hein, c'est juste que je préfère rester seul. Tu devrais rentrer chez toi, maintenant, d'accord ?

Clara l'écouta, mais sans retenir aucune de ses paroles. Lorsqu'il eut terminé, elle patienta quelques secondes pour être sûre qu'il n'avait rien à ajouter, puis se lança :

— Si vous êtes au courant de quelque chose que vous n'avez pas dit à la police parce que vous avez promis de ne pas le faire, et si ensuite vous allez le leur dire parce que c'est très, très important, est-ce qu'ils peuvent vous mettre en prison ?

11

ELIZABETH

Martha est dans tous ses états, la pauvre. Ce matin, les médecins sont passés lui parler. Ils ont fermé les rideaux autour de son lit et se sont entretenus avec elle à voix basse. Ce n'est jamais bon signe, ça. Pour finir, ils sont ressortis, les infirmières ont tiré les rideaux, et tout ce petit monde a poursuivi sa tournée dans le service. J'ai attendu que Martha partage les détails de ce conciliabule avec nous, mais elle n'a rien dit – ce qui, avec le recul, n'était pas bon signe non plus.

Au bout d'un moment, elle m'a interpellée plus discrètement que d'habitude – si discrètement que moi seule l'ai entendue.

— Est-ce que je suis obligée de subir une opération si je n'en ai pas envie, Elizabeth ?

J'ai éprouvé une pointe d'angoisse pour elle. Lentement, et non sans difficulté, je me suis redressée sur mes oreillers afin de pouvoir mieux la regarder. Ce simple effort m'a tellement essoufflée que j'ai été incapable de lui répondre tout de suite. J'ai l'impression qu'à chaque minute qui passe, la vie se retire un peu plus de moi, mon chéri. Comme une marée descendante.

— Non, ai-je dit après m'être ressaisie. C'est votre corps, donc votre décision.

— Tant mieux.

Pendant quelques instants, nous en sommes restées là. Puis :

— Je crains qu'ils ne me persuadent de le faire quand même.

Elle aussi s'était redressée dans son lit, et l'effroi se lisait sur son visage.

— S'ils essaient, Elizabeth, vous me soutiendrez ? Vous voudrez bien leur répéter ce que vous venez de me dire ? Que c'est mon corps, et donc ma décision ?

— Bon sang, Martha, vous pouvez bien le faire vousmême, non ?

— J'ai peur d'eux, m'a-t-elle avoué en toute simplicité. Ils sont si brillants. Vous au moins, vous parlez comme une personne instruite. Vous saurez quoi dire.

— Ce n'est peut-être qu'une petite opération. Qu'est-ce qu'ils vous ont diagnostiqué ?

— Ils n'ont aucune idée de ce que j'ai. D'après eux, ils ont besoin de m'ouvrir pour voir. Mais je n'ai pas envie qu'on m'ouvre, moi. J'ai soixante-quinze ans, Elizabeth, je ne veux pas que des gens s'amusent à farfouiller dans mon ventre !

Je comprenais sa peur, et aussi le fait qu'elle soit intimidée par les médecins. « Personne instruite » ou pas, je la partageais. On n'est pas en position de force, allongée sur un lit en chemise de nuit. On se sent vite malmenée. Mais il faut bien se fier à leur jugement. Après tout, ce sont eux, les experts.

— Je pense que vous devriez interroger Mlle Roberts. Demandez-lui s'il s'agit d'une grosse opération. Ce n'est peut-être qu'une intervention bénigne, et dans ce cas vous pourriez changer d'avis.

Je m'attendais à ce qu'elle proteste du contraire, mais elle a gardé le silence. J'ai tourné la tête vers elle. En voyant des larmes couler sur ses vieilles joues parcheminées, je m'en suis beaucoup voulu de la traiter ainsi. À ma façon, moi aussi je la malmenais.

— Oh, Martha, je suis désolée. Je vous soutiendrai, bien sûr. La prochaine fois qu'ils viendront, je leur expliquerai que nous souhaitons leur parler toutes les deux ensemble. On cherchera à comprendre ce qu'implique cette opération, et si vous souhaitez la refuser, je le leur dirai.

Elle m'a paru rassurée, mais elle a déliré pendant la nuit. Elle criait après des gens. Et elle pleurait également. Ça, c'était nouveau.

Moi-même, je n'ai pas pu dormir. Je suis restée étendue sur mon lit à essayer de me persuader que je n'avais rien à craindre. Que je devais m'élever au-dessus de ma peur. Je me suis forcée à raisonner à l'échelle de l'univers, et non pas de ma petite personne, à m'accorder moins d'importance et à considérer ma vie comme une simple partie de la grande marche du temps. Je me suis imaginée devant chez moi en plein cœur de la nuit (une expression intéressante, ça, « en plein cœur », tu ne trouves pas ?). Les yeux levés vers le firmament, j'ai comparé les soixante-douze années dérisoires de mon existence aux milliards d'années que compte celle des étoiles.

Tu vois les étincelles que soulève une bûche quand on la jette dans un feu de joie ? Pas celles qui montent gaiement vers le ciel, mais celles, toutes petites, qui jaillissent et meurent presque aussitôt. Telle était ma vie par rapport aux étoiles, mon amour. Disparue sur-le-champ. Finie avant d'avoir commencé.

Je m'inquiète pour Liam. J'ai lu et relu ses lettres, et la tonalité des plus récentes me tracasse. Je les ai toutes apportées à l'hôpital. Il n'y en a pas béaucoup – il ne m'en écrit qu'une ou deux par an, en plus d'une carte de vœux à Noël, et nous ne correspondons que depuis ta mort, il y a huit ans. Je lui ai envoyé un mot à l'époque, brisant la promesse que je t'avais faite de ne plus l'approcher. Il avait alors vingt-six ans, je me suis dit qu'il y avait prescription et qu'il apprécierait sûrement d'être informé de ton décès. Il t'aimait, Charles. J'étais certaine qu'il ne t'aurait pas oublié.

Je n'avais pas ses coordonnées, mais en triant tes papiers avant de venir m'installer chez Marjorie à Solace, j'étais tombée sur une liste de tes collègues à Guelph, Toronto et dans d'autres villes du pays. Ralph Kane figurait parmi eux, et j'ai découvert qu'il travaillait à l'université de Colombie-Britannique. C'est à lui que j'ai adressé mon courrier. De peur que, même après tout ce temps, il ne veuille pas que j'entre en contact avec son fils, je n'ai pas indiqué mon nom sur l'enveloppe et me suis contentée d'inscrire *Faire suivre SVP*.

À ma plus grande joie, Liam l'a bien reçue et m'a écrit en retour une lettre merveilleuse. Il n'avait pas beaucoup de souvenirs précis de sa petite enfance, me disait-il, mais les meilleurs correspondaient à des moments passés avec nous. Dans sa mémoire, notre maison était un lieu chaleureux, dans les deux sens du terme. Il avait de toi l'image de quelqu'un de très calme et de très gentil, toujours plongé dans un livre, mais toujours prêt à le poser pour écouter ses remarques enfantines. Et il me racontait aussi que tu lui avais appris à compter jusqu'à vingt avec tes doigts et tes orteils. (Il est devenu comptable, preuve que tu as fait du très bon travail.)

À la fin, il ajoutait qu'il allait se marier et que sa future femme serait ravie que je sois des leurs ce jour-là. (Sachant qu'Annette et Ralph seraient présents, j'ai décliné l'invitation, bien sûr.) Il m'a parlé un peu de Fiona et m'a brossé un tableau de sa vie – elle était avocate, ils allaient emménager à Toronto, une ville qu'ils aimaient beaucoup et où ils venaient d'acheter une maison, etc.

J'ai pleuré en lisant sa lettre. Je le voyais à travers ces mots et j'ai éprouvé un bonheur indescriptible à renouer avec lui après tant d'années. Qu'elle ait essayé ou pas, Annette n'avait pas réussi à le dresser contre moi. Il était en bonne santé, heureux, et n'avait pas souffert durablement de ce qui s'était passé autrefois.

Je lui ai demandé s'il accepterait de m'envoyer quelques photos de ses noces. Lorsqu'elles me sont parvenues, j'ai de nouveau pleuré. Je retrouvais le garçon que nous avions aimé, Charles. Son visage était plus long, plus anguleux (plus beau, dirais-je même), et il avait l'air un peu timide, à l'image de bien des hommes qui, le jour de leur mariage, semblent surpris dans une position gênante.

J'ai relu cette lettre et les suivantes un nombre incalculable de fois. Ce n'est pourtant qu'avant-hier que je les ai toutes parcourues d'une traite et que j'ai remarqué combien leur tonalité avait changé. Les deux ou trois premières années, elles étaient positives et évoquaient tout ce que Fiona et lui avaient fait ou projetaient de faire, mais peu à peu, elles sont devenues plus… mornes. C'est le seul mot qui me vienne à l'esprit. Plus mornes et plus courtes – de même que ses phrases. Plus avares de détails sur leur quotidien. Les dernières me paraissent laborieuses, comme s'il ne savait pas quoi raconter. Comme si rien dans sa vie ne méritait d'être mentionné.

Si ça se trouve, je me fais des idées, bien sûr. Il est peut-être juste fatigué ou très occupé. Mais je ne pense pas. Je doute qu'il soit épanoui, et cela m'inquiète énormément. J'en arrive à me demander si je ne me suis pas leurrée et si je n'ai pas eu tort de me dire que tout allait bien lorsque j'ai reçu sa première lettre.

J'aimerais tant l'aider, mais je ne vois pas ce que je peux faire à part lui apporter une certaine sécurité financière. Si l'argent ne résout pas tout, il facilite les choses, et je tiens à lui offrir au moins ça.

Le temps s'écoule bizarrement. Un après-midi dure parfois des jours, puis une semaine entière s'évapore sans prévenir et je me rends compte qu'on est de nouveau vendredi et qu'on va nous servir du poisson au déjeuner. Je déteste le poisson.

J'ai sans cesse des trous de mémoire. Encore un rappel de mon déclin, alors que je n'ai pas besoin de ça. Cet après-midi, mon avocat m'a rendu visite. M. Grant. Petit, rondouillard et en nage. Mais quelle idée aussi de porter un costume de laine sombre. Il doit faire plus de vingt-cinq degrés, ici ! On aurait dit une prune trop mûre.

J'avais oublié que je l'avais fait venir. Apparemment, j'ai demandé il y a deux jours à Mlle Roberts si elle pouvait lui téléphoner à son bureau et le prier de passer. J'ai précisé que c'était urgent, qu'il ne me restait plus beaucoup de temps.

Il est donc arrivé, je me suis ressaisie et lui ai annoncé que je voulais modifier mon testament et léguer tout ce que je possède à Liam. Comme tu n'avais plus aucune famille et que Marjorie est décédée avant moi, mes biens devaient initialement être répartis entre deux cousins éloignés, mais ils vivent à des milliers de kilomètres d'ici, dans l'ouest du pays, et je n'ai pour ainsi dire jamais eu de contact avec eux. Il vaut bien mieux tout laisser à Liam.

J'ai été très gênée lorsqu'il s'est avéré que j'avais déjà effectué ce changement il y a un an. Je n'en ai pas le moindre souvenir. À l'évidence, mon cerveau range à présent certaines informations dans un recoin sombre et poussiéreux auquel je n'ai plus accès.

J'allais m'excuser auprès de M. Grant de lui avoir fait perdre son temps quand je me suis rappelé une autre chose que je souhaitais modifier. J'ai décidé de donner la maison à Liam. Pas après ma mort, mais là, tout de suite. C'est une bonne maison, je l'imagine très bien dedans. Il y serait heureux et cela résoudrait le problème posé par Moïse. La validation d'un testament est parfois si longue, et que se passera-t-il si en plus je m'éternise à l'hôpital ? Je resterai peut-être encore des mois ici, ce qui veut dire qu'il s'écoulerait un an, voire davantage, avant que Liam touche quoi que ce soit. Or je n'arrive pas à me défaire du sentiment qu'il a besoin d'aide sans tarder.

Mon idée n'a pas plu à M. Grant – cet homme ne m'a jamais été sympathique et je n'ai fait appel à ses services que parce qu'il était l'avocat de Marjorie. Supposons que je guérisse et que je veuille ensuite rentrer chez moi, m'a-t-il dit. Que ferais-je alors ?

Cela m'a énervée. Chaque inspiration me coûte un tel effort qu'il devrait se douter que je ne rentrerai pas chez moi. Je lui ai répondu sèchement que dans l'hypothèse où un miracle se produirait, je louerais un appartement à Sudbury jusqu'à la fin de mon séjour sur terre. Voyant cela, il a changé de tactique et s'est adressé à moi d'un ton plein de patience (la patience ressemble parfois beaucoup à la condescendance, Charles, surtout chez un homme. Toi-même, tu n'étais pas toujours exempt de reproches à ce niveau-là). Selon lui, une personne qui habitait et travaillait à Toronto n'aurait probablement pas l'utilité d'une maison aussi éloignée dans le Nord. Ce serait un fardeau pour elle. Si tel était le cas, ai-je dit, Liam n'aurait qu'à la vendre.

— Madame Orchard, m'a-t-il répondu gentiment (ce que j'ai trouvé condescendant, là encore), je vous conseille de ne pas compliquer les choses.

Et il s'est lancé dans une longue explication censée me prouver en quoi cela compliquerait tout.

— Voilà pourquoi, a-t-il conclu, j'aurais l'esprit beaucoup plus tranquille si vous vous contentiez de lui léguer votre maison par testament, en plus de tout le reste.

À ce stade, j'étais très fatiguée.

— Monsieur Grant, votre tranquillité d'esprit n'est pas ma priorité en ce moment. Je souhaite que Liam devienne propriétaire de la maison dès maintenant et je vous prie de bien vouloir faire le nécessaire pour ça. J'aimerais que tout soit réglé au plus vite.

Il a fini par accepter de rédiger les documents et s'est engagé à revenir me les faire signer avant la fin de la semaine. Je suis sûre qu'il me facturera des honoraires exorbitants pour sa peine, mais je m'en moque.

Je pensais me sentir mieux après avoir mis mes affaires en ordre, mais il n'en est rien. L'angoisse me gagne, mon amour, elle m'envahit tout entière comme un troupeau de buffles déchaînés.

Je viens juste de m'apercevoir d'une chose : j'ai oublié de préciser à M. Grant que je tenais à être enterrée à côté de toi au cimetière de Mount Pleasant, à Toronto, mais que je ne voulais pas de cérémonie religieuse. Rien de rien. J'ai peur que le passé resurgisse et revienne aux oreilles de mes amis et voisins à Solace. Je n'ai pas envie qu'on se souvienne de moi pour ça. J'écrirai demain à M. Grant.

Je n'arrête pas de me remémorer ces premiers jours à Guelph. Les jours d'« avant ».

Un matin, je suis allée porter un ragoût chez les Kane – c'était peu de temps après leur emménagement, en octobre ou en novembre. Annette était déjà très grosse (elle avait eu raison de supposer qu'elle attendait des jumeaux) et je savais qu'elle avait du mal à rester debout devant ses fourneaux. Deux ou trois fois par semaine, je passais donc chez elle avec un plat tout prêt – d'autres femmes de leur paroisse le faisaient elles aussi, si bien qu'elle n'avait pas beaucoup de repas à préparer.

Les filles ayant fait leur rentrée en maternelle, Annette avait Liam rien que pour elle toute la journée. Cela aurait dû être un moment béni pour eux deux, et je pensais qu'elle le savourerait, mais elle avait l'air toujours plus stressée et préoccupée à chacune de mes visites.

Ce matin-là, en m'approchant de leur maison, j'ai entendu ses cris se mêler aux pleurs d'un enfant. Et quand elle m'a ouvert, j'ai découvert un Liam inconsolable qui hurlait son chagrin, assis par terre au milieu des pages déchirées d'un livre.

Annette m'a jeté un coup d'œil avant de fondre en larmes elle aussi.

— C'est l'un des ouvrages de référence de Ralph, m'a-t-elle dit en se tordant presque les mains. Il va être furieux ! Mais qu'est-ce que je vais lui dire ? Liam sait que c'est mal de faire ça, Elizabeth, il sait qu'il ne doit pas entrer dans le bureau de Ralph, c'est la seule pièce de la maison qui soit interdite aux enfants. Il l'a fait exprès, je le vois dans ses yeux. Il me nargue, il fait ça parce qu'il sait que c'est mal !

Je n'étais pas loin de la mépriser, Charles, et il m'en a coûté de taire ce que je mourais d'envie de lui dire : C'est un comportement tout à fait normal pour un garçon de trois ans, Annette, il réclame votre attention, pourquoi ne pas la lui accorder ? Et pourquoi ne fermez-vous pas la porte du bureau à clé pendant la journée ? Cachez ensuite la clé et le problème sera réglé.

À la place, je lui ai demandé si elle aimerait que je m'occupe de Liam l'après-midi afin qu'elle puisse se reposer avant d'aller chercher les filles à l'école.

Elle m'a regardée comme si je venais de lui offrir le secret de la vie éternelle.

— Oh, Elizabeth, vous feriez ça ? Ce serait… ce serait merveilleux…

En tant que femme sans enfant, je sais que « je ne peux pas comprendre » et que je n'ai par conséquent pas le droit de la juger. J'en ai bien conscience. Et je sais aussi, pour avoir été en contact avec des centaines de mères au fil des ans, qu'il arrive à toutes de perdre patience avec leurs petits. Mais le problème, c'est qu'Annette était sans arrêt comme ça avec Liam. Je ne l'ai jamais vue rire avec lui, ni le regarder avec amour et ravissement. Pas une seule fois.

Lui et moi avons passé un après-midi formidable. Nous avons fabriqué un train de marchandises avec des petites boîtes en carton reliées par un fil de laine rouge vif. Nous avons rempli la première de macaronis, la deuxième de raisins secs, la troisième d'une demi-douzaine de cosses de pois pleines, et la dernière de cornflakes (une erreur de ma part, vu le temps que j'ai mis à tout nettoyer avec l'aspirateur ce soir-là). Notre train n'avait pas de roues, mais cela ne nous a pas du tout gênés et nous l'avons tiré dans toute la maison à l'aide de sa ficelle.

Quand nous en avons eu assez, nous avons préparé des cookies en utilisant les raisins secs de notre jeu. Et après ça, on s'est blottis sur le canapé pour lire *Wagtail Bess*, jusqu'à ce que Liam s'assoupisse sur mes genoux. Je croyais ne jamais sentir peser sur moi le corps d'un enfant endormi. C'était presque un miracle.

Quand Annette est venue le chercher en fin d'après-midi, Liam l'a entraînée vers le salon pour lui montrer notre train, ce jouet fabuleux que nous avions conçu ensemble. La tête levée vers elle, il sautillait de fierté en guettant sa réaction.

— Oh, n'est-ce pas que Mme Orchard est douée ? a-t-elle dit. Tu l'as remerciée de t'avoir fait passer un si bon moment ?

Elle ne voyait pas combien il voulait qu'elle admire cet objet qu'il m'avait aidée à réaliser. Combien il aspirait à être complimenté, aussi. Elle ne le voyait pas, et pourtant cela crevait les yeux.

À mesure que les mois défilaient, je me rappelle avoir pensé que les mêmes dieux qui m'avaient presque détruite avaient changé d'avis et poussaient littéralement Liam dans mes bras. Annette devait accoucher en janvier. À l'époque, il était fréquent que les femmes et leur bébé restent au moins dix jours à l'hôpital, et la mère d'Annette avait accepté de venir garder les enfants pendant ce temps. Mais juste avant Noël, elle a glissé sur une plaque de verglas devant sa maison et s'est cassé la hanche.

Annette était désespérée. D'une part, la mère de Ralph leur avait bien fait comprendre qu'elle ne se porterait pas volontaire pour les aider, d'autre part, le couple manquait d'argent – les universitaires étaient aussi mal payés à l'époque qu'aujourd'hui –, et avec deux bouches supplémentaires à nourrir, il allait en manquer encore plus. Engager quelqu'un n'était pas envisageable.

J'ai pris mon courage à deux mains pour te demander si nous ne pouvions pas leur proposer d'accueillir Liam chez nous. Ainsi, Ralph n'aurait à s'occuper que des filles, qui étaient à la maternelle pendant la journée. Tu as hésité, et c'était bien normal – tu connaissais à peine Liam, après tout. Je t'ai alors suggéré de l'inviter un week-end « pour faire le test ». Quel bonheur quand tu as accepté !

Tu te rappelles la première fois qu'il a dormi chez nous ? Comme je craignais qu'il se réveille en pleine nuit et qu'il se sente perdu, nous lui avions installé un vieux lit de camp dans notre chambre. Il a eu l'air très satisfait au moment de grimper dessus. Nous nous étions préparés à le voir pleurer, mais il n'a pas versé une larme.

Je suis restée assise toute la nuit à le regarder et à surveiller les mouvements de sa poitrine, mon amour. Sans savoir si ce que je vivais était une souffrance ou une joie.

12

LIAM

— Elle donnait l'impression d'être en deuil. Ça a duré des *semaines*, dit Jim. Tu te rends compte ! Il me faut un peu plus de mortier. Attends, je vais te passer le seau.

Liam et lui consolidaient une cheminée. Pas celle de Liam – celle-là était en bon état –, mais celle de Mme Vuillard, dont le mortier entre les briques s'effritait tellement qu'on aurait pu l'ôter en le grattant à la petite cuillère.

Ils avaient mis une semaine – en démarrant tôt tous les matins et en ne comptant pas leurs heures – à refaire le toit de Liam, puis deux jours et demi à rénover le sol de sa salle de bains. Au bout du compte, Liam en avait tiré une sorte de plaisir masochiste. Cela lui faisait du bien d'être occupé, et s'il était pénible physiquement, ce travail le reposait menta-lement – il n'avait aucune responsabilité à assumer, aucune décision à prendre, juste des consignes à suivre. À la fin, il avait remercié Jim et lui avait payé son dû avant de prendre congé. Il pensait qu'ils allaient en rester là, que cette petite incursion dans le monde du bâtiment était terminée et qu'il allait redevenir un homme libre, mais il s'était aperçu que passer tout son temps seul à ne rien faire le ramenait très vite au fond du trou. Comme s'il glissait sur une rampe vers un abîme d'amertume, de regret et de dégoût de lui-même. Il aurait pu tout remballer, tracer vers le Sud et vendre la maison à distance, mais cela aurait supposé de faire un choix. Il était donc allé voir Jim pour lui dire que les marches de son perron avaient besoin d'être remplacées. Accepterait-il de le faire aux mêmes conditions que précédemment ?

Il était à présent perché en haut d'une échelle, les pieds et les mains gelés. Le vent avait tourné dans la nuit et soufflait vers le nord. En tirant les rideaux à son réveil, il avait été presque certain de distinguer un flocon de neige qui dérivait innocemment vers le sol – le signe pour lui qu'il était temps de partir.

— Des semaines ! répéta Jim. Elle errait dans la maison comme une âme en peine. Sans dormir. Sans presque rien manger. Si à 3 heures du matin je me levais pour aller aux toilettes, le lit était vide. Je la trouvais collée à la fenêtre du salon, dans le noir. On n'y voyait pourtant rien dehors. Oh, ouais, j'allais t'apporter le seau. Désolé.

Il descendit le toit en direction de Liam. Au passage, il heurta du pied le pistolet à mastic, qui commença à glisser en prenant de la vitesse. Liam plongea sur le côté pour le rattraper. Malheureusement, l'échelle bascula avec lui. Il s'accrocha à la gouttière, mais celle-ci tenait mal et il la sentit se détacher de l'avant-toit.

— Putain de merde, Liam !

Jim lâcha son seau, dévala le reste du toit comme un crabe paniqué et s'aplatit tout au bord en tendant la main à Liam. Au prix d'un gros effort, tous deux réussirent à ramener l'échelle à la verticale.

— La vache, tu l'as échappé belle ! s'exclama Jim. Regarde cette pierre, en bas. Tu imagines si tu t'étais fracassé le crâne dessus ? Qu'est-ce qu'auraient dit les dames de Solace, elles qui n'ont pas croisé de beau gosse comme toi depuis des années ? Je me serais fait lyncher !

— Merci, dit Liam, un peu secoué.

— Tu m'as foutu une peur bleue !

Jim se redressa et regagna son poste sur le toit. Son seau avait atterri par terre, mais Liam attendit que son rythme cardiaque redevienne normal avant de descendre le ramasser. Puis il le remplit de mortier et le remonta.

— Ça va ? lui demanda Jim.

— Oui. Merci encore.

— De rien. Si tu vois un autre truc prêt à tomber, laisse-le. Bon, où j'en étais, moi ? Je te racontais quelque chose…

— Tu me parlais de ta femme qui ne se remettait pas du départ de ton fils, répondit Liam en même temps qu'il avançait vers la bâche que Jim avait étalée sur le toit.

Il s'accroupit et, muni d'un marteau et d'un burin, entreprit de détacher le mortier collé aux vieilles briques afin qu'ils puissent réutiliser ces dernières – le tout en veillant à ce que les éclats restent sur la bâche. D'après Jim, ils étaient si glissants qu'il aurait été dangereux d'en laisser sur le toit, et lui-même avait eu bien assez peur comme ça.

Liam n'avait pas rencontré l'épouse de Jim, Susan. Une semaine plus tôt, elle avait chargé son mari de l'inviter à dîner. En un sens, c'était tentant : ses voisines avaient cessé de lui apporter des petits plats à mesure que le bruit se répandait qu'il était asocial.

Il ne le niait pas et s'en accommodait très bien, mais, résultat des courses, il se lassait un peu du Hot Potato.

Malgré ça, il avait décliné l'invitation. Même les bons jours, il n'était pas doué pour discuter de tout et de rien, et il ne se sentait pas de taille à esquiver des questions bienveillantes sur sa vie privée pendant une soirée entière. Il avait donc répondu à Jim ce qu'il répondait à tout le monde : il avait beaucoup à faire avec les papiers et les affaires de Mme Orchard à trier. C'était une piètre excuse, mais s'il avait eu l'air dubitatif, Jim n'avait pas insisté.

— Ah oui, Susan. Elle n'avait pas le moral. Mais alors, pas du tout. Moi aussi, j'étais un peu pareil, mais nous les hommes, on sait mieux gérer ça. Tu passes ta vie – enfin, celle de ton gosse – à le préparer à voler de ses propres ailes, à essayer de lui offrir une bonne éducation pour qu'il ne soit pas limité dans ses choix, à mettre un peu de côté tous les mois, quoi qu'il arrive, pour qu'il puisse aller à l'université s'il en a envie, et voilà qu'un jour, *bam*, ton gamin se barre, et au lieu d'être tout content, tu as l'impression que le monde s'écroule autour de toi. Je ne savais pas quoi faire pour aider Susan, on aurait dit qu'elle était tombée malade, elle perdait même du poids. Il y a deux semaines, je l'ai emmenée en week-end à North Bay, histoire de lui faire plaisir. Je pensais qu'elle se sentirait mieux si elle pouvait faire un peu de shopping – elle adore claquer de l'argent. Mais elle n'a rien acheté. Ça, ça m'a inquiété, je peux te le dire. Où est ce fichu… oh, merci. C'est notre fils unique, tu comprends ? À sa naissance, ça nous a paru suffisant de n'en avoir qu'un. Tu serais surpris de voir comment un gosse peut remplir l'espace dans une baraque. Et c'est un bon gamin. Il ne nous a jamais causé de souci, et jusqu'ici on n'a pas eu de raisons de se réjouir quand il n'était pas là. Du coup, après son départ, on s'est retrouvés tous seuls comme des cons dans nos pièces vides. On croirait que tout est fini pour nous – et ça doit être le cas, du point de vue de mère nature. On a fait notre boulot, elle n'en a plus rien à foutre de ce qui peut nous arriver maintenant.

Il marqua une pause et se tourna vers Liam.

— Et devine la dernière ?

— Quoi ?

— Devine.

— Je ne sais pas.

— Il est rentré à la maison. Dimanche, en fin d'après-midi. La porte s'est ouverte, et il était là, avec son sac marin sur l'épaule... tu t'en sors avec les briques ? Il m'en faudrait d'autres.

Liam se redressa en grimaçant et porta une brassée de briques nettoyées à Jim. Tous les muscles de son corps protestaient à chacun de ses mouvements. Enfin, bon, au moins commençait-il à avoir des muscles. Pas de quoi se comparer à Jim, bien sûr. L'artisan était capable de monter une boîte de bardeaux de quarante kilos sur une échelle comme si elle était remplie de poussière de bois, alors que lui avait eu du mal au début à soulever une simple demi-boîte, sous son regard goguenard. Il n'empêche, il faisait des progrès. Il se sentait également plus à l'aise sur un toit depuis qu'il avait acheté une paire de bottes de chantier chez Hudson's Bay – une belle perte d'argent étant donné qu'il ne resterait guère plus d'une semaine ou deux supplémentaires, mais leurs semelles antidérapantes faisaient qu'il ne craignait plus en permanence de glisser.

— On en était où, cette fois ?

— Tu me disais que ton fils s'était pointé chez vous avec son sac marin sur l'épaule.

Liam n'attendait pas franchement la suite avec impatience, mais écouter Jim valait mieux que de ruminer ses idées noires.

— Ah ouais. Il nous annonce alors qu'il rentre pour de bon. Qu'il n'a pas aimé Kingston. Trop grand. Trop de monde. Trop de bruit. Susan et moi, on était là, bouche bée, sans savoir quoi dire. Sans savoir non plus ce qu'on était censés ressentir, tu piges ? C'était super de le revoir, mais... tous ces grands rêves, tous ces beaux projets, tous ces devoirs d'école... et tout ça pour quoi ? Pour rappliquer à la maison au bout de même pas un mois ?

Il jeta un coup d'œil à Liam, qui hocha la tête en faisant bouger ses orteils dans ses bottes afin d'activer sa circulation sanguine.

— En fait, si je te raconte tout ça, dit Jim (comme s'il avait jamais eu besoin d'une raison), c'est parce que j'aurais aimé avoir un conseil.

— Un *conseil* ?

— Un avis, disons. Ou peut-être que ce n'est pas le bon mot non plus. Peu importe. Moi, tu vois, je n'ai jamais quitté Solace. Je suis né ici et je mourrai ici. Je ne suis allé nulle part ailleurs et ça ne me tente pas du tout. Tu peux considérer que c'est une tare, mais c'est ainsi. Je suis un gars du Nord, moi. Et Susan, c'est pareil. Mais bon, on en veut toujours plus pour nos gamins, tu comprends ? On veut qu'ils parcourent le monde, qu'ils découvrent des choses, qu'ils fassent des trucs intéressants et qu'ils aient une plus belle vie que la nôtre. Et eux aussi, ils veulent ça – enfin, ceux qui n'ont pas les deux pieds dans le même sabot. Ils crèvent d'envie de partir. Mais le plus drôle, c'est que Cal n'est pas le premier à sauter le pas et à rentrer dare-dare. Ça arrive souvent, on dirait. Les gamins ne tiennent pas le coup loin d'ici. Et je me demande si c'est normal ou si le problème ne vient pas de nous. Comme si le Nord leur plantait ses crochets dans le corps à la naissance et refusait de les lâcher. Ça m'amène à ma question : j'imagine que tu es allé à la fac, hein ?

— Oui.

— Dans ta ville natale ?

— Non. J'ai grandi à Calgary et j'ai fait mes études à l'université de Toronto.

— Ç'a été dur pour toi de partir ? Ta famille te manquait ?

Non, sa famille ne lui avait pas manqué.

Vers la fin de sa dernière année de lycée, sa mère l'avait arrêté en le croisant dans l'escalier.

— Oh, au fait, Liam, avait-elle lancé du ton désinvolte dont elle usait toujours avec lui. Avant que j'oublie, ton père a téléphoné il y a quelques jours pour dire qu'il financerait tes études à l'université. Tu es déjà au courant, je crois.

L'accusation ne faisait aucun doute.

— Oui, avait-il répondu prudemment.

— Juste par curiosité, depuis combien de temps es-tu en contact avec lui ?

— Deux ans.

Il avait six ans quand ses parents avaient divorcé et que son père était parti à Vancouver. Après dix années de silence radio, ce dernier lui avait écrit pour le prévenir qu'il devait assister à une conférence à Calgary et proposer qu'ils déjeunent ensemble. Ce repas avait été gênant, aucun des deux ne sachant quoi dire. Son père paraissait plus désolé qu'autre chose – il ne l'avait pas dit, mais sa mine le trahissait. Avec le recul, Liam avait supposé qu'il mesurait, ou du moins soupçonnait, combien la vie de son fils avait été et restait difficile dans une maison remplie de femmes, et qu'il s'était senti impuissant jusquelà face à cette situation. Après ça, ils s'étaient revus à chacune de ses visites en ville. Liam ne trouvait pas ces rencontres particulièrement joyeuses, mais il les attendait avec impatience et reconnaissance – une reconnaissance d'autant plus grande que son père semblait partager ce sentiment.

Faute d'un autre sujet de conversation, ils parlaient invariablement de ses résultats scolaires. Liam avait d'excellentes notes, surtout en maths, et le moment venu son père l'avait encouragé à s'inscrire à l'université.

— Si tu t'en sors bien en maths, fais des maths. La plupart des gens n'y entendent rien, tu ne manqueras pas de travail.

Sur le papier, c'était une bonne idée. Cela lui offrirait au pire un moyen de quitter la maison familiale.

— Je vois, avait dit sa mère, les lèvres pincées comme toujours sous le coup de l'amertume. Tu as décidé de l'endroit où tu voulais aller ?

— À Toronto.

— Tu as été accepté ?

— Oui. À condition que je réussisse mes examens.

— Tu partiras d'ici, si je comprends bien.

— Oui.

— J'aurais apprécié d'en être informée.

Et elle avait continué à descendre l'escalier sans lui demander ce qu'il comptait étudier, où il logerait, ni

quels étaient ses projets d'avenir. Ils n'avaient plus
abordé le sujet. Au mois d'octobre de cette année-là,
il avait fait ses valises et mis les voiles.

Sa famille ne lui avait pas du tout manqué, donc.
— Non, dit-il enfin. Mais les circonstances étaient
différentes.
— Comment ça ?
— Elles étaient juste… différentes.

Ce soir-là, il sortit les dessins que Mme Orchard
avait gardés si précieusement et les étala par terre
dans la chambre d'amis, en quête d'indices. Il ne vit
rien d'autre que les gribouillis d'un enfant. Il ne se
rappelait pas avoir peint ou dessiné après le déménagement de sa famille à Calgary. C'est à peine s'il se
souvenait que quelqu'un, sans doute un instituteur
– pas sa mère, ça c'était certain –, l'avait encouragé
à le faire, et qu'il avait refusé. Cette partie de son
être semblait s'être éteinte à jamais. En fait, à bien
y réfléchir, il se demandait si lui-même ne s'était pas
complètement éteint pendant quelque temps. Quand
il tentait de se revoir à cette époque, il ne parvenait
à faire resurgir que l'image d'un petit garçon assis
tout seul dans son coin.
Les choses s'étaient améliorées avec l'âge, et ses
années lycée avaient été dans l'ensemble une période
agréable. Il avait entre-temps appris à mener une
conversation et s'entendait bien avec ses camarades
de classe. Certains avaient l'habitude de se retrouver
après l'école pour s'amuser, rire, discuter et boire de
l'alcool dans des bouteilles de Coca. Ils lui avaient
fait comprendre qu'il pouvait se joindre à eux, mais
il avait préféré s'abstenir. Il n'arrivait toujours pas

à franchir la rivière, le risque était trop grand – et tant pis si la nature de ce risque lui échappait. Peut-être craignait-il qu'on voie clair en lui. Qu'on lui découvre une lacune majeure. Il gardait par conséquent ses distances. Cela lui avait valu la réputation d'un garçon froid et réservé, mais il le vivait très bien.

Pour repousser le moment de rentrer à la maison après l'école, il allait faire ses devoirs à la bibliothèque. Le travail scolaire ne le dérangeait pas, il prenait même plaisir à étudier la plupart des matières au programme, en particulier les maths. Il était intrigué par les chiffres, leur simplicité intrinsèque, la manière dont ils étaient régis par des règles inaltérables et profondément satisfaisantes. Elles, elles faisaient sens, alors qu'on ne pouvait pas en dire autant du reste.

Lorsqu'il avait eu quinze ans, des filles avaient commencé à fréquenter elles aussi la bibliothèque après les cours, et, chose curieuse, beaucoup avaient besoin d'aide pour faire leurs devoirs de maths.

— Qu'est-ce que tu ne comprends pas ? demandait-il.
— Eh bien… tout, en fait.

Ce qui était vrai dans certains cas. Il s'efforçait autant que possible de les éclairer, mais finit par ouvrir les yeux : ce n'étaient pas ses lumières qu'elles appréciaient, et encore moins les maths. De même, il s'aperçut que le sexe s'offrait parfois à lui en guise de remerciement, et soudain la vie devint beaucoup plus intéressante.

Il passait le moins de temps possible chez lui et faisait en sorte de rentrer juste à l'heure du dîner. Ses sœurs blablataient non-stop durant les repas. Leur mère les écoutait, amusée, en les interrompant à l'occasion pour leur poser une question ou leur adresser un léger reproche. Quant à lui, il aurait tout aussi bien pu être invisible. C'était ainsi qu'il se sentait, du reste. Il coupait le son dans sa tête, mangeait sans rien dire, puis quittait la table.

Un jour, sa mère l'avait pris au dépourvu en se tournant vers lui.

— Tu n'as vraiment rien à ajouter à la conversation, Liam ?

Il l'avait dévisagée un instant, le regard vide.

— Non.

— Parfois je me demande pourquoi tu te donnes la peine de dîner avec nous, avait-elle dit avec un sourire crispé.

— Pour la bouffe.

Et sur ces mots, il était retourné dans sa chambre.

Une fois parti de chez lui, il n'était jamais revenu.

Jim et lui devaient démarrer un chantier d'ampleur le lendemain matin en installant une nouvelle cuisine chez un vieux couple. Après avoir terminé la réfection de la cheminée, ils se rendirent sur place afin de prendre quelques mesures. Il faisait chaud dans la maison, ils eurent droit à du café et des cookies en quantité, et la perspective de passer une semaine ou deux chez de tels clients les mit tous les deux de bonne humeur. Jim discuta bientôt avec eux comme il le faisait avec tout le monde, de sorte qu'il était tard quand ils les quittèrent. Liam alla directement au Hot Potato et se débarbouilla vite fait dans les toilettes pour hommes.

Il commençait à se sentir plus à l'aise dans ce café-restaurant. La serveuse le traitait toujours avec mépris, mais les habitués le saluaient à présent d'un signe de tête et en semaine les gamins y étaient rares à l'heure du dîner. Il s'installa dans son alcôve préférée, ouvrit le dernier exemplaire du *Temiskaming Speaker* (qu'il achetait lui-même désormais) et mangea son hamburger et ses frites en prenant tout son temps. Il avait beau avoir affirmé à Jim qu'il devait trier les papiers de Mme Orchard, il n'était pas pressé de retrouver sa maison vide et ses liens certes ténus, mais déstabilisants, avec son enfance – sans parler de ses décisions toujours en attente.

À son retour chez lui, cependant, la maison n'était pas vide. La petite fille de ses voisins était là, assise en tailleur par terre dans le salon. Deux semaines s'étaient écoulées depuis leur rencontre et sa conversation avec son père. Il ne l'avait pas recroisée depuis et avait supposé que cela continuerait.

— Clara…

Cette gamine lui faisait de la peine et il n'avait rien à lui reprocher à part sa présence dans son salon, aussi lui expliqua-t-il doucement que cela ne le dérangeait pas qu'elle vienne jouer avec le chat quand il n'était pas là, qu'elle pouvait le faire sans problème, mais qu'il aimait être seul et qu'il ne voulait voir personne dans sa maison le reste du temps. Tout en disant cela, pourtant, il sentit qu'elle ne l'écoutait pas. À la place, elle le fixait avec une intensité presque inquiétante.

— Tu ferais mieux de rentrer chez toi maintenant, d'accord ? conclut-il.

Elle attendit un peu, comme pour être sûre qu'il avait terminé, puis se lança :

— Si vous êtes au courant de quelque chose que vous n'avez pas dit à la police parce que vous avez promis de ne pas le faire, et si ensuite vous allez le leur dire parce que c'est très, très important, est-ce qu'ils peuvent vous mettre en prison ? débita-t-elle d'une traite.

Liam fut si surpris qu'il improvisa complètement sa réponse.

— Non, on n'envoie pas de jeunes enfants en prison.

Elle réfléchit un instant. Ses grands yeux cessèrent de le fixer et se concentrèrent sur un point par-dessus son épaule gauche. C'était une question théorique bizarre de la part d'une petite fille, et il se demanda ce que cela cachait. Puis Clara reporta son attention sur lui.

— Et si la personne n'est pas si jeune que ça ?

Cette fois, tout devint clair. Une sirène se déclencha dans son cerveau. La question n'était pas purement théorique.

— De quel âge parle-t-on au juste ?

— Seize ans. Peut-être dix-sept.

Elle connaissait un garçon qui savait quelque chose sur sa sœur disparue, ça ne pouvait être que ça. Il n'arriverait pas à lui faire avouer son nom, il était prêt à le parier, mais peut-être dévoilerait-elle plus de détails sans s'en rendre compte s'il l'encourageait à se confier. Sauf qu'il ne voulait pas avoir à s'en charger. C'était le rôle de ses parents ou du sergent Barnes – n'importe qui, en fait, sauf lui. De toute façon, il n'était pas en mesure de l'aider puisqu'il ignorait si le Canada envoyait des enfants de seize ans derrière les barreaux.

— J'en doute, mais je ne peux pas l'affirmer, dit-il. Ça dépend des circonstances. Tu ferais mieux d'expliquer ça à tes parents, Clara. Là, maintenant. Tout de suite. C'est très important.

— C'est quoi, les circonstances ?

Ses petites mâchoires crispées exprimaient une farouche détermination. Bien qu'agacé, Liam éprouva une pointe d'admiration à son égard. La vie de cette gamine devait être sens dessus dessous, mais elle entendait obtenir des réponses à ses questions. Il fallait juste lui faire comprendre qu'elle n'avait pas frappé à la bonne porte.

— Clara, c'est très important, répéta-t-il. Parle à tes parents.

— Je ne leur parle plus.

— Pourquoi ?

— Ils mentent.

— Je suis sûr que non. Ou si…

— C'est la vérité ! le coupa-t-elle en se relevant. Ils mentent ! Quand je leur demande quelque chose, ils racontent n'importe quoi !

— D'accord, d'accord.

Elle semblait prête à partir telle une furie, mais malgré son désir de se débarrasser d'elle, il préféra ne pas la braquer. Seulement, il ne savait pas quoi faire ni quoi dire. Il n'avait aucune expérience avec les enfants et ignorait ce qu'ils étaient capables de comprendre en fonction de leur âge et comment il convenait de s'adresser à eux. La solution qui s'imposa à lui fut de gagner du temps afin de pouvoir refiler le problème à quelqu'un d'autre.

— Écoute… Veux-tu que j'essaie de découvrir s'il est possible qu'un jeune de seize ans soit envoyé en prison pour… pour ne pas avoir dit qu'il détenait une certaine information s'il le dit ensuite ? Je peux toujours me renseigner.

Elle le fixa d'un air soupçonneux, son regard planté dans le sien. Il se surprit à retenir son souffle.

— Oui, dit-elle au bout d'un moment.

— Très bien. Je tâcherai d'avoir la réponse d'ici demain après-midi, quand tu reviendras de l'école. Et si ce n'est pas demain, alors après-demain. Mais il faut que tu rentres chez toi maintenant.

Il aurait dû alerter ses parents, bien sûr. Il n'était pas du tout normal qu'il sache sur leur fille quelque chose qu'eux-mêmes ignoraient. Mais Clara semblait très remontée contre eux. Et si elle venait à se murer complètement ?

Il alla dans le vestibule passer un coup de fil. Ce fut une femme qui décrocha.

— Police, j'écoute.

— J'aimerais parler au sergent Barnes.

— Il a terminé son service, dit-elle d'un ton sec. C'est pour une urgence ?

— Pas exactement. Mais c'est important.

— Ça peut attendre demain matin ?

Il hésita.

— Je suppose, oui.

— Puis-je avoir votre nom, monsieur ?

— Kane. Liam Kane.

— Oh, oui, je vois. Monsieur Kane. Vous êtes… c'est vous qui vous avez emménagé dans la maison de Mme Orchard, n'est-ce pas ?

— Oui, dit-il avec lassitude.

— Très bien, monsieur. Je transmettrai votre message au sergent à la première heure demain matin.

Liam passa ensuite dans sa cuisine. Il venait de fourrer une poignée de myrtilles flétries et vieilles d'une semaine dans sa bouche quand le téléphone sonna. Au bout du fil retentit la voix joyeuse du sergent Barnes.

— Monsieur Kane ! Vous avez essayé de me joindre ?

Liam avala ses myrtilles sans les avoir assez mâchées – et avec elle une demi-douzaine de pédoncules.

— Tout va bien ? demanda Barnes en l'entendant s'étrangler.

Liam toussa violemment, puis essuya le combiné du plat de la main.

— Désolé. Je mangeais des myrtilles, dit-il avant de tousser encore.

— Prenez votre temps. Il faut se méfier des petites brindilles, elles sont là pour faire croire aux gens qu'ils achètent de la qualité. Ça va mieux ?

— Oui. Désolé.

— Pas de souci. En quoi puis-je vous aider ? Linda trouvait que vous aviez l'air inquiet, c'est pour ça qu'elle m'a téléphoné.

— Oh. Bien. C'est en rapport avec la fille qui a disparu à côté de chez moi.

— J'arrive tout de suite, dit le sergent, soudain très professionnel. Je serai là dans dix minutes, un quart d'heure. Comme c'est la soirée off de ma femme, je garde les enfants, mais je vais l'appeler. Elle est juste partie chez des amis au bout de la rue. Ne bougez pas.

— Il vaudrait peut-être mieux qu'on ne vous voie pas ici, si ça ne vous ennuie pas. On ne pourrait pas se retrouver quelque part ?

Il ne voulait pas que Clara pense qu'il l'avait trahie.

— Bien sûr. Venez à la maison, ce sera parfait. On n'habite pas très loin. Dirigez-vous vers le centre-ville et prenez la première à gauche. Le numéro 8. Il y a une voiture de police dans l'allée.

Par rapport à celle de Mme Orchard, la maison du sergent Barnes manquait de charme avec son style moderne, ses deux niveaux et sa façade sans relief, mais l'intérieur était mieux : la porte d'entrée s'ouvrait sur une grande cuisine, laquelle menait à un salon encore plus grand dont le côté très carré était atténué par l'imposant poêle à bois situé à une extrémité et par le désordre présent partout ailleurs.

— Installez-vous, dit Barnes en montrant à Liam deux fauteuils face au poêle, près d'une table basse réalisée à partir d'un rondin. Je vais préparer du café.

Liam s'avança, ôta une chaussette qui traînait sur l'un des sièges, ainsi qu'un journal, une BD de Donald Duck, un sachet écrasé de chips et une paire de ciseaux. Après avoir un peu hésité, il posa le tout par terre, s'assit, puis se releva et ramassa les ciseaux afin de les mettre sur la table basse – à en juger par la chaussette, quelqu'un se promenait pieds nus dans la maison.

Le poêle à bois ronronnait et, derrière sa porte vitrée, les flammes s'en donnaient à cœur joie sur les bûches. C'était un gros poêle, mais il fallait bien ça avec une pièce aussi grande. Liam trouvait ce salon agréablement désordonné. Tout le contraire de celui que Fiona et lui avaient eu à Toronto, toujours si bien rangé qu'on n'osait pas s'y asseoir. Leur maison n'avait pas été un nid douillet, songea-t-il avec le recul, juste une habitation. Il se demanda s'il y avait un truc pour passer de l'un à l'autre. Un talent qui leur aurait fait défaut, à Fiona et lui. Ou quelque chose qu'ils auraient pu apprendre s'ils s'étaient assez souciés de leur cadre de vie – et s'ils s'étaient assez souciés l'un de l'autre, aussi – pour se donner la peine d'essayer.

Un téléviseur était allumé dans la pièce voisine. Il distingua un bruit de fusillade, une musique dramatique. C'était un western. *Le train sifflera trois fois*, pour être plus précis – il reconnut le thème angoissant du film, unique en son genre. Des ombres granuleuses devaient passer au galop à l'écran. Peut-être qu'en grandissant avec une mauvaise réception, on s'habituait à remplir les vides. Ou alors, faute d'avoir jamais vu une image digne de ce nom, on considérait ça comme normal.

Le sergent Barnes posa deux tasses de café sur la table basse, repartit chercher du lait, du sucre et deux cuillères, puis ôta du second fauteuil une paire de cache-oreilles, une serviette et un pistolet à eau qu'il laissa tomber sur les affaires déjà par terre. Ensuite seulement, il s'assit.

— Au fait, je voulais vous dire... arrêtons de faire des chichis. Appelez-moi Karl.

— D'accord. À condition que vous m'appeliez Liam.

Liam fut ridiculement ravi, comme un petit nouveau dans une école qui devenait sans s'y attendre le copain d'un chef de bande. Il osa une question assez personnelle :

— Ce n'est pas délicat pour vous de faire la police parmi des gens que vous connaissez ?

— Pas vraiment. Quand quelqu'un a un casier judiciaire, ou quand j'estime qu'il devrait en avoir un, je m'en tiens à « sergent ». Mais pas dans le cas contraire. Sinon je n'aurais aucun ami et le reste de ma famille non plus. On se sentirait isolés dans notre coin. Je garde plus mes distances dans les autres villes, par contre. Là-bas, je croise moins de têtes familières qu'ici.

— Parce que vous couvrez d'autres villes ? Tout seul ?

— Oui, tout seul. J'ai juste Linda, qui s'occupe de la paperasse. Et je supervise les camps de bûcherons, aussi. Des petites communautés dans l'ensemble. Je dois gérer tout un peu partout. C'est pour ça que j'ai pris de la bedaine !

Il tapota son ventre, que Liam ne trouva pourtant pas si impressionnant de là où il était.

— Je reste trop souvent assis dans ma voiture de patrouille, continua Karl. Ou dans des cafés, à écouter les derniers ragots. Toutes ces tartes aux myrtilles… C'est une partie essentielle de mon travail, vous savez, de manger des tartes aux myrtilles. Comment voulez-vous être au courant de ce qui se passe, sans ça ? Enfin, bref, allons-y. Racontez-moi tout depuis le début. N'oubliez rien.

Au même instant, le téléphone sonna. Karl jura tout bas et se leva.

— D'accord, dit-il dans le combiné. Dis-leur de boucher le trou avec des planches, j'irai voir ça demain matin.

Puis il revint s'asseoir lourdement dans son fauteuil.

— Désolé, quelqu'un a balancé une brique dans la vitrine de la quincaillerie. Ce n'est pas étonnant, le proprio est un connard. Moi-même, je suis bien tenté parfois d'en faire autant. Mais je vous ai coupé la parole, désolé. Je vous écoute maintenant.

Tout avait commencé avec le chat, décida Liam.

— Mme Orchard avait un chat…

Il déroula tout son récit à partir de là. Quand il eut fini, le policier demeura un moment silencieux, le regard perdu dans les flammes.

— Vous venez d'embellir ma journée, dit-il. Peut-être même mon année. Si ça se trouve, ça ne débouchera sur rien, mais au moins on tient quelque chose. Jusqu'ici, on n'avait rien. Pas la moindre petite piste. Et les flics de Toronto non plus – je le sais, je suis en contact avec eux. On ignore si la fille est là-bas, bien sûr, c'est juste que les gamins ne vont pas ailleurs en général parce qu'ils n'ont entendu parler que de cette ville. Ils s'imaginent qu'ils pourront y dégoter un job, s'amuser un peu. Mais sur place, ils constatent qu'il n'y a pas de travail, ils n'ont aucun endroit où crécher et ils finissent à la rue. Et ça, c'est tout sauf drôle. C'est même dangereux. Surtout pour les jeunes filles. Et en plus, l'hiver arrive.

Des coups de feu assourdissants et des cris de joie enfantins retentirent dans la pièce voisine.

— Vous avez des enfants ? demanda Karl.

— Non.

— Croyez-moi, il y en a de toutes sortes, mais ils pensent toujours tout savoir et ils sont vulnérables au possible, soupira le sergent en secouant la tête. Quelle chance, quand même, que la petite soit allée vous parler.

— Je ne me l'explique pas, moi. Pourquoi s'adresser à un inconnu ?

— Qui peut dire ce que les mômes ont dans la tête ? Vous êtes à portée de main, pile à côté de chez elle. Mais elle accuse ses parents de lui raconter des bobards, c'est bien ça ?

— Oui. D'après elle, ils lui ont menti sur la mort de Mme Orchard. Je suis allé voir son père pour le prévenir que j'avais laissé échapper l'information. Il a été très sympa et m'a répondu qu'ils n'auraient pas pu le lui cacher encore bien longtemps de toute façon. Ils craignaient que la vérité soit trop dure à encaisser pour elle dans les circonstances actuelles.

Karl opina d'un air pensif.

— Je comprends leur raisonnement, mais c'est peut-être ça qui a poussé Clara à se tourner vers vous : tout le monde essaie de lui faire croire qu'il n'y a pas lieu de s'inquiéter alors qu'elle sait très bien que si. Et vous, vous débarquez et, sans le vouloir, vous lui révélez la vérité. Du coup, vous lui inspirez confiance. Laissez-moi vous dire une chose : ça fait presque vingt ans que je bosse dans des petites villes, et la confiance y compte plus que tout. Si les gens vous soupçonnent de ne pas jouer franc jeu avec eux, ils ne vous parleront pas, et s'ils ne vous parlent pas, vous êtes foutu. Il faut qu'on veille à ce que vous ne perdiez pas sa confiance, quoi qu'il arrive.

Liam s'agita nerveusement dans son fauteuil.

— Euh… je préférerais rester en dehors de ça, si ça ne vous ennuie pas. Je ne tiens pas trop à ce que…

Il s'interrompit en cherchant comment formuler sa pensée.

— Vous ne tenez pas trop à quoi ?

— Enfin, vous comprenez… à ce qu'une petite fille vienne chez moi toute seule. Sans qu'il y ait personne d'autre qu'elle et moi dans la maison. Je ne suis pas très à l'aise avec ça. Et si les gens l'apercevaient ? Encore une fois, je préférerais ne pas me mêler de cette histoire.

Karl contempla le feu dans le poêle. Liam attendit.

— Je suis d'accord, la situation n'est pas idéale, dit le policier. En temps normal, je n'aurais pas été très emballé, moi non plus. Malheureusement, je ne vois pas de meilleure solution. J'ai bien peur que vous soyez coincé. Mais vous savez quoi ? ajouta-t-il avec un sourire rassurant. Vos maisons donnent l'une sur l'autre, non ? Le mieux, ce serait de faire en sorte que ses parents puissent l'avoir toujours à l'œil depuis la fenêtre de leur salon.

La manière dont le sergent rejetait son objection et partait du principe qu'il était disposé à rentrer dans son jeu contraria Liam.

— Pourquoi devrais-je être coincé ? Pourquoi vous n'allez pas l'interroger, vous ? Ce serait plus logique.

— Je suis flic, répondit calmement le policier. Elle protège ce garçon, quel qu'il soit, contre les gens comme moi. Je suis la dernière personne à qui elle penserait s'adresser.

— Ses parents, alors. Ils n'ont qu'à lui tirer les vers du nez.

— Vous m'avez dit vous-même qu'elle ne leur parle plus. On ne peut pas choisir à qui elle va se confier.

Karl se leva afin de mettre une bûche dans le poêle. Une onde de chaleur brûlante s'en échappa quand il ouvrit la porte vitrée. Une fois qu'il eut repris sa place, tous deux regardèrent les flammes lécher le morceau de bois, le goûter, puis le dévorer. Liam, lui, ruminait sa rancœur.

Le policier lui jeta un coup d'œil et grimaça.

— OK, pour être honnête, je ne peux pas vous demander de faire ça et vous êtes tout à fait en droit de refuser, vu que vous êtes un civil sans aucun rapport avec l'affaire. Mais comme je vous l'ai dit, c'est la première piste qu'on a, et je commence à désespérer. Plus cette ado restera longtemps portée disparue, plus il est probable que tout ça finira mal. On ne peut pas laisser filer cette chance, il *faut* qu'on découvre qui est ce garçon et ce qu'il sait. À ce moment-là, votre boulot sera terminé. Vous pourrez condamner votre porte, changer les serrures. Tuer le chat, même. Enfin, non, peut-être pas ça. C'est juste l'histoire de deux ou trois jours, pas davantage. Et de toute façon, vous allez vendre la maison et partir bientôt, non ? Les gens n'auront pas le temps de penser à mal.

C'était vrai. L'espace d'un instant, Liam avait oublié qu'il quitterait bientôt Solace. Mais il se fit la réflexion qu'il s'était raconté des histoires, tout à l'heure. L'accueil chaleureux du policier et son invitation à l'appeler par son prénom n'avaient été qu'une stratégie pour le désarmer et le pousser à accepter tout ce qu'il voulait lui faire faire. Arrête tes conneries, se dit-il ensuite, fatigué de sa propre paranoïa. C'était totalement irrationnel : Karl n'avait pas su à ce stade ce qu'il était venu lui dire. Il ne pouvait pas prévoir qu'il allait avoir besoin de lui.

— Il s'agit de la vie d'une gamine, Liam, dit Karl. À chaque heure qui passe, nos chances de la retrouver vivante diminuent, et le hasard veut que vous soyez en mesure de nous aider.

Il n'y avait pas d'argument à opposer à ça, évidemment, et les méthodes de Karl n'y changeaient rien. Mais ce ne fut pas Rose, dont l'image granuleuse l'avait toisé avec hostilité dans le journal, qui le fit céder. Ce fut Clara. La manière dont elle avait scruté son visage plus tôt ce soir-là et son besoin criant de lui faire confiance – ou plutôt de faire confiance à *quelqu'un* –, sans être sûre de pouvoir s'y risquer, avaient éveillé en lui un écho lointain, mais puissant.

— D'accord.

— Super. Merci.

Comme sur un signal, une musique tonitruante faite pour s'éloigner à cheval dans le soleil couchant leur parvint de la pièce voisine. Karl se leva pesamment et passa la tête par la porte.

— C'est l'heure d'aller au lit. James, va te laver les dents. Et toi, Catherine, file te mettre en pyjama. Ensuite on inverse. Ne traînez pas.

Alors qu'il rejoignait Liam, deux silhouettes traversèrent le salon en trombe derrière lui et foncèrent dans l'escalier.

— Une glace, ça vous tente ?

— Volontiers.

Le policier se dirigea vers une pièce adjacente à la cuisine et réapparut peu après avec une grosse barquette dans chaque main.

— Chocolat ? Vanille ? Les deux ?

— Vanille, merci.

Il posa les glaces et disparut de nouveau, cette fois derrière une porte latérale donnant sur le garage. Un courant d'air froid s'engouffra dans le salon, jusqu'à ce qu'il revienne avec un marteau et un burin.

— C'est un dessert fait maison, expliqua-t-il. On le doit à Jo, la bibliothécaire. Elle considère ça à moitié comme un hobby, à moitié comme un business, et il faut lui passer commande. Elle fait ses glaces avec de la crème issue de vaches locales, vous savez. Vous n'en mangerez jamais de meilleures. Mais la texture n'est pas au point, on dirait du béton. On n'arrête pas de tordre nos cuillères.

Il ôta le couvercle de l'une des barquettes et commença à marteler son contenu. Liam se demanda à quoi avaient servi ses outils avant cela, et aussi comment Fiona, qui avait la phobie des microbes, aurait réagi si quelqu'un lui avait tendu une coupe de glace servie avec un burin tout droit sorti d'un garage. Puis cela l'énerva de penser à elle à cet instant.

Les enfants de Karl pointèrent le bout de leur nez dans l'escalier. Ils n'accordèrent qu'un bref regard à Liam, qu'ils jugèrent sans intérêt – à l'inverse des barquettes de glace.

— Hé, super ! s'écria le garçon. On peut en avoir ?

— Demain, répondit son père. Voici M. Kane. Dites-lui bonsoir et allez vous coucher.

— Bonsoir, dirent les enfants à l'unisson.

— Bonsoir.

— On peut avoir un peu de glace, maintenant ?

— Non, il est l'heure d'aller vous coucher.

— C'est pas juste, protesta la fillette. Vous en mangez, vous.

— Et on n'en mangera pas demain, contrairement à vous. Filez.

— Mais, papa…

— Je ne le répéterai pas : filez au lit et dormez bien.

Les enfants tournèrent les talons et remontèrent l'escalier d'un pas lourd.

— Voilà ce qu'on va faire, reprit Karl. Demain… vous pensez que Clara repassera chez vous en rentrant de l'école ?

Liam acquiesça tout en s'étonnant de voir combien la vie paraissait facile avec cet homme, alors même qu'une foule de soucis et de responsabilités devaient peser sur ses épaules. Il semblait savoir quelle était sa place dans le monde et s'y sentir chez lui.

— Demain, donc, continua Karl, vous lui direz que ce garçon ne finira pas en prison pour avoir caché des informations, à condition qu'il nous les communique tout de suite.

— J'en déduis que c'est vrai ?

— Oui.

— Il ne sera pas envoyé ailleurs, dans un endroit qu'on n'appelle pas une prison mais qui en est une en réalité, comme un centre de redressement pour jeunes délinquants ou un truc de ce genre ? Parce que je n'ai pas envie de raconter des salades à la petite. Déjà qu'on se sert d'elle…

— Évidemment, qu'on se sert d'elle. Et moi, je me sers de vous. À ce stade, je me servirais même de ma grand-mère. Mais je vous promets qu'il n'arrivera rien à ce gamin. Pas s'il est juste coupable de rétention d'informations. S'il est impliqué dans un crime, en revanche, c'est une autre histoire.

Liam hocha la tête. Karl venait d'avouer clairement qu'il se servait de lui, mais cela le soulageait à un point que lui-même trouva pathétique : bien que rude, le personnage était sincère, et cela signifiait que son offre d'amitié l'avait été aussi. Karl pensait ce qu'il disait, un point c'est tout.

— OK. Et une fois que je lui aurai expliqué ça, qu'est-ce qu'on fait ?

— On attend de voir si son copain nous contacte.

— Combien de temps ?

— Il faut que vous parliez à Clara, et ensuite qu'elle répète tout à ce garçon. Je dirais donc vingt-quatre heures au moins, même si c'est beaucoup trop à mon goût. Vous êtes sûr qu'on ne peut pas la persuader de nous donner son nom ?

— À mon avis, elle se refermerait comme une huître. Que se passera-t-il si ça ne marche pas ? Si le garçon ne vous contacte pas ?

— Je me lancerai à sa poursuite. D'ailleurs, je compte le faire dès maintenant – discrètement, bien sûr.

Il tendit à Liam une cuillère et une coupe dans laquelle s'amoncelaient de gros copeaux de glace.

— Allez-y, dit-il. Mais faites gaffe à vos dents.

13

CLARA

— Vous êtes *sûr* ? demanda Clara.

Et si Dan était arrêté et emprisonné jusqu'à la fin de sa vie ?

M. Kane l'attendait sous le porche de sa maison lorsqu'elle était arrivée de l'école et il l'avait invitée à passer chez lui.

— Oui, j'en suis sûr.

— Pourquoi ?

Il hésita.

— J'ai interrogé un policier.

La peur se lut probablement sur son visage parce qu'il tenta aussitôt de la rassurer.

— Mais ne t'inquiète pas, je n'ai pas précisé qui était concerné par ta question. Je l'ignore, de toute façon, puisque tu ne me l'as pas dit. Tu te souviens ?

— Vous avez parlé au sergent Barnes ?

— Oui. Il m'a juré qu'il n'arriverait rien de mal à... à ce garçon, quel qu'il soit, du moment qu'il lui confie tout ce qu'il sait. Mais il doit le faire au plus vite, Clara. C'est très, très important.

En clair, Rose courait un grand danger *à cet instant même*. Peut-être qu'un homme était en train de s'avancer vers elle sans bruit avec un couteau. Cette idée la terrifia tellement qu'elle mit une minute à retrouver l'usage de la parole.

— Je ne peux pas le prévenir tout de suite, gémit-elle. Il va au lycée et il faut d'abord que je dise à quelqu'un de mon école de dire à son frère qui est copain avec lui dans le même lycée de lui dire de descendre du bus et de m'attendre. Ça prendra deux jours !

Il y eut un silence.

— Excuse-moi, tu pourrais répéter ?

Elle recommença.

Il réfléchit en regardant par la fenêtre. Devant son air préoccupé, elle sentit le poids d'une nouvelle peur s'ajouter à celle qui l'habitait depuis des semaines et des semaines, et cela fut soudain trop pour elle. Une vague la submergea et elle se mit à pleurer, à pleurer vraiment, à gros sanglots, persuadée que si Rose venait à mourir, ce serait sa faute, parce qu'elle aurait parlé trop tard à Dan.

M. Kane enfonça les mains dans les poches de son jean et se détourna d'elle. Il détestait la voir pleurer, il détestait ça autant que Rose, c'était évident. Elle essaya de toutes ses forces de s'arrêter, de peur d'avoir droit à un « Tu dois rentrer chez toi, maintenant ».

Il sortit de la pièce. Elle crut qu'il partait à cause d'elle, mais il revint lui donner une boîte de Kleenex. Elle se moucha et réussit à se calmer.

— Et si tu lui téléphonais, à ce garçon ? lâcha-t-il abruptement. Tu pourrais l'appeler depuis chez moi et lui demander de contacter le sergent Barnes.

Elle envisagea cette possibilité, tandis que ses sanglots s'estompaient et faisaient place à des hoquets.

— Je n'ai pas son numéro.

— Tu connais son nom de famille ? On n'aurait qu'à le chercher dans l'annuaire, dans ce cas. Je te laisserai t'en charger si tu ne veux pas que je le voie, je te montrerai comment faire.

Elle l'avait déjà entendu, elle en était certaine. L'ennui était qu'elle n'arrivait pas à s'en souvenir.

— Et la fille de ton école ? Tu connais son nom, à elle ?

Elle savait que oui, mais elle avait mal à la tête d'avoir trop pleuré et elle avait si peur pour Rose qu'elle était incapable de réfléchir.

M. Kane s'assit sur le gros fauteuil de Mme Orchard et appuya ses coudes sur ses genoux. Les yeux baissés, il se massa la nuque.

— Bon, tu as fait tout ce que tu pouvais, Clara. Et quand on ne peut rien faire de plus, il ne sert à rien d'y penser. Va juste trouver cette fille demain.

Le silence retomba entre eux. Peu à peu, Clara sentit sa panique s'atténuer. Le sol étant froid sous ses fesses, elle se glissa sur l'autre fauteuil, celui qui lui était réservé, en veillant à ne pas faire de bruit afin de ne pas rappeler à M. Kane qu'elle était toujours là. Sans qu'elle sache pourquoi, il avait déplacé les deux sièges face à la fenêtre, et le sien était à présent collé contre l'un des grands cartons qui traînaient depuis si longtemps au milieu de la pièce.

— Qu'est-ce qu'il y a là-dedans ? demanda-t-elle, oubliant qu'elle ne voulait pas lui rappeler sa présence.

Il releva la tête, surpris.

— Quoi ? Dans ces cartons ? Mes affaires. Des choses que j'avais là où j'habitais avant.

— Pourquoi vous êtes parti de là où vous habitiez avant ?

Il se remit à contempler le sol.

— Ma femme et moi, on a décidé de ne plus vivre ensemble.

— Vous ne vous aimiez pas ?

— Autrefois, si, mais on a... on a arrêté.

— Oh.

Clara ignorait que cela pouvait se produire. Il faudrait qu'elle se penche plus tard sur le sujet.

— Pourquoi vous ne déballez pas vos cartons ?

— Je vais bientôt quitter Solace.

À son arrivée, elle avait voulu qu'il s'en aille sur-le-champ, mais elle se surprenait à présent à souhaiter le contraire.

— Pourquoi ?

Il haussa les épaules.

— Il faut avancer dans la vie, dit-il en lui adressant un sourire qui n'en était pas vraiment un.

— Vous ne pouvez pas avancer ici ?

— Assez de questions pour ce soir, Clara, OK ?

— Mais dans combien de temps vous allez partir ?

— Je ne sais pas trop.

Il se pencha pour défaire puis refaire les lacets d'une de ses chaussures.

S'il ne savait pas, cela voulait dire qu'il pouvait rester là encore des années, et cela convenait très bien à Clara.

— On peut repousser les cartons contre le mur en attendant que vous le sachiez ?

Ses paroles semblaient mettre un bon moment à atteindre M. Kane et à remonter jusqu'à son cerveau. Avait-il de la cire dans les oreilles ? Elle en avait eu un jour et tous les sons lui avaient paru étouffés. Elle hésitait à répéter sa question plus fort quand il lui répondit enfin.

— Pourquoi pas. Si tu veux.

— Ce sera bien plus ordonné comme ça, expliqua-t-elle. Et vous n'aurez plus besoin de les contourner sans arrêt. Mais il faut qu'on mette les cartons vides devant pour que Moïse puisse grimper dedans.

M. Kane laissa échapper un bruit à mi-chemin entre le grognement et le rire, puis leva les yeux et lui sourit. Elle ne l'avait encore jamais vu sourire ainsi. Cela lui donnait l'air gentil.

— D'accord, dit-il.

Ils repoussèrent tous les gros cartons contre le mur en veillant à positionner les plus petits devant pour Moïse. La pièce n'était pas aussi bien rangée qu'elle l'aurait été sans eux, mais c'était déjà mieux. Au moins cette journée lui avait-elle apporté quelque chose de positif.

Devoir attendre de retrouver Dan, c'était comme devoir attendre d'aller aux toilettes quand on était dans une voiture, qu'on avait beaucoup de route à faire et qu'il n'y avait pas de W.-C. avant encore des kilomètres et des kilomètres. On ne pouvait penser à rien d'autre. À l'école, le lendemain matin, elle se pencha sur son pupitre en regardant Mme Quinn, mais sans entendre un mot de ce qu'elle disait. À la récréation, elle fonça dehors, le cœur battant de peur que Molly ne soit pas là, qu'elle se soit réveillée avec un mal de gorge ou une envie de vomir et qu'elle soit restée chez elle. Mais non, elle était dans la cour avec ses copines, et en voyant Clara s'approcher d'elle, elle s'avança à sa rencontre.

— Pourquoi tu veux lui parler ? demanda-t-elle avec curiosité une fois que Clara l'eut chargée de transmettre son message.

Jusqu'à cet instant, elle avait plutôt brillé par sa discrétion.

— J'ai promis de ne le dire à personne, répondit Clara en se mordillant les doigts.

Elle n'avait presque plus d'ongles à ronger et ne savait pas sur quoi d'autre se rabattre.

— C'est au sujet de ta sœur ?

Clara la fixa avec appréhension. Et si cette fille devinait tout et allait dire à la police que Dan détenait des informations sur Rose ? Que se passerait-il ?

Mais Molly lui tapota gentiment l'épaule.

— Ne fais pas cette tête-là, Clara. Je resterai muette comme une carpe.

Elle ne put rien manger ce soir-là et rendit toute sa nourriture quand elle se força à l'avaler. Elle prenait toujours ses repas dans le salon, même si ça ne rimait à rien maintenant, dans la mesure où Rose était à Toronto et ne rentrerait que si elle, Clara, parvenait à la sauver. Son vomi éclaboussa le rebord de la fenêtre et le sol.

— Oh, mon Dieu ! s'exclama sa mère en entrant dans la pièce. Ne t'inquiète pas, ma chérie. Je vais nettoyer ça tout de suite. Tu veux t'allonger sur le canapé ? Tu pourrais peut-être essayer ensuite de prendre un petit gâteau, non ?

Elle refusa. Elle devait nourrir Moïse et tenait aussi à lui parler un peu. Sa mère lui caressa les cheveux.

— D'accord. C'est un bon copain pour toi, n'est-ce pas ?

Elle alla chez M. Kane s'occuper du chat, puis s'assit par terre et le regarda prendre tour à tour la forme d'un triangle, d'un carré et d'un rond dans les cartons. Mais dès l'instant où ils entendirent une clé dans la serrure, Moïse redevint Moïse et détala illico presto.

— Tout va bien ? demanda M. Kane.

Elle haussa tristement les épaules.

— Tu as vu la fille ?

— Oui.

— Très bien. Parfait. Tu as fait tout ce que tu pouvais.

Elle acquiesça sans un mot.

Il attendit, l'air indécis.

— Tu voulais me dire quelque chose ? Ou me poser une question ?

— On peut déballer un des cartons ?

— Mais… euh… tes parents ne vont pas s'inquiéter ?

— J'ai dit à ma mère que j'en aurais pour un moment.

Il hésita si longtemps qu'elle crut qu'il allait lui demander de rentrer chez elle, mais il finit par accepter.

— Pourquoi pas. Allons-y.

Il choisit le carton sur lequel était écrit « Salon » et le poussa sur le plancher jusqu'à ce qu'il soit pile devant la fenêtre, comme les fauteuils, mais plus près encore. Après quoi il alla chercher un couteau dans la cuisine et trancha d'un grand geste rapide la bande de scotch qui le fermait.

Le carton était rempli d'affaires volumineuses. Il y avait là deux lampes au socle en bois ; un étui en cuir contenant des couteaux, des fourchettes et des cuillères dont les poignées ouvragées, affirma M. Kane, avaient été réalisées avec des os – des os de quoi, en revanche, il l'ignorait ; une petite boîte en bois avec un couvercle à charnières et, à l'intérieur, des compartiments dans lesquels étaient rangés des pions sculptés. Tout en lui expliquant qu'il s'agissait d'un jeu pour adultes qu'on appelait les échecs, il posa un plateau recouvert de carrés sur la table près du fauteuil de Mme Orchard et montra à Clara quelle était la place de chacune des pièces. Pour finir, ils sortirent un vase blanc cassé orné de motifs couleur rouille et de silhouettes noires qui dansaient tout autour. De l'avis de Clara, c'était le plus joli de tous ces objets.

— Je pourrai le garder quand vous mourrez ?

M. Kane rit doucement.

— D'accord.

— Et les petits joueurs de cartes ? Ce sont eux que je préfère.

— Ah oui ? C'est marrant, ça, parce que moi aussi. Mais oui, tu pourras les garder quand je serai mort. Autre chose ?

— Non, merci, répondit-elle poliment. Ce sera tout.

Ils trouvèrent des endroits où tout poser, à l'exception des couteaux, des fourchettes et des cuillères, que M. Kane emporta dans la cuisine. Entre ses affaires et celles de Mme Orchard, le salon était bien encombré, mais ça ne semblait pas le déranger. Il replia le carton pendant qu'elle faisait de même avec le papier d'emballage, puis casa le tout dans le local à chaussures. Le temps qu'ils aient terminé, il était presque l'heure de se coucher et Clara partit sans qu'il ait besoin de le lui demander.

Elle monta à l'étage se mettre en pyjama et se brosser les dents avant de redescendre dire bonne nuit à sa mère. Celle-ci n'était pas dans la cuisine, cependant.

— Maman ?

Pas de réponse. Elle alla dans le salon et, en regardant par la fenêtre, la découvrit dehors, en pleine conversation avec leur voisin. De quoi pouvaient-ils bien discuter ? Cela la rendit nerveuse, d'autant qu'ils restèrent là un long moment en semblant chacun approuver ce que disait l'autre. Elle se mordilla ce qu'il lui restait d'ongles en les observant. Enfin, après avoir échangé un sourire et un signe de tête, ils se séparèrent.

— Qu'est-ce que tu disais à M. Kane ? s'enquit-elle craintivement lorsque sa mère rentra à la maison.

— Oh, rien, on ne faisait que bavarder. Il m'a vue sortir les poubelles et il est venu me dire un mot.

— Vous avez parlé de moi ?

Sa mère repoussa doucement ses cheveux en arrière.

— Juste un peu. Ne t'inquiète pas, ma chérie, il m'a assuré que tu n'étais pas une gêne pour lui et que ça ne le dérangeait pas que tu passes nourrir Moïse.

Clara se détendit, mais son soulagement fut de courte durée.

— Franchement, Clara, il pourrait faire ça lui-même, tu sais. Ce n'est plus à toi de veiller sur ce chat.

Elle dévisagea sa mère, horrifiée. Arrêter de nourrir Moïse, cela voulait dire ne plus le voir, lui, ni M. Kane.

— Il faut que je le fasse ! protesta-t-elle d'une voix suraiguë. Je l'ai promis à Mme Orchard, je dois tenir ma parole ! Moïse a peur de M. Kane, vraiment très, très peur. Et il a besoin que je joue avec lui. M. Kane ne le ferait pas, lui ! Il faut que je continue !

— Bon sang, Clara, ne te mets pas dans un état pareil ! D'accord, occupe-toi de ce chat, mais ne reste pas trop longtemps chez M. Kane quand il est là, et ne l'embête pas surtout. Il doit avoir envie d'un peu de calme et de silence à la fin de sa journée.

Le danger était écarté, finalement.

14

ELIZABETH

Le spécialiste qui suit Martha est passé s'entretenir avec elle juste au moment où on terminait notre petit déjeuner. Elle avait un morceau de cornflake sur la lèvre inférieure et je lui ai fait signe de l'enlever, mais elle ne m'a pas prêté attention. Résultat, il est resté là tout le temps.

Mlle Roberts avait informé le médecin que Martha sollicitait ma présence. Il n'a soulevé aucune objection et a tiré les rideaux autour de nous pour nous isoler des autres patientes, mais la seule vue de cet homme massif et jovial a mis Martha dans un tel état qu'elle n'a pu articuler un mot. C'est donc moi qui ai pris les choses en main.

Je lui ai demandé s'il pouvait nous dire en quoi consisterait l'opération. D'un ton joyeux, il m'a répondu qu'il devrait pratiquer une entaille verticale sur l'abdomen, et peut-être aussi une autre plus petite, horizontale.

— Cela laissera une cicatrice, mais elle s'atténuera, et de toute façon vous ne comptez pas porter un bikini, n'est-ce pas, madame Willis ?

Martha a écarquillé les yeux, l'air paniquée.

J'ai demandé ensuite ce que ses collègues et lui cherchaient au juste. À l'en croire, ils craignaient fortement qu'elle ait une tumeur. J'ai insisté : en supposant que la retirer soit bien le but de l'opération, cela réglerait-il le problème une fois pour toutes et Martha serait-elle guérie ? D'un ton plus doux cette fois – je pense que le désarroi muet de sa patiente était si grand qu'il commençait enfin à le percevoir –, il nous a expliqué qu'il était peu probable que cela soit suffisant. Un traitement complémentaire serait sans doute nécessaire, et même alors, il ne serait pas question d'une « guérison » à proprement parler. L'idée était de gagner du temps, rien de plus. Je me suis humecté les lèvres – j'avais la bouche sèche.

— Et si elle ne se faisait pas opérer, que... combien... ?

— Son état est critique, donc pas très longtemps, j'en ai peur.

— Mme Willis a soixante-quinze ans.

— En effet, et c'est un facteur de plus à prendre en considération, bien sûr.

Nous nous sommes dévisagés en silence, lui dans son costume bien coupé et moi en pyjama, tandis qu'entre nous, un morceau de cornflake accroché à la lèvre, une pauvre femme reposait sur son lit, morte de peur dans sa chemise de nuit en coton blanc au col orné de petites pâquerettes.

Nous n'avons pas pu en discuter. Martha était si agitée après la visite du spécialiste que le médecin de service lui a administré un sédatif qui l'a fait dormir toute la journée. Pour être franche, j'en prendrais volontiers un, moi aussi. Je ne suis pas bien du tout et mon cœur cogne à un rythme irrégulier qui m'effraie.

J'espère que je ne vais pas mourir ce soir. Ce n'est pas comme ça que j'ai envie de partir, mon amour. Je veux me sentir apaisée au moment de quitter cette vie. Je veux pouvoir te sentir à côté de moi dans mes derniers instants.

Aux petites heures du jour, un rêve m'a de nouveau ramenée à Guelph. J'étais dehors, il faisait nuit noire et j'avançais à tâtons vers le côté de la maison. Puis je me suis retrouvée dans la cuisine, que j'ai traversée pieds nus en direction du vestibule. J'ai marqué une pause sur le pas de la porte. L'obscurité était totale, mais j'entendais un bruit, un martèlement assourdissant. J'ai retenu mon souffle. Les coups ont résonné de plus en plus fort. Ils allaient finir par réveiller tout le monde, et notamment Annette. Mais ce n'est pas elle qui s'est réveillée. C'est moi.

J'ai cru que j'allais mourir, mon amour. Le bruit était celui de mon cœur et je ne pouvais pas respirer. Un râle horrible s'échappait de ma poitrine quand j'essayais d'inspirer, un râle tel qu'il a alerté l'une des infirmières de nuit. Elle m'a redressée sur mes oreillers, apporté un verre d'eau et aidée à le boire. Presque à regret, j'ai pris conscience que j'allais vivre encore un peu.

Je me suis demandé un nombre incalculable de fois comment nous avions pu en arriver là. Désormais, avec trente années de recul, la réponse m'apparaît clairement : petit à petit.

Annette a eu ses premières contractions en pleine nuit, deux semaines avant terme. Je lui avais dit que le jour J, quelle que soit l'heure, je viendrais chez elle m'occuper des enfants pendant que Ralph l'emmènerait à l'hôpital. Lorsque des coups ont résonné à notre porte à 3 heures du matin par une nuit glaciale du mois de janvier, nous avons donc compris tout de suite ce qui se passait.

L'accouchement a été compliqué. Annette a fait une hémorragie et a perdu beaucoup de sang avant que la situation soit sous contrôle. Ses filles (car il s'agissait bien de jumelles, pour sa plus grande joie) étaient très petites et les médecins ont décrété qu'elles devaient rester à l'hôpital avec elle jusqu'à ce qu'elles aient toutes les trois repris des forces, c'est-à-dire potentiellement plusieurs semaines. Ralph est venu nous voir, l'air anxieux et désolé : nous avions proposé de garder son fils pendant dix jours, mais il souhaitait à présent savoir si nous serions disposés à nous en occuper plus longtemps.

Je lui ai répondu que nous en serions ravis, même si tu étais encore au travail. Pour moi, au moins, c'était vrai, j'étais enchantée. De toute façon, qu'aurais-je pu dire d'autre ? C'est tout à ton honneur d'avoir accepté ma décision sans manifester plus qu'une légère surprise quand tu es rentré ce jour-là.

Annette et les bébés sont restés quatre semaines à l'hôpital. Quatre semaines durant lesquelles son fils a pour ainsi dire été le nôtre.

Je ne peux pas regretter cette période, mon amour. Ce serait comme regretter un arc-en-ciel sous prétexte qu'il est associé à la pluie. Et le plus beau dans tout ça, ç'a été de t'observer avec Liam. Je ne m'étais pas attendue à vous voir nouer des liens aussi forts, tous les deux. Tu étais quelqu'un de si réservé, de si secret, et tu n'avais pas côtoyé beaucoup d'enfants jusqu'alors. Mais Liam a fait apparaître un aspect de ta personnalité que je ne soupçonnais pas, et toi non plus, à mon avis. Pour je ne sais quelle raison – peut-être précisément parce que tu ignorais comment parler à un petit garçon et que jouer la comédie résolvait le problème –, tu as choisi dès le début d'endosser le rôle d'un majordome anglais et de faire comme si Liam était un lord. Te souviens-tu ?

— Bonjour, milord, disais-tu quand Liam se levait le matin.

(Ta seule requête, quand il s'est avéré qu'il reste-rait chez nous plus longtemps que prévu, a été qu'il emménage dans la « nurserie ». Tu souhaitais retrou-ver ton intimité, et je pouvais difficilement protester. Liam et moi avons redécoré la pièce ensemble, en dessinant une rangée d'éléphants bleus qui marchaient sur les murs à hauteur d'enfant. Cela nous a pris trois jours, et le résultat était magnifique.)

— Avez-vous bien dormi ? enchaînais-tu. Voulez-vous que je vous fasse couler un bain tout de suite ?

Et Liam souriait jusqu'aux oreilles avant même d'être complètement réveillé.

Je t'interrompais souvent à voix basse depuis les coulisses.

— Je ferais mieux de m'en occuper. Tu vas être en retard au travail.

— Madame suggère que vous fassiez plutôt votre toilette tout à l'heure. Que diriez-vous dans ce cas d'enfiler rapidement vos frusques d'hier et de prendre votre petit déjeuner dès à présent ? De quoi avons-nous besoin… vêtements de dessous, vêtements de dessus, encore des vêtements de dessus… et voilà. Oserais-je vous conseiller des chaussettes ? Les sols sont froids dans ces vieux châteaux.

Te regarder essayer de l'aider à mettre ses chaus-settes était une joie pour moi. Malgré tes nombreux talents, tu n'étais pas très adroit, et un enfant de quatre ans (Liam avait fêté son quatrième anniversaire avant l'accouchement de sa mère) n'est guère plus habile, surtout avec ses pieds.

— Si vous pouviez tendre les orteils en avant, milord. Hum, non… vers le bas ? En direction de la chaussette ? C'est bien essayé, mais on n'y est pas encore tout à fait. Peut-être que si… ?

Tu étais pressé, le matin, et tu travaillais ensuite toute la journée, mais tu arrivais parfois à rentrer à temps pour lui lire une histoire avant qu'il s'endorme, et il est précieux de pouvoir partager ça avec un enfant, d'être témoin du moment où son imagination prend son envol.

Peu après, tu as commencé à beaucoup voyager et à visiter des fermes dans l'Ontario et le Manitoba, je crois. Tu l'as donc nettement moins vu, mais durant tout son séjour chez nous, votre relation s'est cimen-tée. Je ne dis pas que tu l'aimais comme moi je l'aimais, Charles, mais tu avais énormément d'affec-tion pour lui. Et je n'ai aucun doute sur le fait qu'il t'aimait.

Un jeudi matin, à la fin du mois de février, quatre semaines tout juste après son accouchement, Annette est sortie de l'hôpital avec ses jumelles. Des voisines sont passées lui apporter des petits gilets roses réalisés au crochet, des bonnets roses, des chaussettes roses, des salades de pommes de terre, de copieux ragoûts et des tartes aux pommes. Sa mère était arrivée la veille avec sa hanche cassée. Elle s'est installée sur le canapé, l'air revêche, et n'en a pas bougé pendant trois semaines.

J'ai ramené Liam chez ses parents après le déjeuner, comme Annette me l'avait demandé. Quand elle a ouvert la porte, elle paraissait épuisée.

— Liam ! a-t-elle dit en le serrant brièvement dans ses bras. Entre ! Viens voir tes nouvelles sœurs !

(Et pas : « Tu m'as manqué ! Je suis si contente que tu sois là ! » Ou même : « Tu as passé de bonnes vacances chez tante Elizabeth et oncle Charles ? » Non, rien d'autre que : « Entre et viens voir tes nouvelles sœurs. » Je sais, je sais. Elle était fatiguée, malmenée par ses hormones et préoccupée par ce nouvel agrandissement de sa famille.)

Assises côte à côte dans un grand fauteuil, telles des madones jumelles, ses filles aînées tenaient chacune sur leurs genoux un bébé qui pleurait et agitait les poings. Annette a entraîné Liam vers elles.

— Ne sont-elles pas mignonnes ? a-t-elle murmuré en caressant la joue de l'un des nourrissons. Tu as vu comme elles sont petites ? Tu es leur grand frère, il faudra que tu veilles sur elles. C'est à ça que servent les grands frères.

Mais Liam a tourné les talons. Annette a soupiré en le regardant s'éloigner.

— J'étais sûre qu'il ferait ça.

— Les garçons sont ainsi, a répliqué sa mère avec sagacité. Vous le savez, vous qui êtes enseignante, a-t-elle ajouté en s'adressant à moi.

— Oh, je suis désolée, a dit Annette. J'aurais dû vous présenter. Maman, voici Elizabeth.

Nous nous sommes déclarées toutes les deux ravies de nous rencontrer.

— J'ai parlé de vous à ma mère, Elizabeth. Nous ne pourrons jamais assez vous remercier, Charles et vous. Je ne sais pas ce qu'on aurait fait sans vous. Liam n'a pas été trop difficile, au moins ?

Je lui ai assuré qu'il avait été très sage, que nous avions adoré l'avoir à la maison et que nous ne demandions pas mieux que de l'accueillir encore.

— N'hésitez surtout pas, Annette. Franchement, il ne faut pas.

J'avais été effondrée à l'idée de regagner une maison vide, mais à ma grande honte, j'entrevoyais désormais une lueur d'espoir. Annette allait devoir s'occuper de cinq enfants, d'un mari et d'une mère invalide. Certaines femmes y seraient arrivées sans broncher, mais elle n'était pas de leur trempe. Au mieux la trouvais-je désorganisée, inefficace et facilement dépassée. Et sa relation avec Liam n'allait pas être simple – ça, je l'avais compris tout de suite.

Elle a tenu une semaine. Le jeudi matin suivant, on a frappé à notre porte. C'était Annette, accompagnée de Liam. Tous les deux avaient pleuré, cela sautait aux yeux. Il neigeait fort et bien qu'il portât un manteau, Liam n'avait ni gants ni bottes, et ses chaussures étaient toutes mouillées. Quant à Annette, elle n'avait même pas de manteau, elle. Je les ai vite fait entrer.

— Asseyez-vous, je vous en prie.

J'étais choquée par l'apparence de la jeune femme. Les cheveux décoiffés, le visage non débarbouillé, elle s'était contentée d'enfiler un pull par-dessus son pyjama, dont le pantalon était maintenu par une épingle de nourrice sur son ventre encore gonflé. Elle avait l'air de ne pas avoir dormi depuis son retour de l'hôpital – et il s'est avéré que ce n'était pas seulement une impression. Des larmes ne cessaient de couler sur ses joues, comme si un robinet fuyait quelque part en elle, mais elle ne semblait guère en avoir conscience et ne se donnait pas la peine de les essuyer.

— C'est juste la fatigue, a-t-elle dit. Les bébés ont besoin d'être allaités toutes les deux heures, mais Liam se réveille la nuit, lui aussi, et du coup je ne dors pas du tout. Pourriez-vous le garder ce matin, Elizabeth ? Ma mère… ma mère le trouve… si vous pouviez le prendre avec vous rien que quelques heures… Je n'osais pas vous le demander vu tout ce que vous avez déjà fait pour nous, mais je me suis rappelé ce que vous m'aviez dit…

Je lui ai répondu fermement que je le garderais jusqu'au lendemain, et même jusqu'au surlendemain, pour qu'elle ait une chance de se reposer. À ce moment-là, elle s'est mise à pleurer franchement, mais de soulagement cette fois.

Après son départ, j'ai rejoint Liam dans la cuisine. Agenouillé par terre, il coloriait furieusement un dessin en donnant de grands coups de crayon sur la feuille. Il ne m'a pas accordé un regard quand je suis entrée.

— Ta maman est très fatiguée, ai-je dit en m'accroupissant à côté de lui et en lui lissant les cheveux.

Il avait des cernes bleus sous les yeux et les joues rouges et brûlantes.

— C'est parce que les bébés pleurent souvent. Bientôt, elle ira mieux. En attendant, je suis très, très contente de te voir. On va bien s'amuser tous les deux, n'est-ce pas ?

Alors seulement, il s'est redressé et, lâchant son crayon, il a tendu les mains vers moi – un geste inhabituel pour lui qui n'était pas très porté sur les câlins. Je l'ai soulevé dans mes bras. Il s'est enroulé autour de moi en inclinant la tête en arrière afin de scruter mon visage.

— Je t'aime plus qu'elle, a-t-il déclaré.

Je lui ai expliqué qu'il ne devait pas dire ça et que sa maman l'aimait beaucoup. Mais cela m'a fendu le cœur, Charles. Il me faisait tellement pitié, et dans le même temps… je ne trouve presque pas les mots pour l'exprimer… je ressentais une joie féroce. Comme si j'avais gagné quelque chose. Comme si j'avais gagné.

Comment ai-je pu éprouver ça, alors que je l'aimais tant et que je ne voulais que son bien ? Comment ai-je pu ?

Toi et moi avons eu une dispute, ce soir-là. Enfin, peut-être que le mot « dispute » n'est pas le bon. Disons plutôt un désaccord. Mais il m'a profondément ébranlée. Cela a commencé lorsque j'ai constaté que tu n'étais pas aussi ravi que je m'y attendais d'accueillir encore Liam chez nous.

— Ce n'est que pour une nuit ou deux, Charles. Pour qu'Annette puisse souffler un peu. Je pensais que ça ne te dérangerait pas.

— Ça ne me dérange pas. Pas personnellement. Mais c'est dommage, non ? Il devrait être auprès des siens. Apprendre à connaître ses petites sœurs. Faire de nouveau partie de sa famille.

— Il ne restera que deux jours et n'en souffrira pas. Il sera content, même. Tu vois bien qu'il adore venir chez nous.

Tu as acquiescé en m'observant.

— Ça ne m'étonne pas qu'il adore venir ici. Tu lui accordes beaucoup de temps et d'attention, alors que sa mère n'est pas capable d'en faire autant en ce moment.

— C'est justement de ça qu'il a besoin, Charles ! De temps et d'attention. Et je vais te dire une chose : sa mère ne lui en donne jamais beaucoup. Même avant l'arrivée des bébés, elle ne le faisait pas. Elle préfère les filles, et ça me fend le cœur de voir ça, parfois.

Ton visage a affiché une expression que je n'ai pas réussi à déchiffrer.

— Quoi ?

— Ce n'est pas notre enfant, Elizabeth. Le temps qu'Annette lui consacre ne nous regarde pas.

— Bien sûr ! ai-je répondu vivement. Bien sûr. Je disais seulement ça parce que je l'ai remarqué, c'est tout. Mais l'important n'est pas là. Annette était en larmes quand elle me l'a amené. Elle n'arrive pas à dormir et m'a demandé si j'accepterais de le garder une matinée, mais elle espérait me le laisser un peu plus – ça se voyait tellement que j'ai offert de le prendre une nuit ou deux. Je n'aurais pas dû le faire ? C'est tout ce que je veux savoir. Auquel cas, je n'ai qu'à lui dire qu'on préfère ne pas...

Tu t'es levé, tu es allé dans la cuisine te resservir du café sans m'en proposer – un manque de courtoisie inouï de ta part –, puis tu es revenu t'asseoir. J'ai croisé les doigts pour qu'on en reste là, mais tu ne l'entendais pas ainsi.

— Je ne m'inquiète pas que pour Liam, as-tu dit. Je m'inquiète pour toi.

— Charles, je n'ai jamais été aussi heureuse de ma vie !

— Oui, et c'est bien ça qui me préoccupe. Cette situation ne pourra pas durer et je crains ce qui se passera à la fin, quand les choses se calmeront et que Liam rentrera chez lui. Comment vas-tu gérer ça ? Si tu ne maintiens pas une certaine distance…

Tu t'es interrompu et tu as contemplé ton café avant de lever les yeux.

— J'ai peur que tu commences à l'aimer comme s'il était notre fils, Elizabeth. Et à te comporter avec lui comme s'il était notre fils. L'autre jour, je t'ai entendue lui dire que le jouet qu'il cherchait était dans sa chambre. Ce n'est pas sa chambre, il ne fait que dormir là temporairement. Il est inapproprié de l'appeler ainsi.

Tu as marqué une pause.

— Pour être honnête, j'ai peur que tu ne l'aimes déjà trop pour ton bien. Et pour son bien à lui aussi.

Je t'ai écouté avec effroi et horreur. Et j'ai compris que tu allais peut-être essayer, « pour mon bien », de mettre un terme au miracle qui avait fait entrer Liam dans ma vie. Cela voulait dire que je risquais de le perdre. De perdre un autre enfant. J'ai réagi d'instinct, avec fureur, en sachant que je déformais ton propos, mais qu'importe, j'ai usé de toutes les armes en ma possession et j'ai mis en avant mes connaissances supérieures sur le sujet.

— Charles, j'ai enseigné *dix ans* à de très jeunes enfants et je peux t'assurer qu'il est impossible de trop les aimer. Ils ont besoin d'amour pour gagner en confiance et en stabilité. Liam n'en reçoit pas de ses parents à l'heure actuelle et il faut que quelqu'un s'en charge à leur place ! S'il avait faim, me déconseillerais-tu de lui donner à manger ? Parce que, pour un petit de cet âge, l'amour compte tout autant que l'eau et la nourriture ! Il ne peut pas s'en passer !

Je voulais tant te convaincre que ma voix tremblait et que mon cœur tambourinait dans ma poitrine. Une rougeur se répandait sur tout mon visage, je le sentais.

Assis dans ton fauteuil, tu ne cessais de m'observer. Je t'ai fixé avec colère, le regard accusateur, comme si tu avais cherché à renvoyer de chez nous un enfant affamé.

— Soit, as-tu dit enfin, sans détacher tes yeux des miens. Très bien.

Je sais à présent que tu marchais sur des œufs. Ma dépression était encore fraîche dans ta mémoire et tu ne souhaitais pas me contrarier et briser le fragile bonheur que cet enfant apportait dans ma vie. Par ailleurs, tu avais conscience que la situation était réellement très compliquée dans sa famille, et tu voulais ce qu'il y avait de mieux pour lui autant que pour moi.

Tu as dû décider que, pour le moment au moins, le plus sage était de laisser les choses suivre leur cours, et prier pour que tout se passe bien.

15

LIAM

Le lendemain de son entrevue avec Karl, Liam rencontra Cal, le fils de Jim Peake, qui était venu travailler ce matin-là avec son père. Ayant écouté Jim parler de lui presque non-stop pendant des semaines, il était curieux de faire sa connaissance, mais Cal n'était au fond qu'une copie conforme de son géniteur : grand, trapu (et maigre comme un clou aussi, mais peut-être s'étofferait-il plus tard), il avait le même visage beau et franc et les mêmes yeux pâles. En dehors de leur âge, la seule différence notable entre les deux était que Cal n'était pas du tout bavard. Logique, conclut Liam, dans la mesure où durant toute sa vie, il n'avait jamais dû pouvoir caser un mot dans la conversation.

— Salut, dit le jeune homme avec un sourire timide en lui tendant une main carrée.

Liam la serra en répondant qu'il était content de le voir, mais il se demanda si Jim n'allait pas le renvoyer chez lui à présent qu'il avait du renfort. Apparemment non. Leur nouveau chantier exigeait dans un premier temps qu'ils démontent complètement la vieille cuisine de leurs clients, et il y avait de quoi les occuper tous les trois. La question s'était posée de savoir s'ils allaient devoir en installer une temporaire dans la buanderie afin que M. et Mme Baker puissent continuer à vivre normalement pendant les travaux, mais le couple s'était arrangé avec sa fille pour loger chez elle jusqu'à ce que tout soit terminé. De ce fait, ils disposaient d'une maison chauffée et éclairée, d'une bouilloire et d'une boîte remplie de gâteaux rien que pour eux – le rêve, en somme.

Jim ne cessa de parler de toute la matinée, Cal se contentant de le corriger à l'occasion.

— C'était une vache, pas un cheval, papa. Elle a blessé M. Leaver, pas M. Schnauert, et il a juste eu un hématome sur le pied, pas une fracture.

— Peu importe.

À l'heure du déjeuner, ils mangèrent les sandwichs au jambon préparés par Susan. Elle avait prévu de quoi nourrir dix hommes, mais ils réussirent à en venir à bout, assis sur une rangée de chaises alignées dans le vestibule. Après quoi Jim partit mener le vieux fourneau à la déchetterie, laissant Liam et Cal s'attaquer au linoléum craquelé et gratter la crasse qui s'était accumulée sur les bords au fil des ans.

Ils travaillèrent ensemble en silence pendant quelques minutes. Liam était prêt à parier dix dollars que Jim avait encouragé son fils à lui demander conseil sur ses études et dix autres que ce serait même le premier sujet abordé par le jeune homme.

— Papa m'a dit de vous demander conseil sur mes études, commença Cal en délogeant avec une pince l'un des clous qui maintenaient le lino en place.

Liam s'octroya mentalement ses vingt dollars et décida de s'offrir un nouveau jean et une tarte aux fruits au Hot Potato. Il avait découvert que les hamburgers et la poutine n'étaient pas les seuls plats au menu, finalement, il y avait aussi des tartes aux pommes, à la citrouille, aux myrtilles, au citron et à la meringue, toutes plus délicieuses les unes que les autres. La personne qui officiait dans les cuisines du restaurant était un pâtissier hors pair.

— Oui ?

— Oui. Désolé. On n'est pas obligés de discuter de ça, j'étais juste censé vous demander conseil. C'est fait, maintenant.

— Ça ne m'ennuie pas. Qu'est-ce que tu devais me poser comme question ?

— Ce qu'il faut que je fasse, j'imagine. Retourner à la fac ou pas.

— Personne ne peut te le dire.

— Je sais, répondit Cal en tirant sur un clou. Pourquoi ils ont mis des pointes de cinq centimètres, à votre avis ? Ils croyaient que le lino voudrait se faire la malle ou quoi ? Vous êtes content d'être allé à la fac, vous ?

— Oui. Dans l'ensemble, ç'a été sympa.

Cal hocha la tête, puis tomba en arrière lorsque le clou céda enfin.

— Victoire !

Il se redressa et s'attaqua au suivant. Il semblait plus ouvert sur le monde que son père, comme si, bien qu'ayant habité toute sa vie dans la même ville et dans la même maison, il avait eu davantage de contacts avec l'extérieur. Sans doute grâce à la télé. La génération de Jim n'avait pas connu ça, elle. Elle avait pour ainsi dire grandi dans le désert.

— Je sais que c'est à moi de décider, reprit Cal, mais imaginons que quelqu'un vous coince contre un mur et vous pointe un pistolet sur la tempe en disant : « Explique-lui ce qu'il doit faire ou je te fais sauter la cervelle », qu'est-ce que vous répondriez ?

— Contraint et forcé, donc.

Cal sourit.

— Ouais, un peu.

— Je crois que je te dirais d'y retourner.

— Ah oui ? Pourquoi ?

Liam lui jeta un coup d'œil. Le garçon avait l'air estomaqué. Il avait peur de ce qui l'attendait loin de Solace, s'aperçut-il. Peur de ce qu'allait être le reste de sa vie. Normal, songea-t-il. Il y avait de quoi.

— C'est une nouvelle expérience et ça te permettra d'avoir plus de choix par la suite. Et puis, rien ne t'empêchera de lâcher tes études si tu ne te plais toujours pas à l'université d'ici quelques mois. Alors que si tu les abandonnes maintenant et que tu te rends compte dans deux ou trois ans que tu as fait une erreur, tu ne pourras pas forcément les reprendre.

Cal acquiesça à contrecœur.

— C'est du bon sens, j'imagine. Merci.

Liam aurait aimé braquer une arme sur quelqu'un et poser à cette personne la même question à son sujet. Il ne savait pas plus ce qu'il allait faire que le jour où il était arrivé à Solace.

Ils remballèrent tout à 15 heures, et Liam estima avoir assez de temps avant que Clara rentre de l'école pour passer à la bibliothèque commander une barquette de glace à la vanille. Le bâtiment, moderne et laid, avait manifestement été construit à moindres frais, et l'intérieur n'était pas mieux. Seul point positif, un velux au-dessus de l'accueil inondait de lumière l'employée assise derrière un grand bureau très encombré, détournant ainsi l'attention des rayonnages sombres et peu engageants. Malgré ses cheveux blonds et son physique plaisant, on ne pouvait pas dire qu'elle fût véritablement jolie – elle était trop maigre, et son visage trop allongé et anguleux. Et elle n'était pas si jeune que ça, à bien y regarder. Il lui donnait quelques années de plus que lui.

Elle avait en revanche une voix agréable, calme et grave. Les voix avaient leur importance. On pouvait fermer les yeux, mais pas les oreilles. Elle s'adressait à une femme âgée qui venait de découvrir chez elle un livre qu'elle avait emprunté en 1942 et qu'elle rapportait donc avec trente ans de retard. Toutes deux discutaient de l'amende. Pour finir, elles s'accordèrent sur un montant nul.

— Cela me paraît correct, dit la vieille dame, avant de repartir en boitillant vers les rayonnages.

La bibliothécaire sourit à Liam.

— Bonjour. Seriez-vous M. Kane, par hasard ?

— En effet.

— Ravie de vous rencontrer, monsieur Kane, j'ai tellement entendu parler de vous. Je suis Jo Kaslik. Vous êtes venu vous inscrire à la bibliothèque ? Nous avons un très bon fonds, ici.

— Euh… en fait, je voulais vous acheter de la glace.

Elle inclina la tête.

— J'ai peur qu'elle soit réservée à nos lecteurs, dit-elle avec le plus grand sérieux.

Dans ce cas, répondit-il, il allait s'inscrire.

— Excellent ! Nous accueillons toujours volontiers de nouveaux membres. Je vais vous faire une carte. Que lisez-vous, en général ? Pas de la fiction, à mon avis. Des livres d'histoire, peut-être ? Des biographies ? Aimeriez-vous choisir quelques ouvrages pendant que vous êtes là ? Vous pouvez en emprunter trois à la fois.

Liam hésita. Elle eut pitié de lui et éclata de rire.

— Quel parfum voulez-vous, monsieur Kane ? Je fais de la glace aux myrtilles sauvages, au chocolat et à la vanille. J'ai encore un peu de la dernière au congélateur, je pourrais vous en donner dès ce soir si ça ne vous dérange pas de passer chez moi la chercher.

— Vanille, c'est parfait, dit-il en se demandant si elle ne lui proposait vraiment que de la glace. Et, euh, oui, je peux passer ce soir. Merci.

Alors qu'il rentrait chez lui au volant de sa voiture, il prit conscience que, de plus en plus, sa vie avant son arrivée dans le Nord lui faisait l'effet d'un vieux film qui l'avait absorbé durant tout le temps où il l'avait regardé, mais qui lui apparaissait à présent trivial, peu convaincant et profondément terne et sans intérêt. Solace, à l'inverse, était une ville haute en couleur et pleine d'intrigues – presque à l'excès, d'ailleurs. À tout point de vue, elle devenait plus réelle à ses yeux que Toronto avec ses gigantesques centres commerciaux, ses bouchons et ses postes à responsabilités.

Mais bon, peut-être ferait-il le même constat s'il repartait là-bas. Peut-être qu'au bout de quelques mois sur place, il s'apercevrait que Solace à son tour perdait de sa substance avec ses artères quelconques et ses magasins tout droit sortis d'un rêve. Et que la nature spectaculaire tout autour s'évanouirait, comme une photo de vacances laissée au soleil.

Il pensait à Clara lorsqu'il bifurqua dans sa rue. Comment lui faire comprendre sans l'effrayer combien il était urgent qu'elle parle au mystérieux garçon ? Tout à ses réflexions, il ne remarqua la voiture garée dans son allée qu'au dernier moment. Il la reconnut d'emblée. C'était celle de Fiona.

Elle se tenait debout près de sa portière ouverte, comme si elle venait d'arriver. Il nota qu'elle avait changé de coupe et opté pour des cheveux longs devant et courts derrière – le même style qu'au tout début de leur relation, quand il ne pouvait pas la regarder sans avoir envie d'elle. Elle était toujours belle, si ce n'est plus encore qu'avant.

— Salut, dit-elle. J'ai voulu te faire une surprise.

Sauf qu'il n'avait jamais aimé les surprises.

— Salut.

Il y eut un silence qu'il finit par briser à contre-cœur.

— Tu as fait tout le trajet d'une traite ?

— Non, j'ai passé la nuit à North Bay.

Ses petites bottines, son jean, son pull à col roulé et sa doudoune témoignaient du soin avec lequel elle s'était habillée. Il ne lui avait jamais vu aucun de ces vêtements, mais était prêt à parier qu'ils étaient tous de marque. Il n'y avait rien de spontané dans cette visite, et il n'était pas sûr de ce que cela lui inspirait. De la prudence, très certainement. Mais aussi de la curiosité.

— Je me demandais juste où tu en étais et si tout allait bien, dit-elle en souriant.

Un simple appel aurait pu faire l'affaire. Elle avait son numéro.

— Ça va, dit-il. Et toi ?

— Moi aussi. Ça va bien. Très bien, même.

— Tant mieux.

Il jeta un coup d'œil dans la rue. Il ne voulait pas que Clara aperçoive une inconnue devant chez lui – cela risquait de la faire fuir.

— C'est donc ça, le fameux cadeau ! reprit Fiona en montrant la maison. Elle est charmante. Désuète, mais charmante.

— Ouais, j'y suis bien.

Elle frissonna brusquement et se dandina sur ses pieds en laissant échapper un petit rire.

— Mais qu'est-ce qu'on se gèle ici ! Beaucoup plus que chez nous. On peut entrer ? J'adorerais que tu me fasses faire le tour du propriétaire.

— Euh… Pas maintenant. J'ai un rendez-vous. Quelqu'un doit passer. Mais peut-être plus tard, si tu veux.

— Tiens, tiens. Il y a un rapport avec la vente de la maison ? Tu attends un acheteur potentiel ? Je pourrais faire semblant d'être intéressée moi aussi et me prétendre amoureuse des lieux pour t'aider à faire monter le prix, dit-elle, le regard brillant.

Distrait, Liam ne l'écoutait qu'à moitié. N'était-ce pas Clara qui arrivait au loin ?

— Non, ça n'a rien à voir avec la maison. Bon, il faut que j'aille me préparer. Je suis désolé, mais est-ce que tu pourrais… Il y a un café-restaurant en ville qui s'appelle le Hot Potato. Je t'y rejoindrai après si tu veux. J'en ai probablement pour une demi-heure.

— C'est une femme, n'est-ce pas ? le taquina-t-elle d'un air entendu. Tant mieux, Liam, je suis contente pour toi. En fait, l'une des raisons de ma venue, c'est que j'ai rencontré quelqu'un moi aussi et je préférais m'assurer que ça ne te posait pas de problème. Enfin, tu comprends… Que tu n'étais pas blessé. Mais je suis ravie. On démarre tous les deux une nouvelle vie.

— Il faut que j'y aille, la coupa-t-il. À tout à l'heure.

Après avoir parlé à Clara, il téléphona au poste de police. Il fallait à tout prix qu'il discute avec Karl. Ils allaient devoir encore patienter avant que la petite voie le garçon qui détenait des informations sur Rose, et le sergent n'allait pas être content de l'apprendre. Mais Karl était parti chercher les ennuis dans les rues de la ville. Après avoir laissé un message lui demandant de le rappeler plus tard dans la soirée, Liam prit la direction du Hot Potato.

Fiona avait choisi une alcôve au fond du restaurant et s'était assise face à la porte. Si elle voulait un peu d'intimité, il était inutile de se donner autant de mal puisqu'il n'y avait personne. Elle sourit à son arrivée. Il l'avait fait attendre presque une heure, mais rien chez elle n'indiquait qu'elle était contrariée, ce qui était une première.

Sur la table devant elle se trouvait une tasse de café à moitié vide. Il aurait été curieux de savoir si le courant était passé entre elle et la serveuse.

— Qu'est-ce que je te commande ? dit-elle lorsqu'il s'assit.

— Un café m'ira très bien. Merci.

Il avait la tête encore pleine de Clara. De son inquiétude concernant sa sœur. De ses efforts pour retenir ses larmes, suivis presque aussitôt par son désir de déplacer ses cartons. Son besoin de mettre de l'ordre autour d'elle trahissait le chaos qui régnait dans sa vie.

— Le café est infect, dit Fiona, et il faut être patient. J'ai attendu presque une demi-heure avant d'avoir le mien.

— Oui, la serveuse prend son temps.

Comme si elle les avait entendus, celle-ci ignora la main parfaitement manucurée que Fiona leva pour lui faire signe. Les poings sur les hanches, les pieds écartés, elle se planta devant la fenêtre en leur tournant le dos et s'absorba dans la contemplation de la rue.

— C'est vraiment le meilleur restaurant de la ville ? dit Fiona sans baisser la voix.

— C'est surtout le seul.

— J'en déduis que tu ne dînes pas souvent dehors.

— Si, presque tous les soirs.

Elle ouvrit de grands yeux stupéfaits.

La serveuse pivota soudain vers eux et manifesta une surprise mêlée de plaisir (de *plaisir* !) à la vue de Liam.

— Un café, monsieur ? demanda-t-elle en s'approchant de leur table.

— Oui, merci.

Il ignorait qu'elle pouvait se montrer aimable. Elle se comportait ainsi à cause de Fiona, il s'en doutait bien – à l'évidence, elle l'avait détestée au premier regard –, mais cela rendait la situation assez drôle.

— Et une part de tarte aux myrtilles aussi ?

— Euh… volontiers, oui. Merci.

Elle s'éloigna après lui avoir décoché un sourire rayonnant. Encore une première. Cet après-midi était décidément à marquer d'une pierre blanche. Quelques instants plus tard, sa commande était sur la table.

Quand la serveuse fut partie, Fiona secoua la tête comme pour mieux se ressaisir.

— Waouh, dit-elle.

Puis elle agita la main – sa manière à elle de balayer quelque chose d'agaçant, mais sans grande importance.

— Enfin bref, comment s'est passé ton rendez-vous ?

— Mon rendez-vous ? Très bien.

— Tu n'as pas besoin de jouer la comédie, Liam, dit-elle, amusée. Je suis ravie pour toi.

Il enfourna dans sa bouche un morceau de tarte fondant et riche en beurre.

— Tu ne perds pas de temps avec les femmes, continua-t-elle. Depuis toujours.

Malgré le sourire perceptible dans sa voix, il ne leva pas les yeux.

— J'imagine qu'elles se bousculent au portillon. Voir un homme plein aux as, incroyablement séduisant et libre débouler en ville… Enfin, du moment que tu en as trouvé une qui te traite bien, je suis contente.

Il envisagea de lui demander si elle considérait l'avoir bien traité, mais se ravisa. Mieux valait rester civilisé et découvrir ce qu'elle voulait.

— Et toi, tu disais que tu avais un nouveau compagnon ? s'enquit-il poliment.

Le regard de Fiona se perdit dans le vague.

— Oh, c'est juste quelqu'un que j'ai rencontré à une soirée. Il est avocat lui aussi, mais pas dans mon cabinet. Un type très gentil, très beau. Et avec un grand sens de l'humour. On rit beaucoup tous les deux, et ça, c'est essentiel, n'est-ce pas ?

Il acquiesça sans faire de commentaire. En clair, elle n'avait personne. Et il était puéril de s'en réjouir autant.

— Comment est-ce que tu occupes tes journées dans la brousse ? enchaîna-t-elle d'un ton léger. Tu mènes une vie oisive ? Tu admires les couleurs de l'automne ? Elles sont magnifiques, soit dit en passant. J'ai remarqué ça pendant le trajet.

— Je travaille.

— Non ? On recrute des comptables par ici ?

— Pas comme comptable, mais comme main-d'œuvre. Je bosse pour un artisan.

— Sans blague ? Mais pourquoi ?

— Ça m'amuse.

— Et combien te paie-t-il ?

— Il ne me paie pas. Il n'a pas les moyens.

Il s'apprêtait à lui expliquer comment il était dédommagé quand Fiona éclata de rire.

— Il n'a pas les moyens ? Et tu l'as cru ? Oh, Liam, Liam !

Elle riait si fort que la serveuse leur jeta un coup d'œil.

— Qu'est-ce que tu es venue faire ici, Fiona ?

Sa question avait sonné sèchement. Fiona ne répondit pas tout de suite. Le silence entre eux se prolongea, mais il refusait de le rompre.

— J'ai repensé à nous, dit-elle enfin en contemplant son café. Je me demande si on a fait assez d'efforts pour que ça marche. Moi en tout cas, je ne suis pas sûre de m'être donné assez de mal et je m'en veux.

Elle redressa la tête et plongea les yeux dans les siens. Il ne se rappelait pas la dernière fois qu'elle l'avait regardé ainsi, sans colère ni dérision. Cela éveilla une douleur en lui qu'il ne parvint pas à réprimer.

— On a partagé quelque chose de bien, Liam. On devrait peut-être s'accorder une autre chance et tenter de retrouver ça, non ?

Il ne restait plus que quelques miettes de sa tarte. Il les écrasa minutieusement avec le dos de sa fourchette et lécha celles collées dessus en essayant de démêler la situation. Les remises en question personnelles et les doutes étaient sa chasse gardée, ils n'entraient pas dans le caractère de Fiona. Quant à la culpabilité, elle ne devait même pas savoir comment épeler ce mot. Qu'est-ce qui avait pu la faire changer d'avis ? À coup sûr, elle avait eu quelques relations dans les mois qui avaient suivi leur décision de divorcer, mais aucune qui ait duré. Son cabinet d'avocats organisait souvent des mondanités, et telle qu'il la connaissait, elle avait dû être humiliée de se présenter à une soirée sans un homme à son bras. Peut-être avait-elle découvert qu'il était plus difficile d'en trouver à présent – elle avait passé la trentaine, comme lui –, et elle en avait conclu que lui-même valait mieux que rien. En d'autres termes, elle voulait se réconcilier avec lui parce qu'elle avait besoin de quelqu'un dans sa vie et qu'il était le meilleur parti disponible pour le moment.

Il hésita pourtant. Toutes ces suppositions tenaient la route, oui, mais il avait pris conscience au cours des semaines précédentes de son pessimisme et de sa paranoïa, toujours présents à l'arrière-plan, toujours prêts à fausser son jugement et à lui pourrir l'existence. Comment savoir ce qu'il y avait dans la tête d'autrui ? Comment savoir même ce qu'il avait dans la sienne ? Fiona pouvait très bien avoir dit la vérité. Le chemin était long depuis Toronto, surtout les quatre-vingts kilomètres sur des routes défoncées juste avant Solace, et elle avait patienté une heure dans un café miteux en compagnie d'une serveuse hostile, le tout sans faire demi-tour – preuve que, d'un certain point de vue, ces retrouvailles étaient importantes pour elle.

Et puis ce n'était pas tout. Il s'était déjà demandé lui aussi s'ils n'avaient pas commis une erreur, s'ils n'auraient pas dû se donner plus de mal. Fiona avait incarné un espoir pour lui autrefois, et elle était l'unique personne dont il ait jamais été proche.

Mais il fallait mettre ça en balance avec le reste. Avec ces dernières années qui avaient failli le détruire.

— Liam, dis quelque chose.

Il remarqua ses traits tirés, son air vieilli. Elle se sentait seule, comprit-il. Comme lui. Le problème était qu'il s'était senti au moins aussi seul durant leur mariage.

— Je ne sais pas quoi dire. Je vais devoir y réfléchir.

L'espace d'un instant, elle parut décontenancée. Puis elle se reprit.

— Je vois. Très bien.

Il regarda sa montre.

— Il est 18 heures passées. Tu as envie d'un hamburger ?

— Non. Pas ici, en tout cas.

— Il n'y en a nulle part ailleurs.

— On peut retourner chez toi ?

— Il n'y a rien à manger là-bas.

— Tout de même, tu dois bien avoir quelque chose dans tes placards.

— Des cornflakes. Du pain.

— Pas de fromage ? Pas d'œufs ?

— Du fromage, peut-être. Je n'en suis pas sûr.

Elle le dévisagea.

— Tu ne veux pas que je vienne chez toi, c'est ça ? De quoi as-tu peur au juste, Liam ? Est-ce que ta nouvelle compagne t'attend cachée dans ton lit ?

— Non.

— Quel est le problème alors ? Tu as peur que je te séduise ? Tu as peur de ne plus pouvoir te débarrasser de moi une fois que j'aurai franchi le seuil de ta maison ?

Elle se pencha vers lui, les coudes sur la table et le menton dans les mains. Un léger sourire flottait sur ses lèvres.

— C'est ça ?

En partie, oui. S'il la ramenait chez lui, il y avait fort à parier qu'elle tenterait de l'enjôler, et elle pourrait bien y arriver. L'expérience lui avait appris que lorsque le désir et la raison s'affrontaient en lui, le premier l'emportait en général haut la main. Au réveil le lendemain matin, ils seraient de nouveau ensemble.

Mais il n'y avait pas que ça : Clara devait être en train de nourrir Moïse à cet instant, et sans qu'il puisse s'expliquer pourquoi, il n'avait pas envie que Fiona la rencontre. Non pas parce qu'il craignait qu'elle se montre méchante avec la petite. C'était tout le contraire, même. Il savait très bien ce qui se passerait : elle s'accroupirait de façon à se mettre au niveau de Clara, ou pire encore, elle s'assiérait par terre en tailleur à côté d'elle et lui poserait des questions pleines de compassion. Peut-être irait-elle jusqu'à enrouler un bras autour de ses épaules et – pitié, pas ça – l'encouragerait-elle à pleurer afin de la réconforter, avant de l'attirer contre elle et de lui caresser les cheveux. Elle prétendrait comprendre ce qu'on peut éprouver quand on est môme et qu'on voit le monde voler en éclats, quand on perd quelqu'un qu'on aime et qu'on ne sait pas ce qui est arrivé à cette personne, ni pourquoi, ni ce qui va se produire ensuite, et qu'on se retrouve totalement impuissant.

Fiona ne saisirait rien de tout ça, mais elle ferait mine de s'en soucier. Et elle ferait tout ça pour lui, pour montrer quelle femme douce et chaleureuse elle était. Et après elle se lèverait, se détournerait de Clara et ne penserait plus du tout à elle.

— Liam, tu veux bien me répondre ?

— Tu es la bienvenue à la maison, mais pas avant 20 heures.

Clara serait partie depuis longtemps alors.

— Que de mystères ! Tu ne comptes pas me dire pourquoi ? On se croirait dans un roman policier.

— Je vais te dire pourquoi, si tu y tiens. La petite fille de mes voisins était très proche de Mme Orchard. Elle est passée nourrir son chat tous les jours en son absence et elle continue à le faire. Il est évident que la vieille dame lui manque. Du coup, jouer avec cet animal la console un peu, je crois.

— Quelle importance si une petite fille joue chez toi avec un chat quand on rentrera ? Tu peux m'éclairer ?

— Sa vie est très compliquée en ce moment. Sa sœur a disparu il y a plusieurs semaines, la police est à sa recherche et ses parents ne vont pas fort. La maison de Mme Orchard a l'air d'être devenue une sorte de refuge pour elle. Un sanctuaire ou un truc du genre. Je ne veux pas la perturber davantage.

— Tu penses que je risque de la traumatiser ?

— Pas de la traumatiser, Fiona, dit-il avec lassitude. Mais ce serait un changement de plus à gérer pour elle.

— Ta présence dans la maison n'en est pas un, en revanche ?

— Je me tiens le plus souvent à l'écart quand je sais qu'elle y est.

— Mon Dieu ! Qui aurait cru que tu te préoccupais autant des autres, Liam ? Moi en tout cas, je ne m'en serais jamais doutée. Franchement, je suis impressionnée !

— Bref, est-ce que tu veux manger un hamburger maintenant ou bien un morceau de pain avec peut-être un bout de fromage s'il y en a, mais après 20 heures ?

— Et si on rentrait plutôt chez toi et que j'attendais dans la voiture pendant que tu expliques à cette petite… comment s'appelle-t-elle, au fait ?

— Clara.

— Pendant que tu expliques à Clara que, juste pour ce soir, tu aimerais qu'elle s'en aille parce que tu as une amie qui vient dîner à la maison. Juste pour ce soir.

— Non. Il y a des jours où elle a envie de parler.

— Rien que pour une fois, Liam. Pour qu'on puisse discuter toi et moi de ce qui est peut-être la décision la plus importante de notre vie.

— On peut en discuter ici.

— Devant un hamburger bien gras qui nous sera servi après une très, très longue attente par une feignasse géante.

— Oui, et alors ?

— Tu sais quoi ? dit-elle en posant ses mains à plat sur la table. Je crois que la discussion est déjà terminée.

— Moi aussi.

Après son départ, il commanda un hamburger et des frites qu'il mangea sans se presser, en regardant fixement une petite déchirure dans le dossier en skaï de la banquette en face de lui. Il entendit la porte du restaurant s'ouvrir et se refermer à mesure que des gens arrivaient, et quelqu'un éclater de rire à l'autre bout de la salle. La serveuse lui remplit de nouveau sa tasse de café sans qu'il ait à le lui demander.

Il attendit d'être à peu près sûr que Clara soit partie pour rentrer chez lui. Là, il resta un moment debout dans l'entrée, puis s'assit sur les marches de l'escalier. Il se revoyait parler avec Fiona au café, une phrase en entraînant une autre comme s'ils lisaient un scénario, comme si tout était déjà écrit : chacune de leurs répliques avait été dictée par ce qu'ils étaient et par leurs précédentes conversations au fil des ans. Il ne pouvait même pas se torturer l'esprit en cherchant à déterminer s'il avait pris ou non la bonne décision, parce qu'il n'en avait pris aucune. Il n'avait fait que réagir aux paroles de Fiona avec ses mots à lui jusqu'à ce qu'elle quitte le café. S'ils avaient eu une chance de se réconcilier, il l'avait gâchée de la même façon qu'il avait gâché toutes les chances qui s'étaient présentées à lui dans la vie. Et voilà où cela l'avait mené. Il se retrouvait seul, assis sur une marche.

Le téléphone sonna. Fiona, pensa-t-il. Elle avait dû charmer un type dans une station-service pour qu'il la laisse passer un coup de fil. Quand il décrocherait, elle dirait un truc du style : « Aujourd'hui n'a pas été une franche réussite, hein ? Essayons encore. Je dormirai cette nuit dans un motel et je reviendrai demain matin. » Que ferait-il dans ce cas ?

Le téléphone sonnait toujours. Au prix d'un immense effort, il se leva et alla répondre.

— Alors ? Résultat des courses ? demanda Karl.

— Putain de merde, Karl !

Comment pouvait-il être déjà au courant ? Quelqu'un avait dû les apercevoir au restaurant, Fiona et lui, et en moins de dix secondes, la nouvelle s'était répandue comme une traînée de poudre jusqu'au poste de police. Était-il possible de commettre un crime impunément par ici ? Il n'y avait même pas moyen de se moucher sans que tout le monde en soit informé.

— Ça va, Liam ?

— En dehors du fait que je n'ai aucune vie privée dans cette putain de ville, oui.

Il y eut un silence.

— Vous avez laissé un message pour que je vous rappelle. Je supposais que c'était au sujet de Clara.

— Oh.

Sa dernière rencontre avec la petite fille lui paraissait remonter à des années-lumière.

— Désolé, je croyais que vous… Oubliez ça. Je m'excuse, dit-il en fermant les yeux, peinant à remettre son cerveau sur les rails.

— Reprenons depuis le début. Comment ça s'est passé ?

— Très bien. Mais ce n'est pas simple pour elle de communiquer avec ce garçon.

— Comment ça, pas simple ?

— Il faut qu'elle demande à une fille de son école de transmettre le message via son frère, qui est au lycée, et ensuite que le garçon descende du bus scolaire à un endroit où il pourra intercepter Clara sur le chemin qu'elle prend pour rentrer chez elle. Mais elle ne verra la fille de son école que demain – elle ne connaît pas son nom de famille ni son numéro –, ce qui fait que le message ne parviendra à son destinataire qu'après-demain. Dans deux jours.

Il y eut un autre silence.

— Vous voulez que je répète ?

— Non, je pense que j'ai compris. Seulement ça ne fera pas deux jours, mais trois, parce que après avoir parlé avec Clara, le garçon va repartir chez lui réfléchir à tout ça. Et s'il ne la croit pas, il ne nous contactera pas et on ne saura toujours pas qui c'est.

— Merde.

— En effet.

Liam entendit des enfants se disputer en arrière-fond. La voix du policier lui parvint un peu étouffée.

— Marge ? Tu veux bien fermer la porte ?

Puis Karl reprit le combiné.

— Il descendra du bus près de chez elle, à mon avis. Il y a moins de maisons par là-bas, donc moins de risques d'être vu. Je vais les piéger.

— Et s'il refuse de vous dire quoi que ce soit ?

— Je l'arrêterai.

— Vous ne pouvez pas faire ça sans même lui laisser le temps de réfléchir !

Il avait juré à Clara que rien n'arriverait à ce garçon et elle lui avait fait confiance.

— Non seulement je peux le faire, mais je vais le faire. La vie d'une gamine est en jeu, Liam. Je suis désolé.

La colère monta en lui comme une déferlante – une colère présente et passée, contre Fiona et contre lui-même, contre toute son existence, en fait.

— Je me fous que vous soyez désolé ! explosa-t-il. Vous m'avez fait une promesse, et moi j'ai donné ma parole – ma *parole* – à une enfant de sept ans.

Karl ne répondit pas tout de suite. Lorsqu'il le fit, ce fut du même ton très doux et très calme qu'il aurait pu adopter devant un individu dangereux et armé.

— Analysons la situation, vous voulez bien ? Mon problème, c'est que trois jours, ça représente un délai beaucoup trop long et que je ne vois pas ce qu'on peut faire d'autre pour accélérer les choses. Mais je suis ouvert à toute suggestion.

Liam était trop ébranlé par son accès de rage pour répliquer.

— Peut-être qu'il y a une solution évidente qui m'échappe, reprit Karl. Une alternative quelconque.

— Tout ce que je sais, dit Liam en peinant à s'exprimer normalement, c'est que vous ne pouvez pas arrêter ce garçon.

— Vous voulez qu'une adolescente de seize ans passe une nuit de plus à la rue en risquant de se faire violer et assassiner, tout ça pour que sa petite sœur de sept ans, qui rêve de la voir revenir *vivante*, n'ait pas une mauvaise opinion de vous ? C'est bien ça ?

Liam lui raccrocha au nez. Plusieurs minutes s'écoulèrent pendant lesquelles il resta immobile, le cœur battant et le souffle court, en fixant le téléphone. Puis il recomposa le numéro du poste de police.

— Je vais les trouver, dit-il. Je parlerai à ce gamin.

— Vous êtes casse-couilles, vous. Qu'est-ce que ça changerait qu'il ait affaire à vous ?

— Je ne suis pas flic, moi, je ne peux pas l'arrêter. Et il sait que Clara me fait confiance.

Vous avez déjà oublié votre petit discours sur la confiance ? faillit-il ajouter.

Karl observa un long silence.

— D'accord, dit-il enfin à contrecœur. On va essayer. Seulement je vous préviens, Liam : je ne vous lâcherai pas d'une semelle. Vous ne me verrez pas, mais je serai là.

Liam alla inspecter le contenu de son frigo. Il était presque vide, et cela lui rappela la glace qu'il avait commandée et qu'il était censé passer récupérer chez la bibliothécaire. Jo. Il décida d'y aller sur-le-champ. L'adrénaline fusait dans ses veines et il avait besoin de faire un peu d'exercice s'il voulait pouvoir dormir ce soir-là. Il consulta sa montre en s'attendant à ce qu'il soit près de minuit, mais constata qu'il n'était même pas 20 h 30.

Jo lui avait indiqué la route à suivre et elle n'habitait pas très loin – rien n'était jamais très loin à Solace de toute façon. Les températures étant ce qu'elles étaient, la glace ne risquait pas de fondre sur le chemin du retour. Autant faire le trajet à pied. Éclairé par la lune, il partit d'un bon pas en soufflant de la buée dans l'air presque hivernal. Peu à peu, sa colère s'estompa, son ventre se dénoua et son pouls ralentit, le laissant se demander d'où lui était venue cette rage soudaine. Elle avait été si violente qu'il en tremblait encore. Quelque chose ne tournait pas rond chez lui. Les gens normaux ne réagissaient pas ainsi.

La bibliothécaire habitait un tout petit pavillon blanc avec une véranda sur la façade avant qui avait désespérément besoin d'une nouvelle couche de peinture.

— Entrez !

Elle referma vivement la porte derrière lui pour ne pas laisser s'engouffrer le froid, avant de le dévisager à la lumière du vestibule.

— Un café ne vous ferait pas de mal, j'ai l'impression.

— Euh… c'est-à-dire que…

Il voulait seulement de la glace et n'était pas du tout d'humeur à passer la soirée à discuter. La journée avait été trop longue, trop dure et trop déprimante.

— Par ici.

Elle l'entraîna dans un petit salon-cuisine scindé en trois espaces – l'évier, la cuisinière et le plan de travail le long d'un mur, la table et les chaises au milieu de la pièce, et dans un coin un tapis presque décoloré et deux fauteuils devant un poêle à bois. Tout le monde dans la région semblait aimer se blottir devant un feu. Il ne fallait pas être devin pour comprendre pourquoi.

— Asseyez-vous, dit Jo en lui montrant les fauteuils.

Un seul était un peu enfoncé, ce qui laissait supposer qu'elle était célibataire. Entre les deux, une table basse supportait une lampe et une pile instable de livres. Beaucoup d'autres ouvrages s'entassaient contre les murs. Étant donné son métier, c'était logique, pensa-t-il.

En dehors de ces meubles, la pièce était nue. Pas d'étagères, ni de bibelots, ni de luminaires joliment disséminés, ni de tableaux aux murs. Mais quand même, on s'y sentait bien, surtout avec le poêle qui diffusait doucement sa chaleur. Liam se laissa tomber dans un fauteuil, soudain écrasé de fatigue. Il allait boire son café, puis s'excuserait et rentrerait chez lui.

— Vous devriez goûter la glace avant de l'acheter, dit Jo en posant la cafetière sur une plaque chauffante. Elle est chère parce qu'elle contient beaucoup de crème, alors mieux vaut que vous soyez sûr de l'aimer. Et autant que vous le sachiez : elle a tendance à devenir un peu dure en se congelant.

Il voulut lui dire qu'il l'avait déjà testée chez Karl, mais Jo avait disparu dans ce qui ressemblait à un appentis accolé au dos de la maison. Une minute plus tard, elle revint avec une grosse barquette.

— C'est ma réserve personnelle, celle que je garde pour mes invités. Ou pour moi quand j'ai passé une sale journée. Ou quand j'ai simplement envie d'en manger, ce qui est le cas ce soir.

Elle sortit un burin et un marteau du tiroir sous l'évier et s'attaqua à la glace.

— C'est Karl qui m'a appris à faire ça. Karl Barnes, que vous avez rencontré, je crois. Enfin, non, je ne le crois pas, je le sais. De même que Jim Peake. À eux deux, ils ont l'air de vous tenir très occupé.

Elle lui sourit. À la bibliothèque, elle avait les cheveux attachés, mais ils étaient lâchés à présent et retombaient en mèches épaisses sur son visage quand elle se penchait en avant. Elle les repoussa d'un geste fluide et gracieux. Sans avoir été conviée – et sans être la bienvenue, même –, la danse familière du sexe s'insinua dans l'esprit de Liam : les premiers mouvements, les seconds, la bouche, le cou, les seins, et ainsi de suite. Mais l'image de sa maison et de son lit surgit juste après, et ce fut elle qui l'emporta.

Il n'avait pas souvenir que cela lui soit jamais arrivé. Il s'en inquiéta et se demanda s'il ne couvait pas quelque chose de grave. Ou peut-être faisait-il une dépression. Ou alors il vieillissait.

— Un peu de lait ? Du sucre ?

— Seulement du lait. Merci.

Elle lui tendit une tasse et posa sa coupe de glace sur la pile de livres.

— Prenez votre temps. Il faut toujours prendre son temps quand on se fait plaisir.

Elle se servit à son tour, puis rangea la barquette et s'installa dans son fauteuil, ses jambes repliées sous elle. Le salon était si petit qu'il aurait pu la toucher s'il avait tendu la main. Ils observèrent le feu sans rien dire. Dans ce silence parfait, Liam avala une cuillerée de glace.

Lorsqu'il repensa à cette soirée au cours des jours suivants, il dut s'avouer que, même si la glace avait été délicieuse, elle ne pouvait pas être à l'origine de l'expérience quasi mystique et hallucinogène qu'il eut l'impression de vivre alors. Ce n'était qu'une excellente glace. Mais il était dans le creux de la vague, abattu comme il ne l'avait pas été depuis longtemps, fatigué, déprimé et empli de dégoût vis-à-vis de lui-même, et son fauteuil était confortable, et il faisait bon dans la pièce, et un agréable parfum de vanille flottait dans l'air, et la femme près de lui évita de tout gâcher en parlant. À la place, elle se contenta de regarder les flammes danser dans le poêle. Il mangea sa glace lentement en la laissant fondre dans sa bouche, puis glisser dans sa gorge, douce et fraîche. Bientôt, un calme profond l'envahit – une expérience très rare en ce qui le concernait.

Sa coupe terminée, il la reposa sur la pile de livres et se cala dans son fauteuil. Il aurait dû dire quelque chose, remercier Jo, déclarer combien sa glace était bonne, lui avouer qu'il se sentait renaître, en fait, mais il ne voulait pas rompre le charme de l'instant et il garda le silence. Tournée de profil, Jo contemplait le feu en tenant sa coupe vide sur ses genoux. Elle donnait l'impression de réfléchir, de soupeser une décision qui n'était pas à prendre à la légère. Lui en revanche avait besoin de ne penser à rien, et un moment s'écoula durant lequel, abandonné contre le dossier, un parfum de vanille toujours présent à ses narines, il réussit à le faire.

Pour finir, Jo se leva, la mine déterminée cette fois. Elle porta les coupes dans l'évier et revint se planter devant lui en inclinant la tête sur le côté, comme à la bibliothèque. Ses cheveux glissèrent en cascade vers l'avant.

— Alors ? demanda-t-elle.

16

CLARA

— Il a tout répété à la police ? Il a tout répété au sergent Barnes ?

Dan avait l'air effrayé, et cela fit peur à Clara.

— Il lui a juste demandé si une personne qui n'avait pas dit tout de suite quelque chose mais qui le disait plus tard risquait d'aller en prison.

— Le sergent devinera de quoi il veut parler, Clara ! Il n'est pas stupide, il comprendra !

— Mais il ne sait pas qui tu es !

Elle n'aurait jamais, jamais dû interroger M. Kane ! Seulement il y avait Rose ! Rose !

— Qui c'est, ce type, d'abord ? Tu ne le connais même pas ! Il pourrait très bien s'agir d'un flic en civil ! Si ça se trouve, ils l'ont posté dans la maison à côté de chez toi en profitant du fait qu'elle était vide.

— Pas du tout. Elle lui appartient depuis que Mme Orchard la lui a donnée. C'est mon père qui me l'a raconté ! Et puis il est gentil.

Clara dut s'interrompre le temps de reprendre son souffle.

— Il dit que tu n'iras pas en prison si tu vas voir le sergent Barnes, mais il faut que tu le fasses là, maintenant, parce que Rose est en danger ! Il faut qu'on aille le voir ! Il le faut !

Dan jeta sa cigarette à demi fumée, sans se soucier de l'endroit où elle atterrissait. Il aurait pu démarrer un feu de forêt en faisant ça. Il secoua ensuite son paquet pour en sortir une autre cigarette qu'il alluma et qu'il fuma jusqu'au filtre en trois bouffées, la cendre tremblant au bout comme une vieille chenille grise. À la fin, il laissa tomber le mégot par terre et le regarda fixement. Clara attendait avec anxiété.

— Je ne sais pas, dit-il. C'est peut-être un piège.

Au loin, une voiture approchait. Dan jura et alla se réfugier derrière les arbres.

— C'est une voiture de police ? lança-t-il depuis sa cachette.

— Non, répondit Clara, qui distinguait bien le véhicule à présent.

C'était celui de M. Kane.

— Avance, la pressa Dan. Fais comme si tu rentrais chez toi à pied et continue jusqu'à ce qu'il nous ait doublés et qu'il ait disparu. Tu feras demi-tour à ce moment-là.

Clara se remit à marcher, mais M. Kane roulait vite et elle n'avait fait que quelques pas lorsqu'il s'arrêta à côté d'elle et baissa sa vitre.

— Bonjour, Clara.

— Bonjour.

— Tu as discuté avec le garçon ?

Elle hésita. Si seulement il avait pu parler moins fort. Dan allait tout entendre.

— Je vais prendre ça pour un oui, déclara M. Kane. Qu'a-t-il dit ? Il va aller trouver le sergent Barnes ?

Là encore, elle n'eut pas la moindre idée de ce qu'elle devait répondre.

— Clara, pourquoi tu ne veux pas me répéter ce qu'il a dit ? On fait ça pour aider Rose, n'oublie pas.

Il essayait de ne pas se montrer agacé, elle le sentait, et cela l'inquiéta encore plus.

— Il a dit qu'il ne savait pas quoi faire.

M. Kane se massa la nuque.

— Tu l'as vu il y a longtemps ?

Elle se rongea un ongle.

— Il est déjà reparti ?

M. Kane l'examina, puis s'adossa à son siège en contemplant la route, les lèvres pincées. Une voiture passa près d'eux et disparut. Il se pencha soudain en avant, son attention rivée sur un point au sol devant eux. Clara suivit son regard. Dans la terre sur le bas-côté, il y avait une zone parsemée d'une foule de petites taches claires. Des mégots de cigarette. Certains étaient très blancs, pas du tout poussiéreux ni détrempés par la pluie.

M. Kane s'appuya de nouveau contre son siège. Au bout d'une minute, il se tourna vers elle.

— Je vais sortir de la voiture, Clara, dit-il d'une voix plus forte que nécessaire. Je n'irai nulle part, je veux juste qu'il puisse me voir s'il est dans les parages. Je n'ai pas l'intention d'essayer de le forcer à faire quoi que ce soit. Il est libre de son choix. Si tu sais où il est, va lui dire s'il te plaît que je peux l'emmener tout de suite au poste de police et rester avec lui pendant qu'il parlera au sergent Barnes. Après ça, je le ramènerai chez lui. Il a ma parole qu'il n'aura aucun ennui s'il accepte de m'accompagner maintenant. Vas-y.

Clara était perdue. Elle se retourna, prête à s'éloigner pour prévenir Dan, mais elle se figea soudain.

M. Kane saurait où il était si elle faisait ça. Et de toute façon, Dan avait dû l'entendre.

M. Kane ouvrit sa portière et alla s'appuyer contre son capot, les mains dans les poches. Clara resta où elle était en dessinant des traits dans le sol de la pointe du pied. Au bout d'un long moment, Dan émergea de derrière les arbres, s'avança vers eux et monta dans la voiture. M. Kane fit de même, et ils partirent ensemble.

— Aujourd'hui, on est mardi, dit-elle à Moïse ce soir-là.

Il avait collé sa tête entre ses mains en coupe et ronronnait si fort qu'elle en avait des picotements dans les doigts.

— D'ici jeudi soir, Rose sera à la maison. Ou vendredi. Peut-être vendredi, mais pas plus tard, parce que maintenant la police sait à quoi elle ressemble et quel nom elle utilise, donc ce sera plus facile de la retrouver.

Elle imagina Rose lui dire à l'heure du coucher : « Viens à côté de moi », comme elle le faisait avant, et elle se vit elle-même monter dans son lit et s'endormir avec les bras de sa grande sœur autour d'elle, son souffle dans son cou, et la certitude que lorsqu'elle se réveillerait le lendemain matin, Rose serait là. Quelqu'un lui expliquerait ensuite que c'était elle, Clara, qui l'avait sauvée, et Rose la serrerait fort contre elle et la bercerait en lui disant merci, merci à toi, ma formidable petite sœur.

Avant d'aller au lit, elle sortit tous les vêtements de Rose du placard, les fit tomber par terre et les mit sens dessus dessous de façon à créer un gigantesque bazar en guise de bienvenue.

Le mercredi matin, au lieu de passer la récréation assise sur le perron de l'école, elle s'approcha de la portion de terrain bétonnée près de la clôture blanche où jouaient ses anciennes amies. Sharon et Ruth faisaient tourner simultanément deux cordes au-dessus desquelles Jenny et Susan effectuaient des sauts. Susan n'était pas douée et n'arrêtait pas de s'emmêler les pinceaux, mais Clara était très bonne, elle – ou du moins elle l'avait été –, et elle espéra que les filles lui proposeraient de se joindre à elles. Au début, elles se contentèrent de lui lancer un coup d'œil et un vague sourire avant de continuer à jouer. Au bout d'un moment, tout de même, Ruth marqua une pause.

— Salut, dit-elle.

— Salut.

— Tu veux essayer ?

— D'accord.

Clara sauta une demi-douzaine de fois, mais sa joie l'emporta vite sur sa concentration et elle se prit les pieds dans les cordes.

— Je crois que je manque de pratique.

— Tu n'auras qu'à recommencer plus tard, quand tu te souviendras comment on fait, dit Sharon.

— Tu as meilleure mine, Clara, observa Mme Quinn à l'heure du déjeuner. Il y a du nouveau ?

— Pas encore, mais ça va venir.

— À la bonne heure, dit l'institutrice en lui tapotant la tête. Je suis contente pour toi.

Le jeudi passa. Le vendredi, pendant la récréation, Clara suivit les autres filles et les regarda jouer, mais sans participer. Elle avait le cerveau trop embrumé et savait qu'elle n'arriverait à rien. À la fin des cours, elle courut presque sans s'arrêter jusque chez elle. Rose allait forcément être dans la cuisine, en train de l'attendre. Elle en était certaine.

Le samedi, elle fit le guet toute la matinée derrière la fenêtre en fredonnant un air monocorde. Elle ne pensait à rien, elle fredonnait juste.

L'après-midi, elle alla jouer avec Moïse, mais lui aussi semblait avoir du mal à se concentrer. Il s'était niché si souvent dans tous les coins de tous les cartons qu'il s'était lassé de ce jeu, et cela faisait un bon moment qu'il ne montrait plus aucun intérêt pour la souris. Peut-être qu'elle était partie. Ou peut-être qu'elle était morte, comme Mme Orchard.

Elle aurait aimé parler à M. Kane, mais il était sorti. M. Peake et lui avaient beaucoup de travail, si bien qu'ils faisaient de longues journées et ne se reposaient que le dimanche. Et le soir, il avait beau continuer à aller dîner au restaurant à son horaire habituel, il rentrait si tard qu'elle était obligée de se coucher sans l'avoir vu. Elle voulait qu'il lui explique pourquoi Rose n'était pas encore revenue. Et elle voulait aussi tout simplement qu'il soit là. Il était censé être là.

Incapable de contenir son agitation, même avec Moïse sur les genoux, elle se leva et déambula dans la maison en ouvrant des tiroirs et des placards en quête de quelque chose – mais quoi, elle n'aurait su le dire.

Dans la cuisine de Mme Orchard (enfin, celle de M. Kane), elle découvrit un bocal à poissons tout en haut d'un meuble. Elle se rappela l'avoir déjà vu il y avait longtemps de ça. Il avait appartenu à Mlle Godwin, la sœur de Mme Orchard, avant qu'elle meure de vieillesse. Clara avait demandé un jour à sa voisine si elles pouvaient aller acheter un poisson rouge, mais Mme Orchard avait répondu que Moïse ne mettrait pas dix secondes à le manger, et le bocal était donc resté à sa place.

Elle tira une chaise, grimpa dessus pour monter sur le plan de travail et descendit le récipient avec précaution.

— C'est un bocal à poissons, Moïse, dit-elle en le posant par terre dans le salon. Il te plaît ?

Le chat s'approcha d'un pas raide et méfiant. Le bocal n'était pas aussi volumineux qu'il en avait eu l'air en haut du placard.

— Il est trop petit, constata-t-elle à regret. Et toi tu es bien trop gros.

Moïse en fit deux fois le tour, puis appuya ses pattes de devant sur le rebord pour scruter le fond.

— Ah, tu vois ?

Mais il ne la crut pas et continua à examiner le bocal sous toutes les coutures.

— Si tu rentres là-dedans, tu risques de ne pas pouvoir ressortir.

À peine eut-elle dit cela qu'il exécuta un saut acrobatique – si rapide qu'elle aurait été bien en peine de le décrire. Durant quelques secondes, le chaos régna dans le bocal. Puis Moïse réussit à ramener sa queue à lui et se retrouva tout entier à l'intérieur.

Clara poussa un cri de joie.

— Où est passée ta tête ? Mo, qu'est-ce que tu as fait de ta tête ?

Il y eut de nouveaux remous, jusqu'à ce qu'un œil énorme se colle tout contre la paroi. Un œil qui la fixait d'un air triomphant.

Elle mourait d'envie de montrer ça à M. Kane, et cela dut suffire à le faire apparaître parce que, l'instant d'après, une clé tourna dans la serrure. Une tempête de fourrure se déchaîna aussitôt dans le bocal, dont Moïse jaillit d'un bond avant de s'échapper par la porte de service. Au même moment, M. Kane arrivait dans le salon.

— Vous avez raté Moïse ! s'écria Clara. Vous venez juste de le rater, alors qu'il avait réussi un truc incroyable ! Je voulais tellement que vous voyiez ça !

— Je commence à me demander si ce chat existe. Tu es sûre que tu ne l'as pas inventé ?

Clara fut choquée. Comment pouvait-il penser une chose pareille ? Mais M. Kane se mit ensuite à rire, et elle comprit qu'il ne faisait que la taquiner, comme Rose avant qu'elle s'en aille.

Le dimanche, elle se sentit mieux. M. Kane lui avait dit que la police mettrait peut-être encore du temps à retrouver Rose, mais maintenant au moins, elle savait à quoi s'en tenir. Le lundi, elle alla à l'école comme d'habitude. Elle compta ses pas à l'aller et au retour, s'effrayant de faire sans cesse des erreurs – cela portait malheur. À peine eut-elle poussé la porte de chez elle ce soir-là que Mme Rand, une voisine qui habitait deux maisons plus loin, se précipita à sa rencontre.

— Oh, ma chère petite, va voir ta maman. Elle est dans la cuisine.

Son cœur fit un bond – Rose ! –, mais lorsqu'elle entra dans la pièce, sa mère était assise seule à la table, le visage gonflé et tout rouge. Elle s'immobilisa sur le seuil.

— Maman ?

Sa mère se leva et vint la serrer dans ses bras.

— Ma chérie, on a retrouvé une fille, mais la police ignore s'il s'agit de Rose ou pas. Ton père est parti vérifier. Du coup, on ne sait rien. Ça pourrait être elle, son âge correspond.

— Elle n'a pas dit qui elle était ? demanda Clara, perplexe.

— Non, ma chérie. Non, elle... elle n'a pas pu. Papa nous téléphonera quand il l'aura vue, mais il ne le fera probablement pas avant demain matin parce qu'il sera très tard le temps qu'il arrive. Il nous appellera, et à ce moment-là on sera fixés.

Une autre amie de sa mère, Mme Turner, les rejoignit après avoir appris la nouvelle. Mme Rand et elle préparèrent du thé et proposèrent du lait et des cookies à Clara, qui refusa.

Sa mère reprit sa place à la table et tendit les bras vers elle pour qu'elle vienne s'asseoir sur ses genoux.

— Oui, va réconforter ta maman, dit Mme Turner.

Mais les jambes de sa mère allaient être brûlantes et moites à cause de toutes les larmes qu'elle gardait en elle, et leurs voisines n'arrêteraient pas de parler et de parler encore en lui offrant des gâteaux. Elle secoua la tête sans se soucier que sa mère soit bouleversée, sans vouloir s'en soucier, et elle partit se réfugier chez M. Kane.

Là, elle s'assit par terre dans le salon, dos au mur. Ce dernier était aussi froid que le plancher, mais elle-même avait si chaud que cela lui faisait du bien. Moïse vint la renifler. Il recula d'abord, comme s'il n'aimait pas l'odeur de sa tristesse, puis finit par changer d'avis et se roula en boule sur ses jambes. Mais il ne ronronna pas. Il avait dû sentir que ce n'était pas le moment.

Après une longue attente, un bruit de clé se fit entendre. Moïse détala sur-le-champ. L'instant d'après, M. Kane entrait dans la pièce. Il la dévisagea en silence.

— On doute que ce soit elle, Clara, dit-il doucement. Le… la fille a été retrouvée à Windsor, mais ton ami Dan nous a expliqué que Rose était partie à Toronto. Et cette personne avait les cheveux longs, alors que ta sœur comptait se faire couper les siens très court, tu te souviens ? Il y a donc peu de chances que ce soit elle.

Clara hocha la tête.

Une minute s'écoula durant laquelle elle ne souffla mot.

— Tu veux qu'on déballe un autre carton ? proposa M. Kane.

Le mardi matin, le père de Clara téléphona de bonne heure. Sa mère se mit à pleurer en tenant le combiné. Clara resta pétrifiée jusqu'à ce qu'elle raccroche.

— Ce n'est pas Rose. Ce n'est pas Rose qui a été retrouvée morte. Oh, Clara, c'est horrible d'être si contente d'apprendre qu'il s'agit de l'enfant de quelqu'un d'autre.

La fille découverte par la police ne cessait de la hanter. Quand elle se brossait les dents ou qu'elle écoutait sa maîtresse à l'école, elle la voyait soudain étendue par terre. Elle ne distinguait jamais bien son visage – seulement ses yeux fermés, comme ceux des morts. Parfois aussi, il suffisait qu'elle regarde les autres jouer dans la cour de récréation pour avoir l'impression qu'un cadavre gisait près de la clôture et qu'elle allait reconnaître Rose. Cela faisait battre son cœur si fort qu'elle avait du mal à respirer.

Cette nuit-là, elle fit un rêve dans lequel elle marchait sur une route derrière la morte. Elle la rattrapait, et puis la fille se retournait, les yeux toujours fermés. C'était bien Rose finalement. Elle se réveilla en criant. Ses parents accoururent, et sa mère la serra contre elle en lui expliquant qu'elle avait juste fait un cauchemar. Un court instant, Clara crut qu'elle parlait de toute cette histoire depuis le début. Sauf que non, une grande partie était bien réelle.

Le vendredi après-midi, Dan l'attendait au bord de la route. Elle fut contente en l'apercevant. Il comprenait ce que cela faisait de vivre sans Rose, lui. De loin, pourtant, elle sentit qu'il n'avait aucune nouvelle. Cela se devinait à la manière dont il fumait, tête baissée.

— Salut, dit-il.

Il lui offrit une cigarette – un geste vraiment très, très stupide. Elle n'avait même pas huit ans, et de toute façon elle n'avait pas l'intention de fumer un jour. L'odeur du tabac la dégoûtait. Elle secoua la tête.

— Désolé, dit-il. Je ne sais pas pourquoi j'ai fait ça. Rose me tuerait si elle me voyait.

Durant quelques instants, il garda le silence et reporta son attention sur le bois de l'autre côté de la route.

— Le truc, lâcha-t-il enfin, c'est que je ne pige pas pourquoi ils ne l'ont toujours pas retrouvée. Ça fait plus d'une semaine maintenant. M. Kane t'a dit quelque chose ?

— Il m'a juste expliqué que ça pouvait prendre longtemps parce que Toronto est une très grande ville.

— Ouais, je sais bien, mais putain…

Ils restèrent côte à côte une minute de plus. Il faisait froid et le vent soufflait ce jour-là.

Dan remonta le col de son manteau.

— On ferait mieux de rentrer chez nous. Le vent vient du nord, les températures vont chuter.

Puis il baissa les yeux sur elle avec un drôle de sourire.

— Quand Rose reviendra, ne lui dis pas que je t'ai proposé une clope, d'accord ? Sérieux, elle me tuerait. C'est sûr et certain. Déjà qu'elle déteste que je fume…

Sans qu'elle sache pourquoi, ces mots la réconfortèrent. C'était comme si Rose avait été là, avec eux, et qu'elle s'était énervée contre Dan de la même façon qu'elle s'énervait de temps en temps contre les gens, avant sa disparition.

Elle se réveilla au cours de la nuit avec une envie de vomir, des courbatures partout et la sensation d'être brûlante et glacée à la fois. Et elle eut si mal à la tête le lendemain matin qu'elle en pleura. Sa mère posa une main sur son front et lui conseilla de retourner se coucher, avant de lui apporter une demi-aspirine diluée dans une boisson à la fraise et un jus de citron chaud sucré avec du miel.

Elle passa deux jours au lit et ne le quitta que pour aller aux toilettes. À l'heure du dîner, le deuxième soir, sa mère lui demanda si elle aimerait descendre manger un peu de soupe. Elle accepta, parvint à avaler quelques cuillerées de potage et un biscuit, puis remonta dans sa chambre.

Elle rêva que Rose entrait dans la pièce – pas la fille morte, mais la vraie Rose – et qu'elle s'asseyait sur le lit à côté d'elle. La scène était si nette et précise qu'elle l'arracha à son sommeil. Il faisait nuit dehors, mais l'horloge sur sa commode indiquait 20 h 10. Trop tôt pour que ses parents dorment déjà. Lorsqu'elle se leva, le sang cognait à ses tempes au même rythme que son cœur. Après une minute, cependant, cela devint supportable. Son rêve était encore tout frais dans son esprit, et si réel que Rose lui semblait toujours présente. Elle s'avança en pyjama jusqu'en haut de l'escalier. Ses parents discutaient dans la cuisine. Ils avaient dû fermer la porte parce que leurs voix lui parvenaient étouffées. Elle s'accrocha à la rampe et descendit d'un pas incertain au salon pour regarder par la fenêtre. La pièce étant plongée dans le noir, on voyait très bien le ciel dégagé et ses millions d'étoiles. Au milieu, une lune froide et étincelante éclairait la route en la faisant paraître toute blanche. Il n'y avait aucune lampe allumée chez M. Kane. Il devait être sorti, même si sa voiture était là.

Elle appuya le front contre le verre glacé de la fenêtre et commença à fredonner, éprouvant les vibrations dans sa poitrine. Elle fredonnait pour Rose, pour qu'elle rentre enfin.

Au bout d'un moment, des phares surgirent au loin, jetant une lumière jaune sur la route et donnant aux arbres tout au bord l'aspect de pâles fantômes. Clara se tut et attendit que le véhicule bifurque vers l'une des maisons du voisinage. Mais il n'en fit rien et se rapprocha encore avant de ralentir. Elle se demandait si elle dormait et rêvait quand il s'engagea dans l'allée. *Son* allée. Le gravier crissa sous les pneus et les phares l'éblouirent tellement qu'elle dut fermer les yeux. Le conducteur les éteignit ensuite – elle s'en rendit compte à travers ses paupières – et coupa le moteur. Elle rouvrit les yeux.

Dans le clair de lune, elle reconnut une voiture de police et retint son souffle lorsque le sergent Barnes et le docteur Christopherson en sortirent. Puis le médecin ouvrit la portière arrière du véhicule, se pencha à l'intérieur et souleva à moitié une silhouette toute fine enveloppée dans une couverture.

Rose.

Son père pleura, là, dehors, juste devant le docteur Christopherson et le sergent Barnes. Il étreignit Rose si fort qu'elle disparut presque dans ses bras, et il éclata en sanglots, le visage enfoui dans ses cheveux châtain clair, désormais tout courts et hirsutes. Rayonnante de joie à côté de lui, sa mère chancelait légèrement, tandis que le sergent Barnes et le docteur Christopherson souriaient. Clara scrutait sa sœur. Elle avait envie de foncer l'embrasser, mais la peur l'en empêcha.

Quand son père la relâcha, Rose recula de quelques pas en titubant. Son regard vide se posa tour à tour sur eux. Un instant, Clara ne fut pas sûre qu'il s'agissait bien d'elle, et elle accusa le coup. Cela ne tenait pas à ses cheveux ou à son absence de maquillage, même si cela lui donnait vraiment l'air d'une étrangère, mais plutôt au fait qu'elle ne semblait pas les reconnaître.

— Viens, ma chérie, dit sa mère en l'étreignant à son tour. Il fait froid ici. Viens te réchauffer.

Le docteur Christopherson s'avança et murmura qu'il repasserait le lendemain. Puis le sergent Barnes et lui repartirent dans la voiture de police. La mère de Clara entraîna Rose dans la maison, suivie de Clara et de son père, qui referma la porte derrière eux. Ça y était enfin, la famille était de nouveau réunie, comme il se devait.

Sauf que ce n'était plus pareil.

Le lundi, tout le monde était au courant. Mme Quinn la prit dans ses bras à l'école.

— Tu vois ? Qu'est-ce que je t'avais dit ? Tout est bien qui finit bien.

— Mon frère raconte que des hommes l'ont sûrement obligée à faire des trucs, affirma Ruth. Il n'a pas voulu préciser quoi, mais d'après lui, c'étaient des trucs horribles.

— Ma mère est certaine qu'elle est enceinte, renchérit Jenny. C'est vrai ?

La nuit, Rose se débattait dans son lit en criant. Chaque fois, leurs parents se précipitaient auprès d'elle, et l'un des deux la berçait en lui répétant que ce n'était qu'un cauchemar. Rose arrêtait de pleurer, puis se tournait face au mur.

Leur mère demanda à Clara de dormir quelque temps dans sa propre chambre.

— Jusqu'à ce que Rose aille mieux, c'est tout.

Mais Clara refusa tout net. Pas question.

L'après-midi, quand elle rentrait de l'école, elle montait observer sa sœur depuis son lit.

— Salut, Rosie, murmurait-elle quand il arrivait à Rose de la regarder.

Mais Rose ne cillait même pas.

Dan l'attendait à leur point de rencontre habituel.

— Elle va bien ?

Clara hocha la tête sans conviction.

— Qu'est-ce que ça veut dire, ça ?

— Elle ne parle pas.

— Elle mange, au moins ? Elle boit ?

— Elle a mangé quelques gâteaux. Et elle boit parfois un peu d'eau.

Dan réfléchit.

— Tu crois que tes parents seraient d'accord pour que je lui rende visite ?

— Je ne sais pas.

— Ils sont au courant pour moi ? Tu comprends, pour... tout.

— Je ne pense pas.

— Je vais t'accompagner jusque chez toi, décida-t-il. Je leur demanderai si je peux la voir.

— Mon père ne sera pas encore rentré.

— Je demanderai à ta mère.

Sa mère accepta. Dan entra dans la chambre de Rose et s'assit sur le lit de Clara en la regardant dormir. Il revint le lendemain, puis le surlendemain. Quand Rose se réveillait, il lui parlait. Rien chez elle ne montrait qu'elle l'entendait, mais il continuait tout de même.

— Jim Roust s'est fait renvoyer cet après-midi. Il a mis le feu à un robinet à gaz en cours de chimie et Rolands l'a foutu dehors. C'est un crétin, de toute façon. Tu vois la montée juste avant Cooper's Corner ? Celle au niveau du virage ? La route était toute verglacée ce matin. Résultat, le bus n'a pas réussi à avancer et il a glissé, glissé en arrière, jusqu'à ce qu'il atterrisse dans le fossé. Il s'est à moitié retourné, mais vraiment très, très lentement, et on est tous tombés les uns sur les autres. C'était assez marrant, en fait. Personne n'a été blessé. On est sortis et on a fini le chemin à pied.

Peut-être que la présence de Dan était une bonne chose pour Rose, mais cela empêchait Clara de passer du temps avec elle – elle ne se sentait pas à l'aise quand il était là. Aller dans sa chambre ne lui plaisait pas davantage. Elle n'avait rien à y faire et n'aimait plus aucun de ses livres. Toutes ces histoires n'étaient pas réelles. Elle fuyait aussi la cuisine, où sa mère – qui semblait ne jamais quitter cette pièce – s'obstinait à prétendre que Rose était simplement fatiguée. Au bout du compte, elle finissait soit par jouer avec Moïse, soit par regagner le salon, où elle regardait la nuit tomber par la fenêtre comme si elle attendait encore que sa sœur rentre à la maison.

Elle avait besoin de parler à M. Kane, mais il n'était jamais là. Le mercredi soir, elle s'attarda chez lui si longtemps en guettant son retour que sa mère vint la chercher sans cacher son irritation.

Arriva le jeudi. Enfin, elle vit M. Kane. Son soulagement fut tel qu'il vira à la colère et qu'elle eut envie de lui crier après. Elle se retint au début de peur qu'il ne la renvoie chez elle, mais lorsqu'elle lui demanda ensuite pourquoi Rose ne disait rien et qu'il répondit qu'elle ferait mieux de poser la question à ses parents, sa fureur prit le dessus et elle explosa.

Au lieu de lui ordonner de filer, il la laissa déballer le carton sur lequel était écrit « Div. » – l'abréviation du mot « Divers », découvrit-elle, c'est-à-dire tout le reste de ses affaires.

Le dimanche, Dan ne passa pas voir Rose. Cette journée devait être consacrée à la famille et les gens n'étaient pas censés se rendre visite – ils allaient à l'église, puis passaient l'après-midi tranquilles chez eux. Clara eut donc sa sœur pour elle toute seule. Elle emporta un livre de coloriages et des crayons à l'étage et s'agenouilla par terre pour s'occuper avec pendant que Rose dormait.

Comme celle-ci ne s'était toujours pas réveillée après le déjeuner, elle retourna chez son voisin (ce n'était pas une « visite » à proprement parler puisqu'il ne s'agissait que de M. Kane). Ensemble, ils déballèrent le dernier carton. Il contenait une magnifique toque en fourrure, et M. Kane lui assura qu'elle pourrait la garder une fois qu'il serait mort – ça, et aussi les deux photos préférées de Mme Orchard, qu'elle rangea à leur place. Elle apprit à cette occasion que c'était lui, le garçon qui apparaissait sur l'une d'elles. Un peu plus tard, elle eut une grosse frayeur quand il déclara qu'elle pouvait emporter les petits joueurs de cartes si elle voulait. Croyant qu'il allait bientôt mourir, elle fut si terrifiée qu'elle ne put d'abord pas parler, ni même ouvrir la bouche. Mais il s'avéra qu'il souhaitait les lui donner comme ça, sans aucune raison particulière. Non seulement ces figurines lui appartenaient à présent, mais elle pourrait toujours venir chez lui pour jouer avec, et cela était très, très sympa de sa part.

À son retour, Rose était réveillée. Clara lui trouva l'air différent et s'assit sur le lit en se rongeant les ongles, tentant de déterminer ce qui avait changé au juste. Sa sœur évita au début de la regarder, mais lorsqu'elle le fit, elle lui donna l'impression que, pour la première fois depuis qu'elle était rentrée, elle la voyait vraiment.

— Je suis contente que tu sois là, Rosie. Très, très contente.

Rose ne répondit pas, mais ne cessa pas non plus de la fixer. Clara se redressa et traversa la pièce lentement, pas à pas, comme si sa sœur avait été un petit oiseau qui risquait de s'affoler et de s'envoler. Elle s'immobilisa près du lit et baissa la tête vers elle en se mordillant un doigt.

Rose la regardait toujours bien en face. La peau autour de ses yeux restait meurtrie et elle avait le teint grisâtre, mais elle semblait bel et bien aller mieux. Au bout d'un moment, elle leva un bras et écarta la main de Clara de sa bouche.

— Arrête de te ronger les ongles, murmura-t-elle.

— D'accord.

— Promets-le-moi.

— Je te le promets.

17

ELIZABETH

Après le déjeuner, j'ai répété à Martha ce que le médecin m'avait expliqué. Je me doutais qu'elle n'avait pas tout saisi, mais qu'elle ne me poserait jamais aucune question tant elle redoutait la réponse. Cela me laissait face à un dilemme : devais-je aborder le sujet ou pas ? Puis j'ai songé qu'elle s'inquiéterait moins si elle savait à quoi s'en tenir.

— La décision vous appartient, à vous et à vous seule, ai-je conclu. Il comprendra si vous ne souhaitez pas subir une opération. Personne ne vous forcera à faire ce dont vous n'avez pas envie.

Elle n'a rien dit. Au bout d'un moment, je lui ai jeté un coup d'œil, mais elle avait détourné la tête. Son ventre me paraît chaque jour plus gros, et je me demande bien comment elle peut ne pas souffrir. Cette idée m'a soudain horrifiée – imaginer Martha en proie à la douleur m'est insupportable. Pourquoi elle en particulier, je l'ignore. Peut-être parce qu'elle a l'air absolument sans défense.

J'ai essayé de penser à autre chose. J'ai essayé de penser à toi, mon amour, mais tu étais loin de moi.

Après un long silence, elle a murmuré d'une voix rauque :

— Merci de lui avoir parlé.

— Je vous en prie. Si vous voulez qu'on en discute, je le ferai volontiers.

À l'évidence, ce n'était pas le cas, car notre conversation s'est arrêtée là.

Cette ambiance morose a tout de même été allégée par un interlude très touchant. Cela fait plus de quatre mois que les problèmes de dos de Mme Dubois l'obligent à rester étendue à plat sur son lit, mais elle a appris qu'elle pourrait désormais s'asseoir un peu tous les jours. Juste avant l'heure des visites, les infirmières l'ont redressée avec précaution contre une pile d'oreillers, si bien que lorsque son mari est arrivé avec leurs garçons, elle les attendait comme une reine, pâle mais sereine, avec ses cheveux bruns étalés autour d'elle tel un halo chaotique et glorieusement romantique.

De toute évidence averti de ce changement, M. Dubois avait apporté des fleurs, une grande boîte de chocolats (qu'il a fait galamment circuler dans tout le service à la demande de son épouse), ainsi que deux cadeaux pour ses fils – assez mal emballés, mais qu'importe, l'essentiel pour lui était qu'ils se sentent associés à la fête. Et ce n'est pas tout : il a donné ces présents en douce à sa femme afin que ce soit elle qui les leur offre. J'ai eu envie de l'embrasser quand je m'en suis aperçue. (Mme Dubois l'a fait, elle.) Quelle délicate attention. Il avait choisi des petites voitures, et forcément les garçons ont chacun voulu la même et se sont disputés pour l'avoir. J'ai trouvé ça désolant, mais aussi comique tant c'était à prévoir. Le couple a pris les choses comme moi, en tout cas, et je m'en réjouis.

Ce sont d'excellents parents. En les regardant, j'ai remercié les dieux auxquels je ne crois pas de les avoir envoyés sur cette terre, et plus précisément dans cette salle d'hôpital aujourd'hui. Ils incarnent le renouveau face à la tristesse du monde.

Martha observait toutes ces allées et venues, mais sans vraiment les voir, à mon avis.

— J'aimerais vous demander un autre service, Elizabeth, m'a-t-elle dit peu après le départ de M. Dubois.

J'ai eu l'impression qu'elle avait attendu pour me poser cette question parce qu'elle avait conscience que j'appréciais la présence des enfants et qu'elle ne souhaitait pas me gâcher mon plaisir. Cela ne lui ressemblait guère d'être aussi attentionnée, mais je pense que c'est bien pour cette raison qu'elle l'a fait.

— Je vous écoute.

— Vous voudrez bien rester avec moi ? Quand la fin arrivera, vous resterez avec moi ?

— Martha, je ne peux pas vous le promettre. Je n'ai plus beaucoup de temps à vivre, moi non plus. Nous ne savons pas laquelle de nous deux mourra la première.

— Bien sûr, mais si vous le pouvez, vous resterez avec moi ? Jusqu'à ce que je sois partie ?

— Oui, si je le peux, je le ferai. Je serai là, juste à côté de vous.

Je ne m'y attendais guère étant donné toutes les émotions qui se bousculaient en moi, et pourtant j'ai réussi à sommeiller après ça. Je n'étais pas tout à fait endormie ni tout à fait éveillée, je flottais simplement entre ces deux états et je me sentais en paix. Quand j'ai entendu mon nom, je n'ai d'abord pas su si c'était dans la vraie vie ou dans un rêve.

— Oui ? ai-je dit avec hésitation.

— Vous êtes là ?

Ça m'a réveillée pour de bon.

— Oui, Martha, je suis là.

Pour être honnête, j'étais un peu agacée. Cette sieste avait été très agréable.

— Vous avez besoin de quelque chose ? ai-je demandé en essayant de masquer mon énervement.

Elle n'a pas répondu.

— Martha ? Vous avez besoin de quelque chose ?

J'ai tourné la tête et constaté qu'elle s'était endormie la bouche ouverte, au mépris de toute dignité. La moindre des politesses après m'avoir ainsi dérangée aurait été qu'elle reste éveillée assez longtemps pour me poser sa question, tout de même.

— Martha ?

Mon cœur a fait un bond. Je me suis redressée frénétiquement sur mes oreillers.

— Martha ! Oh, madame l'infirmière, s'il vous plaît ! Madame l'infirmière !

Le personnel soignant a accouru, mais quelqu'un gémissait déjà – un son horrible, une longue lamentation suraiguë, comme celle d'une âme perdue. J'ai compris qu'elle émanait de moi.

Elle n'aurait pas dû partir si tôt. D'après ce que l'on m'a dit, les médecins estimaient qu'elle avait du temps devant elle. Mais peut-être voulait-elle partir. Peut-être avait-elle si peur de la mort qu'elle a fini par la désirer et la provoquer. Si c'est le cas, je l'envie. J'aimerais beaucoup pouvoir en faire autant.

Cette nuit, j'ai senti le froid m'envahir. Le froid et la tristesse. Je pensais à Martha, et aussi à toi, mon amour. Tu as quitté ce monde bien avant l'heure, alors que tu avais encore des années à vivre et une bonne santé. Enfin, à part cette appendicite. C'était un accident, un problème avec l'anesthésie. Je m'attendais à te voir revenir dans ta chambre sur un fauteuil roulant, un sourire embrumé aux lèvres, mais ce sont un médecin et une infirmière qui ont franchi les portes battantes, l'air ébranlés. Je n'ai pas saisi ce qu'ils m'ont dit. Cela défiait l'entendement.

Je crains de sombrer de nouveau dans l'affliction. Je ne veux pas mourir dans cet état.

Pour me changer les idées, j'ai rédigé une dernière lettre à Liam, ainsi qu'un mot à mon avocat le priant de la faire suivre au cas où je décéderais. À ma demande, une infirmière m'a apporté une grande enveloppe dans laquelle, en plus de ces deux messages, j'ai glissé les photos que j'ai emportées à l'hôpital avec moi (celle de toi à Charleston et celle sur laquelle tu sers son petit déjeuner à Liam). J'ai terminé en collant dessus les timbres qu'il me restait, et je dois avouer que ce geste m'a procuré une légère satisfaction.

J'ai juste hésité au moment de préciser l'adresse de l'expéditeur. J'ai envisagé d'inscrire *l'au-delà*, avant de me raviser. Puis j'ai essayé de me rappeler les coordonnées de mon avocat – sans succès. Je sais que je les ai quelque part dans mes affaires, mais je suis trop fatiguée pour les chercher.

En attendant, je n'ai pas scellé l'enveloppe, ce qui me permet de sortir les photos et de les regarder chaque fois que j'en ai envie. C'est-à-dire fréquemment.

J'ai arrêté de vouloir effacer le passé, mon amour. Je vois à présent qu'il fait partie de l'histoire, et l'histoire tourne tout entière autour de moi. Le nier, c'est nier qui je suis.

Le soir de notre dispute, celui où tu m'as confié combien tu craignais que je m'attache trop à Liam, a été un moment charnière pour moi. Pour moi, et pour nous aussi. Notre relation n'a plus été la même durant longtemps après ça.

Je doute que tu en aies eu conscience. Ce n'est pas une critique : tu avais bien d'autres préoccupations, et quand tu ne voyageais pas à travers tout le pays, il n'était pas rare que tu travailles tard. Parfois tu arrivais à t'accorder un dimanche et il y avait des soirées où tu me rejoignais à l'improviste, mais à part ça, tu n'étais pas souvent là.

Nos séparations m'inspiraient des sentiments partagés. Tu me manquais, bien sûr, mais je pouvais difficilement t'en vouloir. En Europe, des hommes étaient tués ou blessés tous les jours au combat. Au moins avais-je l'assurance que tu étais en sécurité. Et puis, je dois avouer que ton absence m'arrangeait en ce qui concerne Liam, parce que lui et moi passions bien plus de temps ensemble que tu ne le soupçonnais.

Mais revenons-en à notre dispute. Tes arguments ce soir-là avaient le défaut d'être rationnels, alors que je ne l'étais pas du tout, moi. Tu m'as fait remarquer que la situation chez les Kane était provisoire, qu'Annette finirait par sortir la tête de l'eau et que nous verrions beaucoup moins Liam. Seulement, l'avenir m'importait peu alors, ou disons plutôt que je m'en étais créé une image dans laquelle, par le jeu de circonstances impossibles, Liam devenait notre fils. Annette et Roger allaient peut-être mourir, et la mère d'Annette accueillerait les filles chez elle, mais ne voudrait pas de Liam, si bien qu'on l'adopterait. Ou bien Annette mesurerait la force du lien qui nous unissait et comprendrait qu'il était dans l'intérêt de son fils et de sa famille que ce soit nous qui l'élevions.

Évidemment, je savais que ces rêveries étaient ridicules, mais je les considérais comme inoffensives. Et tu les nourrissais à ton insu, Charles, en te montrant un père de substitution si fabuleux quand tu étais à la maison. Il est difficile de résister à un enfant dont le visage s'illumine à votre vue, et tu n'y étais pas insensible. Te souviens-tu de nos dimanches à trois ? Te souviens-tu au moins des petits déjeuners ? Le rationnement n'était pas encore entré en vigueur et on pouvait toujours acheter du bacon, des œufs, voire des saucisses. Nous prenions ce que tu appelais « un vrai petit déjeuner anglais », que tu préparais et servais toi-même, l'air incroyablement digne et solennel dans ton costume foncé, avec un tablier noué autour de la taille, une serviette de table amidonnée pendant à ton bras. Un parfait majordome. Liam adorait ça, et moi aussi.

Même ces jours-là, pourtant, je ne laissais pas mon regard s'attarder sur lui au cas où tu m'observerais. J'évitais de montrer toute la joie qu'il me procurait. Quand il n'était pas avec nous, je prenais soin de ne pas trop parler de lui, et quand je le faisais, c'était d'un ton léger. Tu me demandais par exemple comment s'était passée ma journée et je te répondais : « Voyons voir, ce matin j'ai fait de la confiture de fraises pour l'opération *Jam for Britain*[1], et puis cet après-midi Annette m'a déposé Liam et nous avons fait de la pâtisserie tous les deux. Je l'ai chargé de colorer la margarine, c'est le jeu qu'il préfère. » (Te rappelles-tu cette margarine ? Elle était vendue dans des sachets en plastique avec une petite pastille de colorant orange vif à l'intérieur et il fallait la pétrir pour bien mélanger le tout et lui donner l'aspect du beurre. Tu trouvais ça répugnant.)

Enfin bref, quand j'avais fini de te raconter nos activités, tu souriais en disant : « Vous vous êtes bien amusés, j'ai l'impression », et je lisais le soulagement sur ton visage. Le soulagement de me voir apaisée et heureuse, le soulagement de pouvoir te dire que tu n'avais pas à t'inquiéter au bout du compte.

Liam passait souvent une bonne partie de la semaine avec moi. Il avait pris l'habitude d'ignorer sa mère et cela rendait Annette folle. En fait, presque tout ce qu'il faisait la rendait folle. Quand elle me téléphonait, à bout de nerfs, j'entendais Liam crier et les bébés pleurer en arrière-fond. Je lui proposais alors de le garder à la maison, et la réponse était toujours oui.

Il se montrait parfois très éteint à son arrivée. Il ne disait pas un mot, ne me regardait pas non plus. Je l'emmenais dans le salon et on s'asseyait ensemble sur le canapé. Dans ces moments-là, il ne voulait pas que je lui raconte une histoire. Je pense qu'il était incapable de se concentrer. Il grimpait de temps en

---

1. *Jam for Britain* : pendant la Seconde Guerre mondiale, campagne canadienne de collecte de confitures préparées par des civils et destinées à être envoyées en Angleterre pour soutenir la population durement éprouvée par le conflit. (*N.d.T.*)

temps sur mes genoux, mais c'était rare. Tout de même, il tenait à rester près de moi. Il examinait mon alliance en la faisant tourner autour de mon annulaire, ou bien suivait du bout du doigt les côtes à la base des manches de mon pull.

Une fois prêt, il pivotait vers moi.

— On se lève ? disais-je tranquillement.

Il acquiesçait, se laissait glisser au bas du canapé et allait chercher ses livres de coloriage ou l'une des feuilles de papier blanc que je lui mettais de côté – il avait toujours envie de dessiner après avoir été bouleversé et, chose étrange, c'était dans ce genre de circonstances qu'il se montrait le plus doué.

À ton retour, tu ne manquais jamais d'admirer ses œuvres, Charles. Tu lui posais des questions sur elles, et cela lui faisait tellement plaisir que les mots avaient du mal à sortir de sa bouche. Les yeux rivés sur toi, il bégayait tant il était pressé de t'expliquer. Tu hochais gravement la tête en l'écoutant, puis tu le félicitais pour tel ou tel aspect de son dessin.

— C'est tout à fait à ça que ressemble un avion lancé à pleine vitesse, disais-tu. Tu l'as représenté à la perfection.

Un mercredi humide du mois de juillet, après avoir dessiné, colorié et découpé avec moi douze oiseaux en carton pour les coller sur la porte du réfrigérateur – une nuée complète qui s'envolait de l'angle inférieur gauche vers l'angle supérieur droit –, Liam a refusé de rentrer chez lui. Annette est venue le chercher le soir en me remerciant avec effusion, comme toujours, et comme toujours aussi en échouant à remarquer les choses merveilleuses que son fils essayait de lui montrer.

— J'espère que tu as été sage, a-t-elle dit. Va mettre tes chaussures maintenant, c'est l'heure d'aller manger.

Un doigt encore posé sur un oiseau particulièrement magnifique qu'il avait colorié, Liam n'a pas bougé.

— Dépêche-toi, a insisté sa mère avec impatience.

Il a secoué la tête en la regardant.

— Liam, s'il te plaît, va mettre tes chaussures.

— Je ne veux plus que tu sois ma maman, a-t-il répondu – non pas d'un ton bravache, mais en semblant juste énoncer une évidence. Je veux que ce soit tante Elizabeth ma maman.

Nous nous sommes dévisagées, Annette et moi, avant de lui faire face.

— Ne sois pas bête, Liam, a-t-elle répliqué. Va mettre tes chaussures.

— Je veux rester ici. Je veux que tante Elizabeth devienne ma maman et qu'oncle Charles soit mon papa. Je les aime plus que toi.

Je me suis vite interposée. Trop vite.

— Liam, tu racontes n'importe quoi. Va mettre tes chaussures et rentre chez toi avec ta maman. On s'amusera encore demain.

C'est là que tout s'est écroulé, Charles. Si seulement je m'étais contentée d'adresser un sourire rassurant à Annette en lui disant avec ma voix « de directrice d'école », comme tu l'aurais qualifiée : « Ne vous inquiétez pas, c'est tout à fait normal. Je ne compte plus le nombre d'enfants à la maternelle qui ont affirmé à leur mère qu'ils voulaient partir avec moi. D'ici une heure, il aura tout oublié. » Si seulement j'avais fait ça, rien de ce qui a suivi ne serait arrivé, et nos vies auraient pris un tour différent. Mais à la place, poussée par la culpabilité, j'ai répondu trop précipitamment, et Annette s'est figée. Elle m'a observée en fronçant les sourcils, d'abord sans comprendre. Horrifiée, je me suis sentie rougir. Une seconde plus tard, la même rougeur se répandait sur ses joues.

— Qu'est-ce que vous lui avez dit, Elizabeth ?

— Rien du tout ! Seigneur, Annette, quelle question ! Liam, s'il te plaît, arrête ces bêtises. Il est temps de rentrer chez toi.

— Non, je vais dans ma chambre.

Il est sorti de la cuisine et a longé le couloir, sa mère sur ses talons et moi derrière. Dans la nurserie, il s'est dirigé vers sa bibliothèque pour y prendre *Ferdinand*, son livre préféré du moment, puis il s'est assis sur son lit et a commencé à tourner les pages en nous ignorant consciencieusement.

Plantée sur le pas de la porte, Annette a examiné la pièce. Elle l'avait vue je ne sais combien de fois sans y prêter attention, mais ce jour-là, elle a remarqué tous les détails qui lui avaient échappé auparavant. Les éléphants majestueux dessinés sur les murs. Les étagères croulant sous les livres d'enfant. La table basse dont le plateau représentait un parking sur lequel étaient garées les petites voitures de Liam. Le tapis bleu marine avec des animaux dorés que j'avais acheté quelques semaines plus tôt lors d'une vente aux enchères destinée à collecter des fonds en faveur de l'effort de guerre.

Elle a tout noté. Et elle m'a fixée d'un air interrogateur.

— Je n'en reviens pas. Vous avez tout planifié, n'est-ce pas ? Depuis le début.

— Annette…

— Vous l'avez attiré ici, d'abord avec vos cookies, et ensuite avec tous ces jouets. Vous avez fait en sorte qu'il vous aime, vous, plutôt que moi.

Voyant que j'allais l'interrompre, elle a levé une main.

— Vous l'avez dressé contre moi pour qu'il soit infect à la maison, pour qu'il déstabilise notre famille, pour qu'il gâche tous les moments qu'on passait ensemble. Et après, vous jubiliez en vantant sa bonne conduite quand il était avec vous, comme si c'était ma faute, comme si j'étais une mauvaise mère...

— Annette ! ai-je protesté en tremblant. Ce n'est pas vrai ! C'est horrible de dire ça, vraiment horrible !

Elle s'est avancée dans la pièce. Toujours assis sur son lit, d'où il nous observait à présent, Liam s'est indigné :

— C'est ma chambre ! C'est tante Elizabeth qui l'a dit ! Tu n'as pas le droit d'entrer !

Mais Annette l'a attrapé par le poignet pour l'arracher brutalement à son lit. Son livre est tombé par terre et il a ouvert des yeux stupéfaits. Puis elle m'a poussée sur le côté et, traînant derrière elle un Liam qui hurlait, elle est revenue dans le vestibule. J'ai tenté en vain de la doubler et de l'obliger à m'écouter. Elle était hors d'elle.

— Vous pourriez aller en prison pour ça ! a-t-elle crié par-dessus les pleurs de Liam. Voler l'enfant d'une autre, ça peut mener au tribunal ! C'est du kidnapping, vous risquez d'être...

— Annette, arrêtez ! Vous imaginez des choses qui n'ont jamais eu lieu ! Arrêtez, vous n'êtes pas dans votre état normal !

— Moi, je ne suis pas dans mon état normal ? Moi ? Vous êtes folle à lier ! Ne vous approchez plus jamais de Liam ni de notre maison. Ne mettez plus jamais les pieds chez nous ou j'appelle la police !

Tu n'étais pas là, Charles, mais en déplacement quelque part dans le Manitoba, d'où tu n'étais pas censé revenir avant le lendemain soir. Je n'avais aucun moyen de te joindre.

Pendant plusieurs heures, j'ai été incapable de réfléchir. J'ai vomi à plusieurs reprises. J'ai essayé de m'allonger, mais j'étais trop agitée pour ça. J'ai tourné en rond. Va voir Ralph, ai-je fini par me dire aux alentours de 21 heures. Va tout lui expliquer. Il doit être rentré.

Je suis donc allée chez eux. Durant un long moment, je suis restée devant leur porte, les jambes si flageolantes que j'ai dû m'accrocher au chambranle avant de puiser en moi le courage de toquer. Si Annette m'avait ouvert, je ne sais pas comment j'aurais réagi, mais c'est Ralph qui se tenait devant moi.

— Il faut que je vous parle, ai-je murmuré. Il le faut.

Il a acquiescé gravement.

— Oui, mais pas maintenant…

Bien qu'il m'ait répondu tout bas, Annette l'a entendu. Elle a aussitôt émergé du salon, les joues marbrées, les yeux tout bouffis d'avoir pleuré. À peine m'a-t-elle aperçue qu'elle s'est précipitée vers moi, et je suis sûre qu'elle m'aurait frappée si son mari ne l'avait pas retenue. J'ai fait demi-tour et je me suis enfuie.

J'avais perdu la raison, Charles. Tout ce que je savais, c'était qu'à moins de faire quelque chose, je ne reverrais jamais Liam. Et ça, je ne pouvais pas le supporter.

J'ai attendu jusqu'à minuit, assise sur notre lit, le cœur battant. Là, j'ai rassemblé mon sac à main, mes clés, la couverture de Liam, quelques gâteaux que j'ai glissés dans un sachet et une Thermos remplie d'eau. Puis j'ai tout mis dans la voiture. À travers les arbres, on distinguait de la lumière dans une chambre à l'arrière de la maison des Kane. Ce n'était pas celle de Liam – il m'avait montré plusieurs fois où elle était située –, mais sans doute celle des bébés, qui avaient besoin d'être allaités. J'ai fait les cent pas, toujours tremblante.

Une demi-heure s'est écoulée avant que la lumière s'éteigne. Donne-toi encore dix minutes avant d'y aller, ai-je pensé. Un quart d'heure, même, par sécurité.

Dix minutes plus tard, la lumière s'est rallumée. Les bébés ne se rendormaient pas. J'ai patienté. La lumière s'est éteinte. J'ai patienté de plus belle. Dix minutes. Vingt minutes.

Il n'était pas question de faire le moindre bruit. J'ai ôté mes chaussures, que j'ai laissées dans la voiture, et c'est pieds nus que je me suis frayé un chemin entre les arbres. Il faisait si noir que j'ai dû contourner la maison en tâtonnant, me laissant guider par les briques rêches de la façade jusqu'à la porte de service. Par chance, elle n'était pas fermée à clé, et j'ai pu entrer et traverser la cuisine en douce. Parvenue dans le vestibule, j'ai tendu l'oreille en retenant mon souffle. Rien. Mais à tout instant, les bébés pouvaient réclamer de nouveau leur mère. J'ai monté l'escalier et longé le couloir menant à la chambre de Liam. Il dormait comme seuls les petits enfants savent dormir, c'est-à-dire profondément – si profondément même qu'un jour, par curiosité, tu l'avais soulevé par les chevilles avant de le faire osciller d'avant en arrière à la manière d'un pendule, le tout sans que cela trouble son sommeil. Malgré ça, j'ai frémi à l'idée qu'il soit réveillé par les battements de mon cœur quand je l'ai soulevé dans mes bras. Je suis ressortie de la maison la peur au ventre, et une fois dehors j'ai à moitié couru jusqu'à la voiture.

Je l'ai déposé avec précaution sur la banquette avant, j'ai bordé sa couverture tout autour de lui, puis j'ai démarré. Le bruit du moteur a résonné si fort qu'il m'a fait paniquer. J'ai tourné la tête, mais aucune lumière ne s'est allumée chez les Kane, et personne n'a ouvert violemment ma portière. J'ai passé la première en poussant un soupir de soulagement.

Au bout de notre allée, j'ai pris à gauche sans savoir pourquoi. Je n'avais aucune idée de ma destination, alors j'ai simplement roulé pendant que Liam dormait à côté de moi.

Peu après l'aube, je me suis arrêtée au bord de la route pour vider ma vessie. Nous étions au milieu de nulle part, et comme il n'y avait aucune circulation, je me suis juste accroupie près de la voiture. En remontant, j'ai eu peur que le claquement de la portière réveille Liam, mais il n'a pas bronché. Tout en mangeant un gâteau, je ne cessais de le contempler. Il rêvait, tranquille, sans se douter de rien. Je me demandais quoi faire et où aller, mais aucune solution ne me venait à l'esprit. Parce que j'avais encore faim, j'ai cherché à récupérer des miettes au fond de mon sachet afin de pouvoir laisser les gâteaux entiers à Liam. Je redressais la tête quand quelqu'un a tapoté sur ma vitre. J'ai fait un bond sur mon siège. Un homme se tenait là, dehors. Un policier. Avec une voiture de patrouille derrière lui. Je ne l'avais pas entendu arriver.

Il a ouvert ma portière et a jeté un coup d'œil à Liam. Puis il m'a dévisagée.

— Madame Orchard ?

Il avait posé sa question d'une voix neutre, la mine inexpressive.

J'étais incapable de parler, et quelques secondes se sont écoulées avant que j'acquiesce. Il a hoché la tête et s'est penché pour retirer la clé de contact.

— Vous voulez bien sortir et monter dans ma voiture avec le petit garçon ?

J'ai assisté impuissante à une bonne partie de la suite des événements, mon amour. Tu as beaucoup plus souffert que moi, et je n'ai pas les mots pour te dire combien je le regrette.

Il y a eu le scandale, bien sûr. À Guelph, cette histoire a même relégué la guerre au second plan dans la presse. Tu n'en as jamais parlé, que ce soit durant tes visites ou après mon retour à la maison, mais je le savais parce que quelqu'un m'a envoyé les journaux sous couvert d'anonymat. J'ai appris qu'Annette avait emmené précipitamment les enfants à Calgary, là où habitaient ses parents, pour échapper à l'attention des gens. Ralph les a suivis dès qu'il l'a pu. Au début, tu es resté à Guelph, mais la situation est devenue trop pénible pour toi, et tu as demandé ta mutation à l'université de Toronto. Je me suis accrochée (et je m'accroche encore) à l'idée que la guerre et la nature de ton travail rendaient secondaire ton lieu de résidence, et donc que je n'ai pas détruit ta carrière.

Mais de toute façon, tu ne t'inquiétais pas pour ça. Ta principale préoccupation, c'était moi.

J'ai été inculpée d'enlèvement, un crime moins grave que le kidnapping. Annette a dû s'étouffer de rage. Moi, cela m'a laissée indifférente. Depuis mon arrestation, je vivais dans la terreur permanente que Liam souffre de mes actes et que sa mère passe toute sa colère et son amertume sur lui. J'avais désespérément besoin d'être rassurée à son sujet. Si j'avais su à l'époque que je n'aurais jamais le moindre indice là-dessus et que ce serait ma vraie punition… je ne crois pas que j'aurais pu le supporter.

La décision du juge ne m'a fait ni chaud ni froid, contrairement à toi. Tu étais furieux. Je ne t'avais jamais vu dans un tel état, et cela m'a étonnée. En ce qui te concerne, il était évident que j'avais agi dans un accès de folie et que j'aurais rendu Liam à ses parents aussitôt après m'être ressaisie. En conséquence, l'affaire aurait dû être classée sans suite.

Je me rappelle la discussion avec notre avocat, un homme d'un certain âge, discret et poli, très expérimenté. Il t'a écouté attentivement pendant que tu lui exposais tes arguments, il a opiné avec compassion, puis observé un silence avant de répondre doucement que le tribunal ne serait pas d'accord. On estimerait que j'étais tout à fait maîtresse de mes actes et que j'avais conscience de commettre quelque chose d'illégal – pourquoi sinon aurais-je attendu le milieu de la nuit pour enlever Liam ? De même, a-t-il ajouté, prétexter la folie n'aurait guère de chances de réussir : la dépression n'est pas la démence, elle ne vous rend pas incapable de distinguer le bien du mal. Il m'a conseillé de plaider coupable et d'espérer que le juge prendrait en considération le contexte et mon état d'esprit au moment des faits. C'est la solution que nous avons choisie en définitive.

Mon souvenir le plus net du procès est ton visage, et non celui du juge, lorsque la sentence est tombée : un an dans la maison de redressement pour femmes Andrew Mercer, à Toronto – un nom de sinistre augure. Tu as sursauté sous l'effet du choc, Charles, et j'ai mesuré pour la première fois ce que je te faisais subir. Je t'ai vu, toi, l'homme le plus raisonnable et rationnel qui soit, lutter pour réprimer ta colère. Tu avais été si sûr que le juge aurait l'intelligence de tenir compte des circonstances atténuantes – mon état psychique, mon impréparation, ma personnalité jusqu'alors irréprochable, mes remords – et ne m'imposerait qu'une peine avec sursis. Le fait est qu'il en a bien tenu compte. La peine maximale encourue pour un enlèvement était de sept ans d'emprisonnement, preuve qu'il s'était montré clément. Mais tu craignais à mon avis que je ne sois mentalement pas assez forte à ce stade pour endurer une année derrière les barreaux.

En quoi tu avais raison. J'avais toujours mené une vie tranquille, confortable et protégée, et je n'étais pas du tout prête à ce qu'on m'arrache brutalement ma liberté, mon intimité, mon indépendance, ma réputation, mon foyer, mon mari, mon cœur et mon âme. À bien des égards, cela n'a pas été un calvaire, je n'ai pas été battue ni maltraitée. Mais tout de même, le temps que j'achève ma peine, j'étais dans un tel état que notre médecin m'a tout de suite envoyée à l'hôpital psychiatrique St Thomas, à Kingston.

Je me rappelle ma terreur et ma nausée durant le trajet en voiture – alors même que, ironie du sort, cet hôpital s'avérerait être mon salut. À notre arrivée, j'ignorais comment j'allais surmonter les dix minutes suivantes, a fortiori le reste de mon existence. Cela a été une révélation pour moi de découvrir qu'il y avait des gens capables de prendre en charge ce type de problèmes. Des gens avec les compétences et les connaissances nécessaires pour ramasser et recoller les morceaux d'un esprit brisé.

Malgré tout, ils n'auraient jamais été en mesure de m'aider sans ta constance, Charles, sans tes visites, sans tes lettres et sans ton amour et ton soutien indéfectibles. Personne n'aurait pu m'aider, parce que je n'aurais pas eu envie de m'en sortir.

Le lit de Martha a une nouvelle occupante. Coiffure chic, maquillage soigné. Un air insatisfait, aussi. De toute évidence, sa vie ne s'est pas montrée à la hauteur de ses attentes. Pourvu qu'elle ne soit pas d'humeur à me la raconter... Cela dit, elle était accompagnée de son mari lorsqu'elle est entrée dans le service, et je ne sauterais pas de joie moi non plus si je devais supporter tous les jours un tel personnage. L'arrogance ne rend pas les hommes séduisants, elle les défigure.

Je ne suis pas allée plus loin que les amabilités d'usage. De toute façon, j'ai tant de mal à respirer maintenant que je ne pourrais pas mener une conversation même si je le voulais. À la place, j'ai observé la progression des rayons du soleil sur le mur opposé. Le passage inexorable du temps.

J'ai repensé à Charleston. T'en souviens-tu ? Tu m'avais emmenée là-bas pour fêter la fin de la guerre. C'étaient nos toutes premières vacances à l'étranger. Je m'inquiétais à l'idée de partir si loin de l'hôpital – cela faisait un an seulement que j'étais rentrée à la maison et il était encore important pour moi de savoir que je pouvais y retourner si mon état se dégradait –, mais tu m'as promis qu'on prendrait le premier avion pour le Canada si j'en ressentais le besoin.

Bien que petit et un peu miteux, notre hôtel était situé au cœur de la vieille ville et construit autour d'une cour très fleurie avec une fontaine au centre et des tables et des chaises disposées çà et là dans des coins ombragés. Aucun de nous n'avait jamais imaginé que tant de beauté puisse exister. Il y avait des colibris, rappelle-toi. Ils volaient d'une fleur à une autre, comme des bijoux luisant au soleil. Nous avons passé une semaine là-bas. Une semaine fabuleuse.

Alors qu'elle traversait vivement le service, Mlle Roberts s'est arrêtée près de moi.

— Comment allez-vous, madame Orchard ? Vous avez l'air ailleurs aujourd'hui.

J'ai répondu que bien au contraire, tu étais tout près. Ce n'était pas ce que je voulais dire, mais ce sont les mots qui me sont venus. Ou peut-être n'ai-je rien dit du tout. Elle a souri et m'a tapoté la main avant de repartir.

Mais tu es bien là, mon amour. Je te sens tout près de moi.

Ce soir, une fois nos plateaux-repas débarrassés, j'ai demandé à une infirmière de retirer quelques-uns de mes oreillers et de m'aider à me tourner sur le côté. Le côté droit, ai-je précisé. « Notre » côté. Elle craignait que j'aie du mal à respirer, mais je lui ai promis de l'appeler si c'était le cas. Je m'ankylose, à force de rester allongée sur le dos, et j'apprécie de pouvoir me mettre un peu en boule – même si, en effet, j'ai du mal à respirer. Cette position m'oblige à prendre de courtes inspirations pareilles à de petites gorgées d'eau.

Ainsi couchée, je voyais mieux le sol du service, et c'est alors que j'ai remarqué quelque chose d'extra-ordinaire. Sous le lit de Mme Cox (la patiente aux tenues sexy et froufroutantes et aux jambes si laides), il y avait deux paires de mules bordées de fourrure – une rose et une violette. En d'autres termes, des mules assorties à ses nuisettes. J'ignorais que cela existait. Quand je pense à ce que j'ai raté pendant toutes ces années, avec mes pyjamas confortables et mes grosses chaussettes ! Quand je pense aux délices dont je t'ai privé !

Te rappelles-tu mon pyjama à rayures bleues et blanches ? C'était mon préféré. Il avait des poches profondes, et quand on se couchait et que mon corps se blottissait au chaud contre le tien, ta main descendait vers la plus proche et se glissait ensuite à l'intérieur – d'où elle ne bougeait pas de toute la nuit.

Je la sens toujours là, mon amour. Elle y est maintenant, à cette minute même. Tout contre ma hanche.

18

LIAM

La voiture de police s'arrêta à son niveau alors qu'il rentrait chez lui à pied. Il avait passé la journée à installer des appareils électroménagers chez de nouveaux clients avec Jim et Cal – à présent qu'il n'était plus possible de travailler à l'extérieur, tout le monde semblait vouloir refaire sa cuisine.

— Je vous dépose ? offrit Karl en baissant sa vitre. Je comptais vous téléphoner un peu plus tard.

Il avait appelé Liam quand Rose avait été retrouvée, puis après qu'elle avait regagné le domicile de ses parents, mais cela faisait dix jours qu'ils ne s'étaient pas parlé.

— Je crois que je ne vous ai pas bien remercié pour votre aide, dit-il alors que Liam s'asseyait sur le siège passager. Désolé que ça m'ait pris tant de temps. J'ai dû gérer des problèmes dans l'un des camps de bûcherons, et après ça une série d'incendies criminels à Thurston. Et pour couronner le tout, Marge a attrapé la grippe. Je n'ai pas eu une minute à moi.

— Vous m'avez remercié trois fois le soir où vous avez ramené Rose chez elle, objecta Liam en balançant son blouson sur la banquette arrière.

— Ah oui ?

Liam lui jeta un coup d'œil, puis sourit.

— Il était très tard et vous aviez l'air… content.

— Oui, oui, j'étais content, dit Karl, sur la défensive. Très content, même !

— Ça se comprend. Comment va-t-elle maintenant ?

— Pas très bien. Je vous ai raconté en détail ce qui s'est passé ?

— Non.

— On l'a retrouvée dans une propriété abandonnée à la limite d'une zone qu'on appelle… Cabbagetown ? C'est ça ? La ville du chou ? Un quartier difficile, paraît-il.

— Oui. Les choses s'améliorent, mais il y a encore des coins peu fréquentables.

— Pourquoi la ville du chou ? Juste par curiosité.

— Ses habitants étaient très pauvres autrefois et faisaient pousser des choux devant leurs maisons. Enfin, à ce qu'on dit.

— Ah, d'accord. Bon, bref, la police a eu affaire à une bande organisée. Elle connaissait son existence, mais ne savait pas qui étaient ses membres ni où ils créchaient. En fait, ils occupaient trois baraques réparties dans toute la ville, dont une à Cabbagetown, là où on a découvert Rose et quatre autres filles. Toutes attachées et violées régulièrement par des amateurs de chair fraîche. La police de Toronto pense que Rose a été enlevée dès le lendemain ou le surlendemain de son arrivée. Les gars l'ont chopée dans la rue et forcée à monter dans une voiture. Ce sont ses cheveux courts qui ont permis de la localiser, figurez-vous. Ce détail a fait la différence. Les gens se souvenaient d'elle.

« Il y avait deux membres de la bande dans la maison quand les flics ont défoncé la porte, alors ils ne sont pas mécontents – mes collègues, hein. Ils ont tout de suite emmené les filles à l'hôpital. Dès qu'ils m'ont prévenu, j'ai appelé le docteur Christopherson. Il a contacté les médecins sur place, qui ont jugé qu'elle pouvait rentrer chez ses parents. Maintenant, il garde un œil sur elle. Voilà où on en est. La fin de l'histoire n'est donc pas parfaite. Mais il faut s'y attendre dans ces cas-là, malheureusement, parce qu'il y a au minimum des dégâts psychologiques. La famille va connaître encore des moments difficiles, à mon avis. Cela dit, ils ont récupéré leur fille, c'est déjà ça.

Liam pensa à Clara, à sa joie débordante devant le retour de sa sœur, puis à la réalité à laquelle elle était confrontée depuis. Une réalité source de toujours plus de désarroi et de confusion.

— Parlons de choses plus agréables, dit Karl après un silence. J'ai entendu dire que vous aviez acheté de la crème glacée.

— Oui. Ça fait un bail déjà, répondit Liam en espérant avoir pris un ton assez désinvolte, mais pas trop non plus pour ne pas éveiller les soupçons du sergent.

— Comment trouvez-vous Jo ?

— Elle a l'air sympa.

Karl s'engagea dans son allée et coupa le moteur. Liam sentit son regard sur lui et commença à tapoter ses poches en faisant mine de chercher ses clés.

— Elle l'est, déclara le policier. Elle est très sympa. Elle est arrivée de North Bay il y a quelques années. Mais il y a un truc que vous feriez mieux de savoir : elle en a bavé. Elle a deux mariages derrière elle – le premier avec un type qui la battait et qui l'a envoyée six semaines à l'hôpital, le second avec un gars qui lui a piqué tout ce qu'elle avait avant de se barrer. Et je dis bien tout, pas seulement son fric. Il a vidé la maison, en emportant même les ampoules. Autant dire qu'elle ne tient pas les hommes en très haute estime. Je vous préviens juste au cas où vous auriez des projets de ce côté-là. C'est pour vous éviter de perdre du temps.

— Je n'ai aucun projet nulle part, répliqua Liam en descendant de la voiture. Mais merci quand même. Et merci aussi de m'avoir déposé.

Il resta pensif dans son salon. Jo et lui s'étaient vus une demi-douzaine de fois en l'espace de deux semaines. Il avait senti sa prudence, mais cela l'avait plutôt rassuré, tant lui-même craignait de s'engager. À présent qu'il s'expliquait son comportement, cependant, il se demanda s'il était souhaitable de poursuivre cette relation. Puis il décida que oui. Elle avait fait son choix, après tout, c'était elle qui l'avait séduit, et pas l'inverse. Ce qui voulait dire qu'ils recherchaient tous les deux la même chose : un contact humain, le réconfort d'un corps contre le leur, des rapports sexuels. Sans complication.

— J'imagine que tu sais tout sur moi maintenant, lui dit Jo ce soir-là. Et sur mes ex-maris en particulier.

— À vrai dire, je n'ai entendu parler *que* de tes ex-maris.

Étendus sur le dos, ils n'avaient rien d'autre sur eux qu'un léger film de transpiration et quelques couvertures. Jo tourna la tête vers lui.

— Simple curiosité : tu as surpris une conversation ou quelqu'un t'a tout raconté ?

Liam hésita.

— C'est Karl qui me l'a dit, avoua-t-il. Il m'a ramené chez moi aujourd'hui après le boulot.

— Il n'est pourtant pas du genre à jouer les commères, d'habitude.

— Il ne jouait pas les commères, il me mettait en garde.

— Oh. Tu crois qu'il se doute de quelque chose ?

— Je ne pense pas. Je dirais qu'il essayait juste… de te protéger.

— Ça lui ressemble bien, ça. Il prend parfois son travail trop au sérieux. Qu'est-ce que tu lui as répondu ?

— Je l'ai remercié de m'avoir ramené chez moi.

Cela fit rire Jo.

— Comment font les gens ici pour toujours tout savoir sur tout le monde ? reprit Liam. Il y a des micros planqués dans chaque maison ?

— Probablement. Ça t'ennuie ?

— De temps en temps. Mais pas trop.

— Vois le bon côté des choses : savoir déjà tout les uns sur les autres nous évite d'avoir à en parler.

— C'est un avantage, en effet.

Ils contemplèrent le plafond un moment.

— Le plus dur, c'est d'arriver à ne pas y penser, dit Jo.

— Surtout à 3 heures du matin.

— Surtout à 3 heures du matin.

Elle effleura le dos de sa main sous les couvertures, ce qui ranima aussitôt le désir entre eux.

— J'ai cru comprendre que tu étais un grand fan des tartes de M. Li, dit-elle plus tard.

— M. Lee ?

— Le chef du Hot Potato. Ça s'écrit « L-i ». Il est chinois.

— Chinois ? Sans blague ?

— Sans blague.

— Pourquoi est-ce qu'il ne cuisine pas des plats de chez lui alors ?

— Gloria s'y oppose.

— Gloria ?

— La serveuse. Qui se trouve être aussi la propriétaire du Hot Potato. Et du Light Bite, juste en face.

— Gloria ? Ses parents l'ont vraiment appelée Gloria ? Comme dans « glorieux » ?

— Il semblerait bien.

Liam éclata de rire tout en pensant à ce chef qui avait peut-être fait un si long voyage avec le rêve d'ouvrir le premier restaurant chinois du nord du Canada.

— C'est dommage qu'il ne puisse pas nous préparer des spécialités de son pays. Pourquoi ne veut-elle pas ?

— Elle prétend que personne n'aime ça ici.

— Qu'est-ce qu'elle en sait ? Et comment les gens pourraient-ils affirmer ça sans y avoir goûté ?

— Je suis bien d'accord. Mais au moins, il fait de bonnes tartes.

Pour être plus discret, il avait quelque peu changé ses habitudes : il prenait un café supplémentaire à la fin de son dîner, puis prolongeait son inspection des abords du lac afin d'être sûr qu'il n'y ait plus personne dans les parages avant d'aller chez Jo. Les petites rues n'étant pas éclairées, il ne risquait guère d'être aperçu. Et pour ne pas éveiller non plus trop d'espoirs en elle – ou en lui –, il ne s'autorisait toujours pas à lui rendre visite tous les soirs.

De son côté, Jo ne cherchait pas à faire passer leur relation au stade supérieur et ne lui demandait jamais quand il comptait revenir, ni même s'il comptait revenir. L'un et l'autre veillaient à garder leurs distances.

Il était pourtant inévitable qu'ils apprennent un peu à se connaître. Liam découvrit que Jo était née et avait grandi à Solace, qu'elle avait un frère à Halifax, qu'elle était partie à New York en stop à la fin du lycée et qu'elle avait travaillé chez un traiteur là-bas pendant un an avant que l'appel du Nord se fasse sentir. Elle s'était d'abord installée à North Bay, était devenue bibliothécaire, s'était mariée, puis avait divorcé. Quand ses parents étaient tombés malades, elle avait déménagé à Solace afin de s'occuper d'eux. Après leur mort, rebelote : elle était redevenue bibliothécaire, s'était remariée, puis avait divorcé.

— Tu penses que tu auras toujours envie de vivre ici ? l'interrogea Liam en évitant de s'appesantir sur ses déboires conjugaux.

— J'essaie de ne pas me projeter trop loin dans le futur et de ne pas me fixer de règles. De même que j'essaie de ne pas regarder en arrière.

— Ça paraît sage.

— La théorie, ça va. La pratique, c'est autre chose.

À cause de Jo, il voyait moins Clara désormais. Tant mieux, au fond. Durant les semaines précédant le retour de sa sœur, la fillette avait passé beaucoup de temps chez lui – assez pour qu'il s'inquiète. Il en avait touché un mot à sa mère, en précisant bien que cela ne le dérangeait pas, mais qu'il préférait vérifier qu'il en allait de même pour elle. La maison et les affaires de Mme Orchard semblaient rassurer la petite, avait-il expliqué. Peut-être parce qu'elles lui étaient familières. Il avait également mentionné l'intérêt qu'elle portait à ses cartons, ce qui avait fait sourire Mme Jordon.

— Elle reste toujours dans le salon, avait-il ajouté avec gêne. Je lui ai dit qu'elle ne devait aller dans aucune autre pièce.

La mère de Clara avait soutenu son regard un instant. L'angoisse dans laquelle la plongeait son autre enfant se lisait dans ses yeux. Et sa fatigue, aussi.

— Merci. Karl Barnes... nous a parlé. Clara a l'air de vous avoir adopté, monsieur Kane. C'est très gentil à vous de l'accepter.

— Appelez-moi Liam.

— Et moi c'est Diane.

Cette conversation l'avait soulagé, mais il continuait à s'en faire pour Clara. Sa dépendance grandissante vis-à-vis de lui rendrait les choses plus difficiles quand il partirait. C'est-à-dire bientôt. On était la dernière semaine d'octobre et les températures chutaient à présent brutalement à la tombée de la nuit.

Dans ces conditions, songea-t-il, il était sans doute préférable qu'il la voie moins.

— Où est Cal ? demanda-t-il à Jim le lundi.

Le gros électroménager était en place et en état de marche, et l'eau coulait des robinets. Il ne leur restait plus qu'à mettre deux couches de peinture sur les murs et à tout nettoyer.

Jim s'accroupit pour ouvrir une boîte à outils.

— Parti.

— Parti ?

Liam baissa les yeux sur l'arrière de son crâne, qui se dégarnissait gentiment. Jim ne bougeait pas.

— Comment ça ? Tu veux dire qu'il est retourné dans le Sud ? À l'université ?

— Yep.

— Sans prévenir ?

— Yep.

— Quand ?

— Ce matin.

S'il avait su que le garçon écouterait ses conseils, il aurait opté pour qu'on lui mette une balle dans la tête plutôt que de lui en donner. Tout serait sa faute, maintenant. L'avenir de Cal, sa vie entière à compter de cet instant… il serait responsable de tout. Déjà, Jim ne lui parlait plus. Il aurait dû apprécier d'avoir un peu de silence pour une fois, mais c'était tout le contraire.

— Susan veut que tu viennes dîner demain soir, déclara Jim d'un ton morose en farfouillant au fond de sa boîte. Tu as intérêt à rappliquer, parce que j'ai l'impression de vivre dans une morgue, moi. Et n'essaie pas de te défiler avec de faux prétextes à la noix.

En rentrant chez lui, Liam fit un détour par le lac et contempla les vaguelettes qui s'échouaient à ses pieds, les épaules voûtées en réaction au froid. Le ciel et l'eau d'un gris métallique se fondaient au loin, tandis qu'au bord du rivage s'étirait une bande de glace à la surface granuleuse. Les cris mélancoliques d'une nuée d'oies volant en V vers le sud résonnèrent dans l'air. *Tu devrais en faire autant. Tu devrais vraiment.*

Un rapace planait très haut au-dessus de lui. Un aigle, ou peut-être un balbuzard. Cal lui avait dit que l'une de ces deux espèces avait des ailes recourbées, mais il ne se rappelait plus laquelle. Il faudrait qu'il vérifie chez Jo. Sa pile de livres comportait un magnifique guide ornithologique illustré.

Soudain, l'oiseau fondit vers le lac à une vitesse stupéfiante. Ses pattes basculèrent en avant et ses serres s'ouvrirent à la dernière minute pour fendre l'eau en profondeur, puis en ressortir dans un même mouvement fluide en agrippant un gros poisson qui se débattait furieusement. Liam observa la scène, hypnotisé. Le poisson, très lourd, se tortillait avec tant de vigueur que le rapace avait du mal à reprendre son envol et ne cessait de retomber vers les vagues. Il y eut une gerbe d'écume, un grand battement d'ailes, et pour finir l'oiseau s'éleva vers le ciel avec sa proie, qu'il porta comme une énorme bombe vers le rivage opposé.

Le jeudi, leur relation s'acheva.

— Du pain perdu, ça te dit ? demanda Jo.

— Super, oui.

— Avec un peu de glace à la vanille ?

— C'est encore mieux !

Ils se levèrent et s'habillèrent rapidement – la chambre était du côté nord de la maison, et l'isolation laissait beaucoup à désirer. Jo battit des œufs pendant que Liam faisait redémarrer le feu et s'attaquait à une barquette de glace avec un burin. Lorsque tout fut prêt, ils s'installèrent devant le poêle avec leurs assiettes en écoutant le vent souffler au-dehors. Liam décida de rapporter du mastic le lendemain et de voir ce qu'il pouvait faire pour colmater un peu les murs.

— Il est bon, ce sirop d'érable.

— Il est fait maison. C'est du vrai de vrai.

— Sérieux ?

— Mes parents avaient deux cents ares de bois que j'ai gardés après leur mort, contrairement à leur maison. Il y a une vingtaine d'érables à sucre et j'en entaille quelques-uns chaque année.

— Sans blague ? Comment tu fais ?

— Tu perces un trou, tu enfonces un robinet et tu accroches un seau en dessous pour récupérer la sève. C'est tout. Le plus dur – enfin, le plus long surtout –, c'est de la faire bouillir pour qu'elle réduise. Il faut quarante litres de sève pour obtenir un litre de sirop. Ça prend des jours. Une fois que tu en as assez, tu le mets en bouteille et tu le vends aux touristes pour une somme ridicule. Celui-là date de la dernière récolte. On entaille les arbres au début du printemps, quand il fait un peu plus chaud mais que les nuits restent froides. C'est à ce moment-là que la sève commence à monter.

— Ça vaut la peine, en tout cas. Donc… tu sais faire de la glace, du sirop d'érable… et quoi d'autre ?

— Ce sont mes seuls talents.

— Mais quels talents. Et ça en représente deux de plus que moi.

— Tu dois bien savoir faire quelque chose, dit-elle en inclinant la tête.

Il réfléchit un instant.

— Des additions et des soustractions. Ça compte comme un talent ?

— Comme deux, même.

Il rit et termina sa glace et son sirop avec son dernier morceau de pain perdu. Jo avait déjà fini son assiette, elle. Blottie dans son fauteuil, elle s'absorbait dans la contemplation du feu. Le poêle paraissait rempli d'or en fusion. Liam se leva et s'approcha des ouvrages entassés contre le mur. Ils lui rappelaient ses cartons. Si elle avait été là, Clara aurait eu envie d'y mettre de l'ordre. À coup sûr, elle aurait posé les livres côte à côte de façon à former une grande rangée semblable à une plinthe tout autour de la pièce. Et elle aurait veillé à les présenter dans le bon sens, le dos en avant, et à les classer par hauteur ou peut-être même par couleur.

Il trouva celui sur les oiseaux et retourna s'asseoir, mais sans l'ouvrir. À la place, il regarda les flammes qui se reflétaient sur le visage de Jo en se demandant pourquoi il n'avait pas remarqué plus tôt qu'elle était belle.

— J'ai noté un truc avec cette glace, dit-il au bout d'une minute. Un truc qu'il vaudrait mieux que tu saches.

Elle fronça les sourcils.

— Quoi donc ?

— Je pense que c'est un aphrodisiaque.

— Ah oui ? dit-elle en souriant. Ressers-toi, alors.

Plus tard, elle remonta le drap sur eux d'un mouvement rapide de son bras nu, puis se colla tout contre lui pour avoir plus chaud.

— Il faut que j'achète une autre couverture. Je n'arrête pas d'oublier.

Ce fut à cet instant, bien après qu'il eut pris conscience de sa beauté et qu'ils eurent fait l'amour que, constatant le plaisir que lui procurait le simple contact de son corps contre le sien, il s'aperçut qu'il était en train de tomber amoureux d'elle, qu'il l'était déjà, même. Mais immédiatement, *immédiatement*, comme s'il avait guetté son heure en coulisses, le passé déboula avec fracas, mené par une Fiona transformée en archange de l'échec et du désespoir. *Tu es incapable d'aimer, Liam. Tu es incapable de faire confiance à qui que ce soit, de te soucier de qui que ce soit, de te donner à qui que ce soit. C'est ça, l'amour. Toi, tu en es incapable et tu le seras toujours.*

Il tenta de réduire cette petite voix intérieure au silence, mais n'y parvint pas. Il tenta aussi de se rappeler une chose qu'il aurait faite ou une personne qu'il aurait vraiment aimée afin de la détromper, mais n'y parvint pas davantage. Puis il pensa à ce que Karl lui avait dit sur Jo, sur la manière dont les hommes l'avaient traitée. Elle prenait un *nouveau* risque avec lui. Tu vas tout foutre en l'air, rumina-t-il. D'ici une semaine, un mois ou un an, tu la quitteras. Elle ne mérite pas ça.

— Il faut que je te dise...

— Oui ?

— Je vais bientôt devoir partir. J'ai besoin de gagner ma vie et il n'y a pas de boulot ici.

Ce n'était pas vrai. Pas plus tard que ce matin-là, Jim avait proposé de lui verser un salaire, modeste mais suffisant pour qu'il s'en sorte. Il soupçonnait Susan d'être mêlée à ça. Il l'avait trouvée sympathique et avait passé une bonne soirée avec elle et Jim. Tant pis, c'était la meilleure excuse qu'il avait pu trouver.

Jo croisa son regard.

— Oh. D'accord. Merci de m'avertir.

Il s'arma de courage.

— Tu veux que j'arrête de venir ?

— Ce serait peut-être préférable.

Cette nuit-là, rongé par ce qui ressemblait à de la douleur, il ne put dormir. *Il faut que tu te barres d'ici. Maintenant. Monte dans ta voiture et roule. Va n'importe où, c'est pas grave. Tu n'auras qu'à prévenir Jim demain matin. Après tu balanceras toutes tes affaires dans le coffre et tu fileras.*

Le lendemain matin, cependant, il se rappela Clara. Il ne pouvait pas disparaître comme ça sans un mot. *Encore deux ou trois jours, alors. Tu lui expliques la situation et tu lui laisses un tout petit peu de temps pour s'habituer à cette idée.*

Il alla travailler, mais ne dit rien à Jim – il ne se sentait pas en état de répondre aux questions inévitables auxquelles il aurait droit. À la fin de la journée, il rentra chez lui et attendit Clara.

— Comment ça va ? demanda-t-il lorsqu'elle arriva.

Elle ne semblait pas en forme et avait les traits tirés par l'inquiétude.

— Elle ne parle pas. Elle reste juste couchée dans son lit. Pourquoi elle ne veut rien me dire ?

— Clara, la raisonna-t-il doucement. Il faut que tu poses ces questions à tes parents maintenant. Il faut que tu t'adresses à eux. Ce sont eux qui…

— *Ils disent qu'elle est fatiguée et qu'elle ira bientôt mieux ! Ils ne font que répéter ça !*

Elle était furieuse et au bord des larmes. Impossible de lui annoncer son départ dans ces conditions.

Parce qu'elle avait envie de continuer à déballer ses affaires, il décida de lui faire plaisir. Et tant pis si c'était contraire à ses projets.

Le dimanche, ils s'attaquèrent au dernier carton. Le premier objet qu'il en sortit fut une toque de fourrure à la mode russe, un couvre-chef extravagant que Fiona lui avait offert une année à Noël en affirmant que cela lui donnait des airs d'Omar Sharif. Il ne comprenait pas pourquoi il ne l'avait pas jetée. À côté se trouvait une enveloppe épaisse portant son nom et son ancienne adresse à Toronto. Il se rappela l'avoir reçue au moment où il s'apprêtait à charger sa voiture avant de partir à Solace. Pressé de prendre la route, il l'avait fourrée dans l'un des cartons en pensant l'ouvrir plus tard, mais il l'avait aussitôt oubliée.

Clara coiffa la toque, qui lui retomba sur les yeux. Elle la repoussa en arrière et se tourna vers lui.

— Elle te va bien, dit-il en se forçant à sourire.

— Je peux aller me regarder dans le miroir de la salle de bains ?

Elle était censée rester dans le salon, mais après tout, il s'en irait bientôt. Cela n'avait plus d'importance.

— D'accord.

En son absence, il ouvrit l'enveloppe et en découvrit une deuxième à l'intérieur, accompagnée d'un mot de l'avocat de Mme Orchard expliquant que sa cliente l'avait prié de faire suivre cet envoi. Le courrier de la vieille dame contenait deux photos encadrées, ainsi qu'une lettre. Il commença par cette dernière.

Cher Liam,

Je t'écris ces quelques mots de l'hôpital, où je demanderai à quelqu'un de les poster à ma place.

J'y joins deux photos que j'ai emportées avec moi et qui ne m'ont pas quittée de tout mon séjour ici. J'ai pensé que cela pourrait te faire plaisir de les avoir. L'une d'elles montre Charles durant un voyage en Caroline du Sud que nous avons fait il y a bien des années. L'autre est un cliché de vous deux pris un jour où nous t'avions gardé. À l'époque (tu avais environ quatre ans et ta mère était très occupée avec tes jeunes sœurs), tu passais beaucoup de temps à la maison, et quand ta visite coïncidait avec un week-end où il était là, pendant le petit déjeuner, Charles s'adonnait à un jeu que nous aimions tous les trois.

Étant britannique (et extrêmement bien élevé !), il nous préparait ce qu'il appelait « un vrai petit déjeuner anglais » – avec du bacon, des œufs, etc. – et nous le servait ensuite de façon très cérémonieuse (je devais même amidonner nos serviettes de table pour l'occasion). Il prétendait que tu étais un noble lord, et lui ton majordome. C'était très drôle et cela nous amusait énormément. J'espère que tu apprécieras ces photos et ce petit souvenir de lui.

Au risque de te gêner, Liam, je veux que tu saches que ta présence auprès de nous a été pour Charles et moi une source de ravissement et de joie. Tu nous as apporté plus de bonheur que tu ne peux l'imaginer. Je n'ai jamais demandé qu'une chose dans mes prières, c'est que de ce temps passé en notre compagnie tu retiennes et gardes avant tout en mémoire combien tu as été aimé.

Je te souhaite d'être heureux,
Elizabeth Orchard

PS : Tes lettres ces dernières années ont beaucoup compté pour moi, Liam. Merci de m'avoir écrit et de m'avoir laissée entrer une fois de plus dans ta vie.

Liam resta un moment debout, la gorge nouée, puis examina la photo à laquelle Mme Orchard faisait allusion. Il se reconnut, enfant, avec un pull rouge sur le dos, un grand sourire aux lèvres. À côté de lui se tenait M. Orchard, en costume sombre, chemise blanche et nœud papillon. Une serviette pliée avec soin sur le bras et un plateau en argent posé dessus en équilibre, il inclinait légèrement le buste vers lui, l'air respectueux mais pas obséquieux. À trente ans de distance, Liam entendait encore sa voix : « Une saucisse, milord, pour accompagner votre bacon ? Oui ? Juste une ? Ou voulez-vous que je vous en serve une deuxième ? Très bien, deux alors. Les œufs brouillés maintenant : ils sont frais de ce matin, milord, la bonne les a ramassés à la première heure. Une cuillerée ? Comme ceci ? Une autre ? En effet, milord, il serait dommage de ne pas y goûter. Aimeriez-vous un peu moins de saucisses, peut-être, pour contrebalancer les œufs brouillés que vous avez pris en plus ? Je pourrais vous retirer celle-ci et la garder en réserve... ? Laisser cette saucisse et retirer l'autre ? Bien sûr, milord. Très bien. Je vais la mettre de côté pour vous, personne n'y touchera. »

Il se rappela l'atmosphère chaleureuse qui régnait dans cette maison. Son impression d'y occuper une place à part et d'y être aimé. Il n'avait jamais envie de rentrer chez lui à la fin de ses visites. Sa mère s'en était-elle rendu compte ? Sûrement, oui. Clara n'était pas douée pour masquer ses sentiments, et elle était bien plus âgée qu'il ne l'était à l'époque. Cela expliquait beaucoup de choses.

Les pas de la petite fille résonnèrent soudain dans l'escalier. Il se hâta de chasser toutes ces pensées de son esprit.

Elle entra dans la pièce en souriant, tenant d'une main la toque sur sa tête afin de voir où elle allait. Il s'émerveilla de sa résilience, de sa faculté à profiter de la moindre occasion pour rebondir.

— Elle te va bien, dit-il.

Malgré la taille du couvre-chef, il ne mentait pas. Clara était vraiment jolie avec.

— Je pourrai la garder quand vous mourrez ?

— Oui, tu pourras. En attendant, j'ai un truc à te montrer. Tu as déjà vu cette photo ?

Clara l'examina, puis repoussa brusquement la toque, qui tomba par terre.

— Oui ! s'écria-t-elle en lui arrachant le cliché. C'était l'une des préférées de Mme Orchard ! Elle l'avait emmenée à l'hôpital avec elle. Oh, et celle-là aussi, elle l'aimait beaucoup. C'est M. Orchard ! Où les avez-vous trouvées ?

— Dans le carton. Mme Orchard me les a envoyées depuis l'hôpital. Tu sais qui est ce petit garçon ?

— Je ne connais pas son nom, mais il vivait à côté de chez Mme et M. Orchard. Ils l'aimaient très, très fort, même si ce n'était pas leur fils.

— C'est moi quand j'étais gamin.

Clara le dévisagea, bouche bée.

— J'avais à peu près quatre ans quand cette photo a été prise.

Il sentit qu'elle avait du mal à assimiler cette idée, mais à mesure que cette réalité s'imposait à elle, un sourire illumina ses traits.

— C'est pour ça que Mme Orchard vous a donné sa maison ? Parce que vous étiez lui ?

— Je suppose.

Il n'avait pas prévu de lui annoncer son départ ce jour-là, mais il se dit qu'il avait peut-être intérêt à le faire à cet instant, que c'était le bon moment, pendant qu'elle prenait conscience que les choses changeaient, que les gens grandissaient et s'en allaient parfois.

Elle emporta les photos vers le buffet, là où se trouvaient les autres.

— Je vais vous montrer où est leur place, dit-elle du ton de celle qui savait tout. Celle-ci était ici, et celle-là juste à côté, comme ça.

Elle les positionna avec une extrême minutie, recula d'un pas pour examiner le résultat, puis revint bouger très légèrement l'une des deux avant de lui refaire face, l'air ravie et manifestement désireuse qu'il le soit aussi.

— Elles rendent très bien, dit-il. C'est parfait. Et ça me fait penser que j'ai une question pour toi : aimerais-tu avoir les joueurs de cartes dès maintenant et les rapporter chez toi ?

Il aurait tout aussi bien pu la frapper. Il avait cru qu'elle serait folle de joie et qu'elle se précipiterait vers le manteau de la cheminée pour récupérer les petites figurines. Il n'aurait plus eu alors qu'à lui expliquer ses projets, et elle n'aurait pas protesté parce que les joueurs de cartes auraient fait passer la pilule. Mais au lieu de ça, elle resta plantée devant lui, toute raide et le teint blême.

— Qu'y a-t-il ?

Elle mit une minute à répondre.

— Vous allez mourir ?

Il faillit éclater de rire, mais se retint en voyant la peur dans ses yeux. L'espace d'un instant, il fut touché de constater combien cette idée la bouleversait. *Mais c'est à cause de tout ce qu'elle a traversé. Elle ne veut pas d'un nouveau changement dans sa vie, voilà tout. Elle s'inquiète pour le chat.*

— Non, non, je ne vais pas mourir. Pas avant des années et des années, en tout cas.

— Vous êtes malade ? Il faut que vous alliez à l'hôpital ?

— Non, je ne suis pas malade non plus. Je vais très bien, tu n'as pas à te faire de souci.

Elle scruta son visage comme si elle essayait de lire en lui – chose qu'elle aurait sûrement faite si elle l'avait pu. Elle aurait jeté aux orties les règles qui disaient de respecter la vie privée des autres et lui aurait coupé le cerveau en deux pour en examiner toutes les cellules et toutes les synapses sans aucun scrupule.

— Est-ce que les petites statues peuvent encore être à moi, mais sans que je les emporte ? demanda-t-elle, la mine toujours sceptique. C'est pour que je puisse jouer avec quand je viens vous voir, Moïse et vous. Parce que leur place est ici. Avec les photos.

Il hésita. Avait-elle deviné ce qu'il s'apprêtait à lui dire et s'agissait-il d'une ruse pour rendre son départ plus difficile ? Une enfant de son âge était-elle capable d'un tel calcul ? Une autre question lui vint à l'esprit : cette volonté de lui faire déballer ses cartons… cela relevait-il de la même stratégie ? *Arrête, elle n'a pas huit ans.* Mais en son for intérieur, il l'imaginait très bien condamner la porte et clouer des planches en travers des fenêtres pour l'empêcher de sortir. Il n'y aurait jamais de bon moment pour lui parler, comprit-il. *Crache le morceau. Qu'on en finisse.*

— Bien sûr. Tu peux les laisser ici.

Une fois seul, il erra dans la maison, incapable de rester tranquille et toujours sidéré par sa réaction face à Clara. *Qu'est-ce qui ne tourne pas rond chez toi ?* Il ouvrit le frigo, contempla son contenu, puis le referma. *Tu aurais dû partir il y a plusieurs semaines déjà. Tu as trop attendu, et maintenant tu es devenu une sorte de repère pour elle. Le Gardien de ce Putain de Chat. Est-ce que tu comptes moisir ici juste pour héberger un chat ? Merde, qu'est-ce qui peut arriver de pire ? Supposons que la personne qui achètera la maison se débarrasse de cet animal. Ce ne sera pas la fin du monde. Ses parents lui offriront un chien, une perruche ou je ne sais quoi d'autre, et dans deux mois elle aura tout oublié. Les enfants se remettent de ces choses-là. Je m'en suis bien remis, moi. Plus ou moins.*

Il sortit la glace de Jo du congélateur, en préleva plusieurs morceaux au burin et les mangea debout devant l'évier. Lorsqu'il eut fini, il rinça son bol et regarda l'eau froide et claire se mêler aux restes de glace fondue. Durant un long moment, il la laissa déborder du bol et couler en tournoyant vers la bonde comme un miroir des pensées qui tourbillonnaient dans son crâne, toutes embrouillées et sans aucun sens, jusqu'à ce que l'une d'elles se détache des autres : *Arrête de te raconter des histoires. Il ne s'agit pas que d'une gamine et de son chat.*

Abandonnant le bol dans l'évier, il alla mettre ses bottes, son écharpe, sa parka, ses gants et son bonnet, puis sortit dans la nuit.

Il faisait un froid polaire et de violentes bourrasques neigeuses lui fouettèrent le visage. Il marcha jusqu'au lac en comptant se donner juste un peu plus de temps pour réfléchir, pour être certain, mais le vent soufflait si fort qu'il ne pouvait pas lever la tête. De toute façon, il avait arrêté sa décision, et probablement depuis plusieurs jours déjà, sans même le savoir. Il fit demi-tour et laissa cette fois le blizzard le pousser vers la ville. Il remonta la rue principale, prit la première à gauche, la deuxième à droite, et parvint ainsi devant chez Jo.

Une lumière s'alluma dans le vestibule. Lorsqu'elle ouvrit la porte, la silhouette de la jeune femme se découpa à contre-jour.

— J'ai du mal à partir, dit-il. Je… je n'y arrive pas.

— Ah oui ? répliqua-t-elle d'un ton grave en serrant son pull autour d'elle. Tu veux qu'on en discute ?

Dix centimètres de neige recouvraient les marches du perron et le vent commençait à former des congères sur les côtés quand il rentra chez lui. Il avait la tête tout entière emplie de Jo, mais dès l'instant où il franchit le seuil de sa maison, il sentit que quelque chose avait changé. Debout dans l'entrée, il tendit l'oreille, sans rien distinguer d'autre que le bruit du vent. Il poussa prudemment la porte du salon.

Au centre de la pièce, un chat gris le regardait, sa queue enroulée autour de lui.

— Salut, Moïse. Content de te rencontrer.

REMERCIEMENTS

La ville de Solace n'existe que dans mon imagination, mais le décor dans lequel elle s'inscrit est bien réel : il s'agit d'une zone de lacs, de formations rocheuses et de forêts aussi vaste que magnifique connue sous le nom de Bouclier canadien, dans le nord de l'Ontario. Situer ce roman dans cette région était un petit plaisir personnel : c'est ce paysage qui me vient à l'esprit quand je pense à chez moi, et l'intégrer dans mon récit me permet de le revisiter mentalement.

J'ai une énorme dette envers les personnes suivantes, qui m'ont fourni le genre de renseignements que l'on ne peut trouver ni dans les livres ni sur Internet : Bill Koehler, sur l'île Manitoulin, pour son éclairage sur la vie d'un officier de police du nord de l'Ontario « en ce temps-là » ; Ben J. M. Rogers, pour ses réponses merveilleusement limpides et exhaustives à mes questions sur les procédures pénales au Canada en 1942 ; Maury Schlifer et Anthony Ferrelli, qui m'ont expliqué les difficultés propres à la construction des bâtiments dans le Nord. Qui sait qu'un lot de bardeaux de toit pèse quarante kilos ou que ces mêmes bardeaux ne tiennent pas si on les pose quand il fait froid ? Ce genre de détails ont leur importance.

En ce qui concerne les détails, justement, j'ai pris une liberté concernant les myrtilles sauvages : Liam en achète une barquette au mois de septembre. N'importe quel habitant du Nord vous dira qu'il n'y en a plus à cette période de l'année, mais j'avais envie qu'il s'étrangle en en mangeant une poignée et aucun autre fruit ne trouvait grâce à mes yeux.

Une fois de plus, je tiens à exprimer toute ma reconnaissance au *Temiskaming Speaker*, qui m'a offert un tableau inestimable de ce qui se passait dans la région à l'époque du roman, et à Sharon, de la bibliothèque de Haileybury, pour toutes les pages que j'ai pu photocopier sur place.

Comme toujours, je remercie du fond du cœur ma brillante agente littéraire, Felicity Rubinstein, de l'agence Lutyens and Rubinstein, et mes merveilleuses éditrices, Poppy Hampson, au Royaume-Uni, et Lynn Henry, au Canada, pour leur talent, leur sensibilité et leur attention. Et comme d'habitude, je sais gré à Alison Samuel de son soutien constant et de ses encouragements.

J'aimerais également remercier ma famille des deux côtés de l'Atlantique, en particulier mes fils, Nick et Nathaniel, ainsi que mes frères, George et Bill, non seulement pour leur lecture attentive et leurs conseils, mais aussi, dans le cas de Bill, pour sa capacité à me trouver toujours la bonne personne à qui poser mes questions.

Et par-dessus tout, je remercie mon mari Richard et ma sœur Eleanor, qui se sont impliqués dès le début dans la rédaction de ce livre. Je n'aurais pas pu y arriver sans eux.

Qu'avez-vous pensé de ce livre ?

Partagez votre avis sur vos réseaux sociaux
avec les # suivants :

#passionlecture
#1andelecture1018
#éditions1018

et tentez de remporter **1 an de lecture***.

Retrouvez-nous sur les réseaux sociaux
et découvrez tous nos conseils de lecture :

 editions1018    Editions 10-18    Editions 10/18

10/18 – 92 avenue de France, 75013 PARIS

Imprimé en France par CPI

N° d'impression : 3050044
X08138/01